KB064110

이토록 재미난
집콕 독서

이토록 재미난
집콕 독서

느긋하고 경쾌하게,
방구석 인문학 여행

박균호 지음

갈매나무

알고 보면 인문학도 재미난다는 걸 알리고 싶어서

독서가 낯설고, 인문학이 무엇인지 잘 모른다고 주눅들 필요는 없다. 독서란 9시에 출근하고 6시에 퇴근하는 직장인들이나, 집에서 아이를 키우는 부모들이나, 학교를 다니는 학생들같이 평범한 생활을 하는 사람들과 거리가 먼 특별한 사람들만의 지적인 행위가 아니다. 독서는 일상에서 가장 실천하기 쉬운 인문학적 행위이다.

책을 한 권이라도 읽으려고 골라본 경험이 있다면 당신은 인문학적인 행위를 한 것이다. 어떤 책을 고를지 잠시라도 고민을 하다가 결정하는 것, 한 권의 책을 읽고 그 책에 대해서 한 줄 글을 쓴다거나 다른 사람에게 한마디 말을 하는 것도 인문학적인 행위이다. 맛집을 다녀와서 친구들에게 음식 이야기를 전하는 것처럼 좋은 책을 읽고 나서 그 책에 대해 한두 마디 소감을 전하는 것 또한 마찬가지다.

인문학을 따분하다고 생각하고 미리 겁먹을 필요가 없다. 애당초 인문학이라는 것은 다른 사람에게 '좋은 것', '재미난 것'을 전달하고 싶고 자랑하고 싶은 욕구에서 비롯되었다. 맛있는 음식으로 사람들을 즐겁게 해주려면 요리사의 수고가 필요하듯이, 재미있는 이야기를 남에게 자랑하려면 앞서간 사람들의 수고가 필요하다.

'아무개가 말하길'이라고 말하지 않고 '이것은 무엇이다'라고 말하는 사람들은 존경을 받아 마땅하다. 한 줄의 단언을 위해서 그가 흘린 땀을 그 누구도 감히 짐작할 수 없다. 사실을 밝혀내고 증명하는 사람의 일생이 책 한 권에 담겨 있다.

이 책에서는 특별히 '재미나서' 자기도 모르는 사이에 독서에 빠져들어 '집콕'하게 만드는 책들의 이야기를 담으려고 애썼다. 인문학적인 행위를 하는 것이 얼마나 행복하고 즐거운지 잘 알려주는 책들을 골랐다. 지나가는 모르는 사람을 붙잡고 "사실 말이야, 이건 이래서 그렇게 된 것이라네", "아 글쎄, 그때 이런 일이 있었다는군!"이라고 자랑하고 싶은 이야기들을 담았다.

독서가의 '집콕'은 수동적이고 소극적인 잠적이 아니라 지식의 향연을 즐기는 적극적인 행위이다. 좁고 소박한 골방에서도 이 책에 소개된 재미있는 지식과 함께하다 보면 그곳이 곧 즐거운 놀이터가 될 것이라고 믿는다. 이 책은 독서의 재미를 아직 찾지 못한 미래의 독자에게 보내는 초대장이다.

CONTENTS

이토록 재미난 집콕 독서

1부

•

가뿐하고 경쾌하게, 인문학 첫걸음

인문학을 탄생시킨 책 도둑

《1417년, 근대의 탄생》,
스티븐 그린블랫 지음, 이혜원 옮김,
까치, 2013

일요일 아침 느긋하게 커피를 마시고 있었다. 아내가 갑자기 명령하기를 딸아이가 겪었을지도 모를 성차별적인 에피소드를 글로 써보란다. 양성평등 교육을 직접 가정에서 챙기겠다는 말인 것 같다. 딸아이를 키우는 아버지라면 이런 고민을 한 번은 해봐야 한다는 것이다. 말문이 막혔다. 내가 여자도 아닌데, 경험하지 않은 일을 어떻게 상상해서 만들어내 글을 쓸 수 있다는 말인가. 조심스럽게 "불가능한 일"이라고 말했는데 아내가 "글 쓰는 재주가 있으니" 충분히 가능한 일일 것이라고 한다.

아내도 이젠 교사 생활을 20년 넘게 하다 보니 어떻게 하면 사람을 움직여서 일하게 만들 수 있는지에 대한 노하우가 생겼나 보다. 아내에게 하루에 대략 스무 번 정도의 꾸지람을 듣는 처지라 아내로부터 '글 쓰는 재주가 있다'는 공인을 받으니 '여성이 겪은 성차별 에피소드에 관한 101가지 글쓰기'도 할 수 있을 것 같은 기운이 생겼다.

우선 딸아이가 겪었을 성차별에 대해서 맹렬히 상상력과 기억력을 발휘하기 시작했다. 딸아이는 나에게는 무남독녀이자 부계로 따지면 30년 만에 태어난 자손이다. 내가 아들을 생산하지 못해 졸지에 대가 끊기는 지경에 이르렀다며 "아들을 낳아야지"라고 말한 사람도 우리 집안에는 없었다.

딸아이를 보면서 평생 의지할 만한 동기를 낳아주지 못해서 안타깝기만 했지 딸아이가 아들이 아니어서 서운하다거나 아들을 낳아야 한다는 욕심을 가져본 적은 없다. 따라서 집안에서 딸아이가 겪었을 만한 차별에 얽힌 에피소드를 상상해내기는 어려웠다.

다음은 학교로 가보자. 요즘 학교 교사는 '여자가 말이야'라는 식의 말을 했다가는 24시간 내에 교육청에 신고되고 경찰 수사를 거쳐서 성범죄자로 이름을 올리게 된다. 남학생, 여학생이라는 단어 자체를 쓴 지가 언제인지 가물가물할 지경이다. 역시 학교에서 겪었을 만한 성차별도 내 능력으로는 상상하기 어려웠다.

남은 것은 단 하나의 가능성이다. 남자인 나와 여자인 딸 사이에서 일어날 수 있는 경험. 나로 말하자면 성차별적인 언사를 하기에 부족함이 없는 이상적인 조건을 고루 갖추고 있다.

경상도 시골 출신의 50대 초반 남자. 게다가 잔소리하는 것이 주요한 업무 중 하나인 교사. 곰곰이 생각해봤는데 나도 딸아이에게 "여자가 자고로"라든가 "여자는 그러면 안 대"라는 말을 한 적이 없다. 그냥 자식이지 아들이냐 딸이냐를 생각해본 적도 없다. 포기하지 않고 더 깊게 생각해봤다.

털어서 먼지 안 나는 사람이 어디 있겠는가. 딸아이에게 교대에 가서 초등학교 선생이 되라는 조언을 서너 번 한 적이 있다. 겪지 않은 일이니 확신할 수는 없지만, 만약 내 자식이 아들이라면 교대를 권하지 않고 공대를 권했을 것 같기도 하다. 이것이야말로 여성의 역할을 제한한 성차별적인 행위가 아니었나 말이다. 유레카를 외치며 딸아이가 겪은 성차별 경험담을 금방 완성했다. 어찌나 집중해서 작성했는지 고군분투하는 남편을 위해서 아내가 옆에 두고 간 머루포도를 발견하지 못했을 지경이었다.

딸아이에게 좀 더 넓은 진로에 관해서 이야기하지 않고 단지 취직이 용이하고 안정적이라는 이유로 초등학교 교사가 되기를 권했던 과오를 치열하게 반성했다. 천만다행인 것은 딸아이가 아버지의 조언을 가볍게 무시하고 '아트앤테크놀로지'라는 이상한 전공을 선택했다는 사실이다. 본인이 좋아서 하는 공부라고 하니까 뭐라고 할 말은 없지만, 딸아이가 살아가면서 뀌는 방귀 횟수와 '그게 뭘 배우는 과예요?'라는 질문을 받는 횟수 중에서 어떤 것이 더 클지 잘 모르겠다는 걱정이 든다.

딸아이가 겪었을 한 줌의 좌절, 실망, 분노에 대해서도 극한의 상상력을 발휘해 써 내려갔다. 완성된 글을 보니 거대한 나의 반성문이 되어 있었다. 내가 쓴 반성문을 퇴고하다 보니 지난날의 과오를 새삼 후회하게 된다. 능력 이상의 상상력과 기억력을 소진했다. 초등학교 선생님으로 평생을 보낸 할아버지와 그 형제분들은 이런 순간에 늘 칭찬을 내리셨다. 옛 추억이 현실이 되기를 기대하면서 숙제를 마쳤노라고 자랑스럽게 말했다. 금방 아내의 답변이 날아왔다.

"거봐, 할 수 있잖아. 추가로 한 4개만 더 써."

자신이 쓰고 싶은 주제로, 쓰고 싶을 때 글을 쓰지 못하고 다른 사람이 시키는 글을 써야 하는 사람은 글쓰기가 감옥이다. 나머지 공부처럼 글쓰기를 해야 하는 것도 운명으로 받아들여야 한다. 글쓰기에는 정답이 없으니 시키는 사람의 취향을 다른 사람이 온전히 알 수 없기 때문이다. 반대로 글쓰기를 시키는 사람은 자기를 위해서 글을 쓰는 사람이 최선을 다하기를 바란다. 최선을 다하는 글쓰기를 하게 만드는 방법은 동서고금이 동일하다. "다시 해봐"라고 시키는 것이다.

위대한 책 도둑 포조

아내가 내가 쓴 글을 읽어보지도 않고 '추가'를 요구한 것은 내가 가진 글쓰기 역량을 최대한으로 끌어내기 위한, 글쓰기를 시키는 사람의 보편적인 행태다. 600년 전 교황 요하네스 23세를 위해서 글을 쓰는 필사가이자 비서로 일하면서 권력과 부를 누린 포조도 상사의 잦은 횡포에 시달렸다. 포조의 경험에 의하면 기껏 열심히 문서를 작성해서 상사에게 가져가면 상사는 제대로 읽어보지도 않고 문제를 지적하면서 '다시' 쓰라고 지시한다는 것이다. 남을 위한 글쓰기를 하는 사람은 예나 지금이나 불쌍하고, 글쓰기를 시키는 사람은 예나 지금이나 '다시 쓰기'를 좋아한다. 나와는 달리 글쓰기를 시키는 사람의 본성을 일찍 파악한 포조는 다시 쓰라는 상사의 지시에 고분고분 물러나 머리를 쥐어짜며 고민하고 다시 쓰는 척을 했다. 잠시 뒤에 의기양양하게 다시 들고 간 포조의 문서를 보고 상사는 흐뭇한 표정으로 "좋아", "훌륭해"라고 말했다.

이처럼 영민하고 글씨체가 좋으며 지식이 풍부했던 포조는 출셋길을 달려서 교황과 귓속말을 나누는 권력의 핵심부에 머물다가 직장 상사인 교황 요하네스 23세가 실각하는 바람에 졸지에 백수가 된다. 1417년 30대 후반에 권력의 최상부에서 졸지에 실업자가 된 글쟁이 포조가 선택한 모험은 수도원을 털어서 희귀본을 훔치는 것이었다.

포조는 먼지와 곰팡이를 뒤집어쓴 채 수도원에 감금된 과거의 영광을 구출시켜 후손에게 물려줘야 한다는 사명감으로 불타올랐다. 결국 포조는 1000년 이상 수도원에서 잠들어 있던 고대 로마의 시인 루크레티우스의 서사시 《사물의 본성에 관하여》를 전리품으로 획득하는 빛나는 업적을 세웠다. 《사물의 본성에 관하여》는 교황이 지배하는 신의 시대에 매우 불온한 책이었다.

'우주는 신이 창조한 것이 아니다', '우주를 이루는 입자는 인위적으로 만들 수도 파괴할 수도 없다', '천국 따위는 없다', '종교는 미신이다', '인생의 목표는 쾌락을 추구하는 것이다' 등으로 대표되는 에피쿠로스 철학을 설파한 이 책은 전직 교황의 비서에서 책 도둑으로 이직한 포조가 수도원에서 획득한 위대한 발견이었다.

이 책의 발견과 보급은 갈릴레오와 뉴턴 등에게 영향을 주었다. 이는 곧 근대의 출발을 의미했다. 결국 한 책 도둑의 노획이 근대화라는, 인간 세상의 새로운 흐름을 열었다. 사실 포조의 위대한 책 도둑질은 선배 책 사냥꾼들의 성과에 고무된 것이었다. 포조가 아직 태어나기도 전인 1330년, 시인이면서 학자였던 페트라르카가 고대 로마 시대의 역사가 리비우스가 쓴 위대한 저서 《로마 건국사》를 발굴하고 정리해서 큰 명성을 얻었다.

그 이후로 많은 사람이 수도원이나 도서관에서 먼지를 뒤집어쓴 채 묻혀 있는 고전을 필사해 다른 사람에게 공유하고 주석을 남기는 활동을 유행처럼 따라 하기 시작했다. 약 100년간 '대代 책사냥의 시대'가 전개되었다. 숨어 있는 고전을 발견하고 이를 대중에게 전파한 업적은 영광을 가져다주었고 이런 발견과 고전에 대한 해석들이 모여서 오늘날 우리가 '인문학'이라고 부르는 학문의 모태가 되었다.

고전에 대한 각주와 주석을 학문의 성과로 여기는 전통도 여기에서 시작되었다. 인문학이라는 것은 어렵거나 특별한 게 아니다. 고전을 읽고, 나름의 해석을 하고, 감상을 남기는 것 자체가 인문학적인 행위인 것이다. 고전을 발굴하고 해석하는 인문학은 신의 세상에서 과학의 세상으로 진보하는 데 밑거름이 되었다.

흔하던 책이 귀해진 이유

포조를 비롯한 책 사냥꾼(후대에 인문주의자로 불리게 된다.)의 주요 무대는 역사가 깊은 수도원 도서관이었다. 책을 읽을 수 있는 능력이 수도사가 되기 위한 가장 중요한 조건이었으며, 강제로 책을 읽히는 시간이 따로 있었던 수도원이야말로 책의 보물섬이었다. 전쟁을 비롯한 사회적인 변혁에 영향을 덜 받아서 책이 그나마 온전히 보존된 장소이기도 했다.

도서관이라는 기관 자체가 중세의 수도원에 딸린 책을 보관하는 부속 기관에서 시작되었다. 그리스 로마 시대의 찬란한 문화가 담긴 유적과 문서가 파괴될 때 수도원 도서관은 도서를 보관하고 필사해서 후대에 전하는 큰 공을 세웠다. 수도원 도서관은 수도원의 부속 기관이었기 때문에 소장 도서가 일반적으로 수백 권 정도였고, 큰 도서관이라고 해봐야 장서가 천 권 정도에 불과했다. 또 기관의 특성상 초창기에는 주로 종교 관련 서적을 소장하다가 차츰 철학, 의학, 법률 분야의 도서로 확대되었다.

장서는 주로 종교 단체에서 기증을 받았는데, 가장 일반적인 방법은 원본을 빌려 와서 필사하는 방법이었다. 소장 도서는 관내와 관외 대출 도서로 구분되었고, 먼저 빌려 간 책을 반납해야만 새로운 책을 빌릴 수 있었다. 관외 대출을 하기 위해서는 담보물을 제공해야 했는데 이마저도 도서의 유출을 완전히 막지 못해서 12세기 말에는 아예 대부분의 수도원이 관외 대출을 중지했다. 서로 자료를 얻고 필사본을 만들기 위해서 도서관끼리 상호 대출을 하기도 했다. 사서는 성스러운 보직으로 여겨졌으며 그들의 임무는 도서관 내의 장서를 이용하기 편하도록 분류하고, 대출할 준비를 하며, 1년에 한 번씩 장서 점검과 수집에 대한 관리 감독을 하는 것이었다.

우리의 선입견과는 달리 고대에도 책은 감탄할 만큼 귀한 물건이 아니었다. 글을 읽을 줄 아는 고급 노예가 큰 소리로 원고를 읽으면 방에 가득 찬 필사가들이 능숙하게 필사를 하는 방식으로 책이 대량 생산되었다. 고대에 책과 관련된 인사들은 책을 어떻게 하면 구할 것인지가 아니고 어떻게 하면 효율적으로 책을 관리하고 보관할 것인지에 대해서 고민했다.

고대 로마에만 해도 28개의 공공 도서관이 있었고, 수만 권의 장서를 보유한 귀족 소유의 개인 도서관이 있을 정도였다. 그 많던 책은 희한하게도 오늘날의 출판 산업이 몰락해가는 것과 비슷한 이유로 점차 사냥해야 겨우 찾을 수 있는 유물이 되어갔다. 책을 사랑하던 로마 귀족들은 가수와 마차에 열광하기 시작했다. 정적인 책보다 감각적인 쾌락이 보장되는 볼거리를 더 좋아하기 시작했고, 새로운 기술이 장착된 마차에 관심을 더 가지기 시작한 것이다.

독서에 대한 관심이 떨어졌다. 그와 동시에 거대한 화재와 빈번한 전쟁으로 인해 많은 책이 유실되었다. 서로마 제국의 멸망 또한 책의 멸망을 이끌었다. 로마를 몰락시킨 야만족은 책을 일부러 불사르지는 않았지만 귀하게 여기지 않음으로써 책의 몰락을 방치했다. 책을 귀하게 여기던 로마 귀족들은 졸지에 노예 신분이 되거나 도망자가 되어버려서 책을 챙길 여력이 없었다. 책 산업의 번성이 숙련된 필사가들의 축적된 작업의 결과로 천천히 이룩된 것처럼 책 산업의 쇠퇴 또한 천천히 오랫동안 진행되었다. 고대에 흔하던 책이 중세에 와서 귀한 물건이 된 사정은 이랬다.

책 사냥꾼이 갖춰야 할 미덕

이쯤에서 다시 책 사냥꾼의 조상이자 상황이 여의치 않으면(가령 수도원에서 포조가 원하는 책을 빌려주지 않을 경우) 언제든지 책 도둑이 되는 것을 서슴지 않았던 포조로 돌아가보자. 포조는 인도의 황금을 찾기 위해 후원을 받아 항해에 나선 근대화의 후배 콜럼버스처럼 수도원이라는 보물섬의 고서를 노렸다. 그는 완벽한 책 사냥꾼이 갖춰야 할 미덕을 고루 갖추고 있었다. 백수라서 남는 것이 시간이었고, 빠른 속도로 정확하며 아름답게 손글씨를 쓸 수 있는 능력(수도원에서 잠자고 있는 귀중본을 잽싸게 필사하는 데 꼭 필요한 덕목이었다.)이 있었으며, 고대의 유물을 구출하겠다는 열망이 있었다. 다만 아쉬웠던 것은 책 사냥 여행을 하는 데 필요한 돈이 부족하다는 것뿐이었다.

야심만만한 책 사냥꾼에 맞서는 수도원 또한 만만치 않은 상대였다. 손버릇 나쁜 이탈리아 출신의 책 사냥꾼(그러고 보니 이탈리아 사람의 나쁜 손버릇은 꽤 전통이 긴가 보다.)이나 도둑들에게 당한 적이 있는 수도원은 특히 경계를 철저하게 했다. 무엇보다 책을 수호해야 하는 동기가 확실했다. 귀중본을 많이 소장할수록 수도원의 명성이 올라가는 것이 당연한 시대였다. 책을 노리는 불순한 무리로부터 책을 수호하기 위해서 수도원은 책 도둑으로 의심되면 안 죽을 만큼 흠씬 구타하는 것을 주저하지 않았다.

당연한 일이겠지만 외부 인사가 수도원의 보물에 접근하는 것을 엄격히 제한했다. 수도원 내에서도 필사가들의 근무처인 스크립토리움은 필사를 하지 않는 사람은 출입할 수 없었다. 얼마나 필사에 정성을 들였는지 스크립토리움 내에서는 그 어떤 소리도 낼 수 없었다. 필사가들이 사서에게 관련 책을 요청할 때도 말이 아닌 별도로 고안된 보디랭귀지를 사용했다. 예를 들어 필사가가 교회 입장에서 불순하고 위험한 내용이 담겨 있는 이교도들의 책을 요청할 때는 손가락 두 개를 입에 넣고 구토하는 시늉을 했다고 한다.

여하튼 책을 책 도둑이라는 악의 무리로부터 수호하기 위해서 수도원은 수단과 방법을 가리지 않았다. 책 도둑이 사탄도 아닌데 수도원 측은 소장 도서에 만약 이 책을 훔쳐 가거나 빌려 갔다가 돌려주지 않으면 그 책이 독사로 변신해 책 도둑을 갈가리 찢어버린다는 무서운 경고문을 적는 것도 주저하지 않았다.

수도원 측의 무시무시한 수비를 뚫고 포조가 책 사냥이라는 목표를 달성한 것은 잽싸게 글을 옮겨 쓸 수 있는 필사 능력 말고도 다른 탁월한 장점이 발휘되었기 때문이다. 그가 가진 뛰어난 능력은 라틴어로 쓴 어려운 책을 빨리 읽고 의미를 파악하는 독해력이었다. 이 능력이야말로 많은 책 중에서 옥석을 가려내 필사해야 할 책을 신속하게 고르고, 필사를 더욱 용이하게 할 수 있었던 원동력이었다. 포조의 독해력은 평소 고전을 많이 읽어 단련된 것이었다. 독서는 근대화의 숨은 일꾼이었다.

수도원 맥주맛에 대해
알고 싶은
두세 가지 것들

《지적이고 과학적인 음주탐구생활》,
허원 지음, 더숲, 2019

1525년 독일의 전직 수녀 카타리나 폰 보라는 16세 연상의 전직 신부와 결혼하는 데 성공했다. 신랑 신부의 전직이 신부와 수녀라는 사실 때문에 당시 유럽 사람들은 역사상 가장 불경스러운 결혼이라고 비아냥거렸다. 그녀의 신랑은 95개의 반박문을 필두로 종교개혁에 앞장선 마르틴 루터였다.

결말만큼이나 그들이 결혼하게 되기까지의 과정은 드라마틱했다. 신부인 카타리나는 한번 들어가면 절대로 나올 수 없는 봉쇄수도원에 다섯 살 때 들어갔다가 다름 아닌 미래의 신랑이 될 사람이 주창한 종교개혁에 심취한 나머지 답답한 수도원 생활에 염증을 느끼고 수도원을 탈출하기로 결심했다. 한편 미래의 신랑 루터도 1521년에 종교개혁을 외치다가 파문을 당한 처지였다. 루터의 적극적인 지지와 응원에 힘입어 카타리나는 그 누구도 감히 상상조차 할 수 없었던 대담하고 용감한 탈출 방법을 택했다. 수녀원을 출입하던 청어 장수의 도움을 받아 그가 수녀원에서 일을 보고 나올 때 청어 상자에 숨어서 수녀원을 탈출한 것이다. 고약한 냄새가 나는 청어 상자에 설마 수녀가 숨어 있을 것이라고 누가 생각했겠는가.

루터는 종교개혁의 일환으로 신부와 수녀의 결혼을 적극적으로 장려했다. 중매는 물론 주례까지 서주었다. 그러니까 우리가 종교개혁의 아이콘이라고 알고 있는 루터는 성직자 전문 커플 매니저였던 셈이다. 목숨보다는 결혼이 더 중요해서 수도원을 탈출한 카타리나는 신부와 수녀를 위해 결혼을 주선하던 루터와 결국 결혼을 하게 된다. 문제는 그다음이었다.

본인 소유의 은둔 수도원과 토지 그리고 비텐베르크대학교 교수 봉급, 설교 사례비 등 루터에게는 적잖은 수입이 있었지만, 그는 세상살이와 경제 관념에는 낙제점이었고 딸린 식구들은 많았다. 부부 사이에는 6명의 자녀가 있었는데 부모를 잃은 조카 6명도 먹여 살려야 했고, 추종자나 제자들까지 20~30명씩 아예 루터의 집에 눌러앉아 살았다. 결혼 당시 41세였던 루터는 그때까지 오직 학생과 수도자로만 살았기 때문에 가계부조차 제대로 작성하지 못했다.

애당초 이들의 결혼도 매사에 적극적이었던 카타리나의 적극적인 구애로 성사되었다. 루터는 마흔이 넘도록 독신이어서 그 생활에 익숙한지라 굳이 결혼하고 싶은 생각이 없었다. 더구나 교회와 교황의 권위에 도전했다가 파문당한 처지여서 언제라도 살해당할 위험에 처해 있었기 때문에 괜히 결혼했다가 가족들까지 위험에 빠뜨리게 하고 싶지 않았다. 카타리나가 적극적으로 나서지 않았다면 이들의 결혼은 성사되지 못했을 것이다. 어쨌든 부양가족 때문에 가장인 루터의 수입보다 지출이 더 많아지는 지경이 되었고 카타리나는 또 팔을 걷어붙이고 집안 경제 살리기에 나섰다.

수도원 맥주는 보약이었다

가정경제를 살리기 위한 그녀의 야심 찬 사업은 양조장과 맥줏집이었다. 카타리나가 운영하는 양조장에서 생산한 맥주는 맛이 좋아서 맥줏집은 금방 주변 일대에서 손꼽는 명성을 가지게 되었다. 맛이 좋은 그녀의 맥주를 맛보기 위해서 비텐베르크대학교 교수와 학생들은 맥줏집으로 몰려들었다. 카타리나는 사업영역을 더욱 확장했다. 이 덕분에 루터는 경제적인 궁핍을 겪지 않고 풍족한 생을 보낼 수 있었다.

카타리나가 하필이면 양조장을 창업한 것은 그녀가 수도원 수녀 출신이라는 것과 무관하지 않다. 맥주는 수도원에서 매우 중요한 음식이었다. 수도사들은 예수를 따라서 금식을 하는 기간이 있었는데 이때는 음식을 먹을 수 없었고 음료만 마실 수 있었다. 아주 다행스럽게도 자애로운 기독교는 맥주를 식사가 아닌 음료로 인정해주었다. 그러니 수도사에게 맥주는 생명수나 다름없었다. 수도원 맥주는 금식 기간에 수도사들이 건강을 잃지 않도록 온갖 몸에 좋은 재료를 모두 투입해서 걸쭉하게 빚었다. 그러니까 그 당시 수도원 맥주는 음료보다는 차라리 보약에 가까웠다. 중세의 수도사들은 금식 기간이 7일 동안 이어져도 맥주 덕분에 피골이 상접할 일이 없었다.

맥주는 질병 예방에도 한몫했다. 중세 유럽에는 오염된 물에 있는 바이러스 때문에 생기는 전염병, 즉 수인성 전염병이 자주 발생했다. 장티푸스, 세균성 이질, 콜레라 등이 수인성 전염병인데 의학이 눈부시게 발전한 요즘에도 조심해야 할 질병들이다. 상수도 시설이 미비하고 거리에는 다양한 오염물들이 쌓여 있던 중세에는 수인성 전염병이 자주 발생할 수밖에 없었다. 이런 상황에서 생수보다는 끓여서 만드는 맥주야말로 건강 음료였던 셈이다. 수도사들은 이런 이유 때문에 물 대신 맥주를 자주 마셨다. 전염병이 유럽을 휩쓸던 11세기에도 수도사들을 따라서 물 대신 맥주를 마셨던 주민들은 안전했다고 한다.

생계를 자급자족으로 해결해야 했던 베네딕트 수도원에 맥주는 주요한 수입원이기도 했다. 보통 수도원들은 주변에 대규모의 토지를 소유한 경우가 많기 때문에 다른 양조장보다 고급 맥주를 많이 빚을 수 있었다. 또한 수도원은 부자인 경우가 많았기 때문에 자본과 재료도 풍부했다. 오늘날에도 수도원 맥주는 고급으로 인정받는다. 유럽의 수도사들은 그 당시 사회에서 글을 읽고 쓸 줄 아는 지식인이었는데 이 또한 수도원 맥주의 품질 향상에 큰 도움이 되었다. 양조기술을 입에서 입으로 전하는 것이 아니라 기록으로 남기고 기록을 읽을 줄 아는 수도사들 덕분에 수도원은 해가 거듭될수록 양조기술을 축적하고 향상했다.

카타리나는 어쨌든 당시로서는 최첨단 양조기술을 보유한 수도원 출신이었기 때문에 그녀의 맥주 사업은 성공할 수밖에 없었다. 둘 다 성직자 출신이라는 것 때문에 마르틴 루터 부부의 결혼은 당시 세기의 스캔들로 치부되었지만, 수녀 출신인 카타리나가 양조장을 운영하고 요즘으로 치면 호프집 장사를 한 것은 별달리 이상한 일로 생각하지 않은 모양이다. 하긴 현재 인구 대비 와인을 가장 많이 소비하는 곳이 다름 아닌 교황청이 있는 바티칸이다. 물론 성직자들이 와인을 많이 마시는 것은 아니고 상당량은 가톨릭 종교의식에 사용되는 것이긴 하다.

술 취한 원숭이가 살아남는다

우리나라만 해도 요즘 들어서야 음주문화에 대한 경각심이 생기고 그 부작용에 대한 엄중한 경고와 처분을 하고 있지, 수십 년 전만 해도 웬만한 실수는 '술김에'라는 변명이면 용서되거나 정상 참작되었다. 심지어 술을 잘 마시는 것이 호탕함의 상징이었고 사회생활을 잘하기 위한 중요한 능력으로 인정되었다. 《지적이고 과학적인 음주 탐구생활》에서는 이러한 술에 관대한 문화를 인간의 진화 과정에서 비롯된 자연스러운 현상이라고 설명한다.

자연의 나무 열매가 그 안에 들어 있는 효모균 덕분에 저절로 발효되어 알코올을 만드는 경우가 있다고 한다. 한마디로 나무 열매가 술 열매가 되는 경우가 드물지 않다는 것이다. 발효되어서 술이 된 열매를 평소처럼 따 먹은 새는 본의 아니게 음주 비행을 하게 되어 빌딩이나 절벽 같은 장애물을 피하지 못하고 교통사고를 내거나 비행하다가 단체로 추락해 죽는 경우가 있다고 한다. 인간의 조상인 유인원도 틈만 나면 나무 열매를 따 먹었을 것이다. 물론 우리의 천

진난만한 유인원의 식사에도 간혹 자연이 술이라는 독을 탔을 텐데 이것을 이겨내는 유인원이 있었을 것이고, 술에 취해 나무에서 떨어지는 이웃도 있었을 것이다. 술을 이겨내는 유인원은 번식에 유리했을 것이고 먹이 경쟁에서도 승자였을 것이니 그 유전자가 잘 전해지는 것은 당연한 일이다. 그러니까 술에 관대하고 술을 잘 마시는 능력에 대한 경외심은 진화 과정에서 일어난 본성 때문이라는 것이다.

자연은 늘 적자생존의 법칙에 의해서 진화해왔다. 버클리대학교 로버트 더들리 교수가 발표한 '술 취한 원숭이' 가설은 인간이 왜 그토록 술에 탐닉하는지에 관해 적자생존의 진화 법칙으로 설명하는 흥미롭고 과학적인 가설이다. 자연이 만들어낸 술 열매를 먹고 유인원은 적당히 술에 취해서 더욱 열심히 먹이를 수집하게 되며 다른 종과의 생존경쟁에서 우위를 점한다는 것이다.

농부나 인부들의 새참에 막걸리가 빠지면 되겠는가. 미약한 취기는 육체의 피곤함을 달래주기 때문에 노동에 도움이 된다. 자연의 열매에 함유된 알코올은 극히 소량이라 굳이 술의 종류로 따진다면 소주가 아닌 맥주에 해당한다고 하겠다. 그러니까 그 옛날 술 열매 덕분에 다른 유인원과의 생존경쟁에서 이긴 것은 기껏해야 맥주 몇 병을 마시는 정도의 취기 덕분이지 소주를 연거푸 마시는 대취 덕분은 아니다. 결국 현대 인간의 경우에도 알코올이 경쟁에 도움이 될 수 있는 것은 맥주 몇 병이지 인사불성이 될 수도 있는 주량은 아니다. 과음하면 그 옛날 의도하지 않은 음주를 하고 땅에 떨어져 추락사한 유인원과 같은 신세가 될 수 있다. 다시 말하자면 유인원이 하루 종일 열심히 따 먹은 술 열매에 들어 있는 약간의 알코올 정도가 인간의 노동에 도움이 된다는 것이다. 중세 사람들도 맥주나 와인을 물 대신 마셨지만(와인도 맥주와 마찬가지로 중세에 위생상의 이유로 사람들이 물 대신 애용했다.), 그렇다고 해서 고주망태로 일상생활을 한 것은 아니다. 그 당시 맥주나 와인은 현재보다 알코올 도수가 현저히 낮았으며 특히 17세기 와인은 3도밖에 되지 않아서 술보다는 차라리 포도 주스에 가까웠다.

술 열매를 먹으며 식량 채집에 더 열중했던 유인원의 전통은 피라미드 건설 공사 현장에도 이어졌다. 도저히 사람이 건설했다고 믿기 힘들 만큼 고된 노동이었음이 분명한 피라미드 공사 현장에서 맥주는 가장 중요한 건설 자재(?)이자 보수였다. 맥주가 없었다면 피라미드도 없었을 것이라는 주장도 있다. 근무 중에 술을 마실 수 없는 대부분의 직장인이 수시로 커피를 마셔가면서 업무에 집중하려고 애쓰는 것은 혹시 그 옛날 술 열매를 따 먹으며 열심히 채집활동을 한 조상의 흔적일 수도 있겠다.

유인원이 술 열매를 먹고 더욱 열심히 채집 활동에 집중해 진화과정에서 살아남은 것과 마찬가지로 포도주의 원료인 포도도 적당한 치열함을 통해서 더 좋은 품질의 와인이 된다. 좋은 와인을 결정짓는 것은 양조기술보다 포도밭인데, 좋은 포도밭은 비옥한 토양이 아니라 자갈밭이나 석회석이 많은 척박한 땅이다.

또 비가 오면 빗물이 빨리 땅에 스며드는 건조한 땅이 좋은 포도를 생산한다. 땅이 척박하면 포도는 생존하기 위해서 뿌리를 더 깊이 내리는데 결국 수분이 부족해 알은 작지만, 향은 더할 나위 없이 좋은 포도를 생산하는 것이다. 또 배우지 못한 한을 자식을 통해서 풀기 위해 필사적으로 자식 교육에 힘쓴 우리 조상들처럼 메마른 땅에 사는 포도는 자신의 씨앗을 비옥한 땅으로 옮겨줄 동물을 유혹하기 위해서 향과 맛이 좋은 포도를 만들어낸다.

문득 내가 근무하는 지역에서 나오는 산골 사과에 대해서 가졌던 의문이 하나 풀렸다. 아마도 금요일 오후였을 텐데 퇴근길에 나름 지역의 특산물인 산 사과를 가족들에게 맛보이고 싶어졌다. 과연 산 사과는 못생기고 알이 작았는데 주인의 자부심도 대단했다. 값을 치른 사과를 봉지에 담아주시면서 '우리 사과는 물을 주지 않고 키웠다'는 것이다.

수확기가 되기 전까지는 물을 마치 아기에게 젖을 주듯이 아낌없이 줘야 하는 벼를 키우는 농부의 아들이었던 나는 물을 주지 않고 키운 농산물이 왜 자랑거리인지 궁금했다. 그렇다고 퇴근길에 시골 면사무소 앞에서 사과 주인에게 물을 주지 않은 사과가 왜 맛있는지에 관해 토론회를 가질 수는 없는 일이다. 머리를 갸우뚱거리면서 가져온 사과를 가족들과 맛나게 나눠 먹긴 했는데 이제야 그 의문에 대한 해답을 알겠다. 산 사과도 척박한 땅의 포도와 같은 처지이니 청출어람을 꿈꾸는 부모의 마음이었으리라.

연필은
왜
육각형일까?

《연필》,
헨리 페트로스키 지음, 홍성림 옮김,
지호, 1997

질문 1. 영국 정부가 철저하게 보안을 유지하면서 애지중지한 광산이 있었다. 1565년 컴벌랜드의 보로데일 영지에서 발견된 이 광산에 출입하기 위해서는 철저한 몸수색을 당해야 했다. 입구는 마치 비밀 요새처럼 숨겨져 있었고, 총으로 무장한 경비원들이 혹시 있을지 모를 침입자에 대비해 눈을 부라리고 있었다. 광산에서 일하는 기술자들도 철저한 감시의 대상이었다. 이 광산에서 채굴되는 광물은 너무나 인기가 좋아서 훔치려는 사람들이 많았다. 이 광산에 무단으로 침입해 광물을 훔쳐 가면 법률에 따라 중범죄인으로 처벌받았다. 국가 차원에서 보호하고 관리해야 할 필요성을 절감한 영국 정부는 필요한 만큼만 채굴하고 광산을 7년간 폐쇄하기에 이른다. 이 광산에는 도대체 어떤 광물이 채굴되고 있었을까?

질문 2. 20세기 초 한 제조업자는 이 상품을 만들기 위해서는 다음과 같은 기초 지식이 필요하다고 말했다. 수백 가지 종류의 염료에 관한 지식, 전 세계 구석구석에서 나오는 온갖 종류의 흑연의 질에 관한 지식, 알코올을 비롯한 유기 용제, 천연이나 인공 착색제, 목재에 관한 지식, 고무와 아교 및 인쇄용 잉크에 대한 광범위한 지식, 온갖 종류의 왁스에 대한 지식. 이런 지식을 토대로 건조 방식, 주입 처리 장치, 고온 용광로, 연마기를 다루는 기술도 있어야 이 상품을 만들 수 있었다. 이 상품은 무엇일까?

1번 문제의 정답은 흑연이고, 2번 문제의 정답은 연필이다. 다양한 언어를 사용하는 인간 사회에서 의사소통 수단으로서 연필의 공헌은 지대하다. 연필은 귀하고 경이로운 물건이었다. 끝이 뾰족하게 갈리면서 잘 부러지지 않을 정도로 강하고, 부드럽게 잘 써지는 연필을 만들기 위해서는 기계공학, 재료공학, 구조공학의 지식이 필요하며 심지어는 전기공학도 동원되어야 한다. 연필 제조기술이 현대 공학기술의 발전에 많은 기여를 한 이유다. 연필을 비롯한 필기구는 컴퓨터를 주로 사용하는 현대사회에서는 중요하지 않고 흔한 물건이라는 인식이 널리 퍼져 있다. 현재 국내 필기구 시장의 점유율은 수입 제품이 국산 제품을 앞선다. 내가 중학교 다닐 때 한 선생님께서 볼펜 심에 들어가는 볼을 국산화하지 못해 일본에서 수입할 수밖에 없다며 한탄하셨던 기억이 생생하다.

연필이야말로 완벽한 현대 기술문명의 결과물이다. 연필의 역사를 추적하면 다양한 공학 지식을 습득할 수 있다. 연필이 없었다면 우리가 보물처럼 여기는 예술이나 문학이 현재와는 다른 모습이 되었을 것이다. 예술과 과학의 확산에 연필만큼 기여한 물건도 없다. 다른 사람과 의사소통하고 자신의 감정과 의사를 피력하는 것은 인간의 타고난 본능이다. 정교하고 체계화된 문자가 발명되기 전에도 원시인들은 동굴 벽화나 간단한 그림을 통해서 좀 더 오래 남고 명확한 의사소통을 하려고 애썼다.

이 노력은 헛되지 않아서 기원전 5000년경에 메소포타미아의 수메르인이 끝을 뾰족하게 만든 금속으로 점토판 위에 기록한 정보가 19세기에 해독되었다. 연필을 사용하기 시작한 것은 인간이 말이 아닌 문자로 좀 더 정확하고 명확하게 의사소통하기 시작했다는 증거다.

이쯤에서 정리해보는 연필 연대기

문명의 발달에 기여한 공이 지대한데 연필 자체에 대한 기록이 드문 것은 이상한 일이다. 연필pencil은 페니실륨penicillum이라는 그리스 로마 시대의 붓과 닮아서 붙여진 이름이다. '연필鉛筆, lead pencil은 수십 가지의 재료를 결합해서 생산한 제품임에도 불구하고 현재에는 전혀 사용하지 않는 재료(납)의 이름에서 그 이름이 유래했다.

연필에 납 성분은 거의 없지만 우리가 연필이라고 부르는 이유는 맨 처음 그 물건이 만들어졌을 때의 원료로 그 물건을 부르는 전통(?) 때문이다. 목재로 만든 것이 아닌데도 우리는 우드wood 골프채를 휘두르지 않는가. 분명 플라스틱 제품인데도 안경glasses이라고 부르는 것도 같은 이유다.

납을 필기구로 사용한 것은 고대인들이었다. 한 손에 쏙 들어가는 알맞은 크기에다 지나치게 무겁지 않고, 양피지에 대고 선을 그려도 부서지지 않으며, 알맞게 부드러워서 양피지를 찢지 않는 재료를 찾다 보니 납이 당첨되었다. 오늘날 우리가 사용하는 연필은 납과 붓이 결혼해서 생긴 자식이다. 보로데일 영지의 광산에서 채굴된 흑연은 그 덩어리 그대로 판매가 되고 필기구로 사용되기도 했다.

사실 납덩어리나 흑연 덩어리를 들고 오래 글을 쓰면 쥐가 날 수도 있고 정교한 글씨를 쓰는 데도 불편했다. 참다못한 고객들은 "누가 제발 이 덩어리 대신에 다른 좀 더 좋은 것을 만들 수는 없어?"라고 절규했을 것이다. 흑연은 데뷔하자마자 열광을 받았다. 흑연 광산에서 채굴되는 흑연의 양이 소비자들의 수요를 따라가지 못했기 때문에 정부가 폐쇄한 흑연 광산을 도굴하는 사람도 등장했다.

부지런한 사람들은 흑연을 줄로 감아서 사용했고, 나무로 된 홀더에 흑연을 끼워서 필기구로 삼기도 했다. 그러다가 17세기 말부터 오늘날 우리가 연필이라고 부르는 물건과 비슷한 형태가 갖춰지기 시작했다. 나무로 흑연 심을 둘러싼 자루 모양의 필기구가 나타난 것이다. 결국 보로데일 광산에서 발견된 흑연 덕택에 오늘날 우리가 연필이라고 하면 연상되는, 가운데 구멍을 뚫은 나무에 흑연 심을 끼워 넣은 필기구가 대중적으로 사용되기 시작했다.

이 근대적인 연필은 개인이 직접 만들어 쓴 것이 아니라 공장에서 공산품으로 생산되었다. 초창기 연필이 비록 잉크를 찍어서 글을 쓰는 펜보다는 혁신적인 제품이었지만 단점도 분명했다. 흑연을 끼운

홀드가 너무 헐거우면 흑연 심이 홀드 속으로 숨어버리거나 아예 홀드에서 빠져나가는 불상사가 발생했다. 그런데도 납덩어리로 글을 쓰는 것과 비교하면 엄청난 혁신이었기 때문에 필기구로서 연필의 명성에 금이 가는 일은 없었다. 흑연을 나무로 감쌌다는 것 자체가 혁명이었다. 필요하면 나무와 심을 칼로 깎아서 얼마든지 정교한 작업을 할 수 있었기 때문이다. 사람들은 납으로 글을 쓰던 옛 시절을 회상하면서 '그땐 그랬지' 하며 미소 지었을 것이다.

흑연을 나무 자루에 삽입해서 만드는 근대적인 공법은 흑연이라는 귀한 천연자원의 보호에도 기여했다. 작은 흑연 조각으로 많은 연필을 생산할 수 있었기 때문이다. 그럼에도 불구하고 다듬는 과정에서 손실되는 흑연 가루는 발생했고, 한정된 흑연 자원을 보호해야 한다는 경각심이 대두되었다.

영국 정부는 연필 형태가 아닌 흑연 덩어리를 수출하는 것을 금지했다. 광부들은 흑연을 입안에 가득 물고 나오면 하루 치 수입을 챙길 수 있었다. 급기야 흑연 도둑질을 막기 위해서 일을 마치고 나오는 광부들을 몸수색해야 했다.

18세기까지 흑연이 너무 귀했기 때문에 연필의 공급량을 늘리기 위해서 일부 업자들은 흑연 가루에다 밀랍이나 부레풀 같은 것을 혼합하기도 했다. 이런 연필들은 당연히 품질이 낮았고 순수한 흑연으로만 만드는 '진품' 연필은 인기가 높았다. 1950~1970년대에 학교를 다닌 사람이라면 누구나 품질이 낮은 연필에 대한 추억이 있을 것이다. 연필 제조기술이 열악했던 당시에는 연필로 글씨를 쓰면 글자가 너무 흐리게 나왔고, 그래서 학생들은 심에 침을 발라가며 글씨를 썼다. 침을 바르기가 싫어서 세게 눌러 쓰면 질 낮은 공책이 찢어지는 불상사가 생겼다. 침을 바른다고 문제가 완전히 해결되는 것은 아니었다. 흑연에 수분이 가미되어 글씨를 지울 때 잘 지워지지 않았다. 연필이 가지고 있는 최고의 장점, 즉 지우고 고쳐 쓸 수 있다는 점이 없어지는 것이다.

18세기 말에 이르자 연필 제조업은 가구 공예에서 완전히 독립된 제조업의 한 분야가 되었다. 연필심을 가공하는 공정과 나무 자루를 만드는 공정을 분리하는 분업이 이루어졌다.

1794년은 연필 역사에서 길이 기억해야 할 해이다. 프랑스의 화학자이자 화가인 콩테가 흑연 분말과 점토를 섞어서 구운 심을 사용하는 '현대적인' 연필을 개발한 해이기 때문이다. 연필 제조기술에 화학 지식이 동원되었다. 이 공정으로 제조된 프랑스산 연필은 독일산 연필을 앞질렀고 나아가 최고의 흑연 광산을 보유한 영국산 연필에 대적할 만큼 품질이 우수했다. 이전까지만 해도 영국산 흑연이 최고의 품질을 자랑했기 때문에 영국은 연필 산업의 종갓집으로 군림했었다.

순수하게 흑연만으로 심을 만들었던 영국산 연필과 달리 프랑스산 연필은 흑연 가루와 점토의 배율을 달리함으로써 다양한 굳기를 가진 여러 종류의 심을 생산하는 부가 이익을 얻었다. 점토를 혼합하는 비율을 조절해서 연필의 진하기를 필요한 대로 다양하게 생산할 수 있는 장점이 생긴 것이다. 콩테는 대략적인 기술을 공개했지만, 핵심적인 레시피(?)는 공개하지 않았다. 단순히 흑연과 점토를 배합해서 심을 만든다는 지식으로는 품질 좋은 연필심을 만들 수가 없었다. 흑연 분말을 얼마나 미세하게 공정해야 하는지, 점토는 어떤 식으로 정제해야 하는지, 물은 얼마나 넣어야 하며 건조는 어떻게 할 것인지, 얼마 정도의 온도로 가열해야 하는지 등에 관한 것은 비밀로 간직했다. 이 비밀 레시피는 혼인 관계를 통해서 전수되었기 때문에 외부인이 알아낼 방법이 없었다.

이 레시피는 얼마나 철저하게 비밀이 유지되었는지 20세기에 들어서도 아무나 쉽게 알 수 있는 정보가 아니었다. 현재에도 공식적으로는 '비밀'이긴 마찬가지다. 독일 연필 산업은 콩테의 비밀이 궁금했지만 그렇다고 해서 콩테네 회사 앞에 가서 "거 당신들은 연필심을 어떻게 만드는 거요?"라고 물을 수도 없는 노릇이다. 묻는다고 대답해줄 리도 만무하다. 독일 연필 산업은 사면초가에 빠졌다. 영국의 질 좋은 흑연 광산도, 프랑스의 새로운 연필 제조기술도 없었다. 그렇다고 독일이 연필을 포기한 것은 아니었다. 그들은 근면 성실한 성품과 함께 과학 기술을 토대로 한 연구 개발, 즉 '독학'을 했다. 콩테처럼 단기간의 임팩트는 없었지만, 독일의 연구 개발이야말로 연필의 발전을 주도한 원동력이었다. 오늘날의 연필은 콩테의 위대한 발견의 산물이라기보다는 차라리 독일이 주도한 공학, 과학의 결실이라고 봐야 한다.

연필업자, 헨리 데이비드 소로

미국에서는 매사추세츠주 콩코드 출신으로 1837년에 하버드대학교를 졸업한 한 민간 공학자가 연필 산업에 뛰어들었다. 그의 이름은 헨리 데이비드 소로였다. 《월든》의 그 소로 말이다. 한편 조셉 딕슨이라는 손재주가 좋은 미국인이 있었는데 독학으로 금속 활자를 만들기 위해서 용광로를 공부하다가 우연히 흑연으로 연필심을 만들기 시작했다. 연필심을 만들었지만 장사가 시원찮아 화가 난 딕슨은 사업을 집어치웠다. 그때는 벌써 헨리 데이비드 소로의 아버지인 존 소로가 딕슨으로부터 연필심 제조 방법을 배운 뒤였다. 때마침 소로의 매부가 우연히 흑연 광산을 발견했고 존 소로와 함께 연필 사업을 시작했다. 존 소로가 생산하는 연필은 품질이 우수했고 시장의 반응도 좋았다. 1830년 초, 존 소로의 연필은 미국 연필 산업의 선구자인 윌리엄 먼로의 연필을 위협할 정도가 되었다. 존 소로의 연필 사업은 번창했고, 헨리 데이비드 소로가 대학생일 때는 이미 그의 가문이 10년 전통의 연필 회사를 운영하고 있었다.

헨리 데이비드 소로는 연필을 팔아서 공부시킨 자식이었다. 대학을 졸업한 소로는 가업을 승계할 생각이 없었고 지역 학교에서 교사가 되었다. 그러나 학생들을 체벌하라는 학교의 지시를 따를 수 없었던 그는 학교를 그만두었다. 선택지가 없어진 소로는 아버지의 연필 회사에 취직했고 연필의 품질 개량에 몰두했다. 소로는 화학을 전공하지 않았기 때문에 연필심 공부를 독학해야 했다. 소로의 공부 장소는 모교인 하버드대학교 도서관이었다. 품질 좋은 연필을 만드는 흑연 분쇄 기계들을 개량하는 데에 헨리 데이비드 소로의 공이 컸을 것으로 추측한다.

소로는 원두막, 곳간뿐만 아니라 납 파이프 만드는 기계도 설계할 수 있을 정도로 뛰어난 공학 기술자였다. 소로 덕분에 좀 더 정제된 흑연으로 만든 연필은 인기가 높아졌고 사업은 더욱 번창했다. 사업은 확장했지만, 기술의 비밀을 지키기 위해 외부인의 접근을 철저히 막았다. 그럼으로써 특허를 내기 위해서 돈을 쓰지 않아도 되었고 비밀도 유지되었다. 소로는 교사 일을 하기 위해서 회사를 떠나고 다시 복귀하는 와중에도 연필의 품질 개선을 위한 연구를 게을리하지 않았다. 1844년에 이르면 미국뿐만 아니라 해외 경쟁 업체의 그어떤 연필과 비교해도 모자라지 않은 연필을 생산하게 되었다. 소로는 학자로 유명해지기 전에 이미 최상급의 연필을 제조하는 업자로 명성을 누렸다.

소로가 월든 호수 주변에 오두막을 짓기 시작한 것은 1845년경이다. 1849년에 그의 첫 번째 저작인 《소로우의 강》을 자비로 출간하느라 큰 빚을 지게 되었다. 빚을 갚을 요량으로 수천 달러어치 연필을 제조해서 뉴욕으로 팔려고 갔더니 세상이 달라져 있었다. 어느새 콩테 공법을 독학으로 완벽하게 습득한 독일이 저렴한 가격으로 연필 시장을 장악하고 있었던 것이다. 독일은 새로운 공법을 개발하고, 산업혁명에 발맞춰 증기력을 연필 산업에 도입했다. 소로는 그 많은 연필을 단돈 100달러에 팔아야 했고 그의 책 또한 팔리지 않아서 서재에 있는 900권의 책 중 700권을 자기가 쓴 책으로 채워야 하는 수모를 겪었다. 결국, 1853년에 소로는 연필 사업에서 철수했다.

소로는 비록 연필 사업을 그만뒀지만, 그의 후손들은 눈부신 성과를 거두고 있다. 19세기 이후 가장 성공적인 공업화를 이룬 미국은 현재 연필의 가장 핵심적인 원재료인 축판(연필심이 들어갈 수 있도록 둥근 홈을 판 판자)의 최대 생산국이자 최대 수출국이다. 이웃 나라 멕시코에서 품질이 좋은 흑연을 충분히 구할 수 있고, 자국의 자본, 생산 기반, 내수 시장을 고루 갖추고 있어 연필 강대국의 지위를 누리고 있다.

흑연 심을 비롯한 연필 제조기술이 시행착오를 거치며 발전한 것처럼 연필의 모양도 진화해왔다. 초창기 연필은 둥근 모양이었다. 연필이라는 것이 붓을 모방한 물건이기 때문에 당연한 일이었다. 연필 생산이 늘면서 마무리 작업에 손이 덜 가는 사각 형태로 바뀌었다. 그러다가 사각형 연필보다 쓰기 편하고 원통형보다는 손이 덜 가는 팔각형 연필이 탄생했다. 한때 경사진 곳에서 잘 구르지 않고 세 손가락에 자연스럽게 맞는 삼각형 연필이 주목을 받았지만, 그 영광은 오래가지 못했다. 나무를 너무 낭비한다는 비난을 받았기 때문이다. 결국 잘 구르지 않고 손에 쥐기 편하며 쉽게 돌릴 수 있는 육각형 연필이 오늘날 연필의 대세가 되었다.

사실 난
책 읽는 것보다
사는 게 더 좋은데

《책이었고 책이며 책이 될 무엇에 관한, 책》,
애머런스 보서크 지음, 노승영 옮김,
마티, 2019

책을 읽는 것보다 책을 사는 것을 더 좋아한다. 내 서재에 읽지 않은 책이 쌓여 있는 것은 책 사기를 너무 좋아하는 데 비해 읽는 속도가 이를 도저히 따라가지 못한 탓도 있지만 일단 사는 즐거움을 누렸으니 더 이상의 용도가 없어져서 그냥 아무렇게나 내팽개쳐둔 이유가 더 크다.

좋은 책은 사두면 언젠가는 읽게 될 것이라는 기대는 별로 없다. 유혹하는 책을 발견하고, 주문하고, 택배를 기다리고, 도착한 택배를 열어서 새 책을 만지작거리는 몇 분이 지나면 책과 관련된 나의 즐거움은 거의 끝난다. 철이 없는 것은 맞지만 호사스러운 취미는 아니다. 한 달에 40만 원 정도의 투자로 상위 1퍼센트 안에 들어가는 취미생활이 책 구매 말고 또 뭐가 있는지 모르겠다.

책을 사는 것은 왜 이토록 재미날까? 이 질문에 대한 좋은 대답은 애머런스 보서크가 쓴 《책이었고 책이며 책이 될 무엇에 관한》에 나온다. 많은 사람에게 책은 처음 만나는 장난감 중 하나이기 때문이다. 책을 만드는 사람은 자신이 가지고 있는 창의력을 최대한 발휘해 독자들(아이이건 어른이건)의 눈에 들려고 노력한다. 알록달록한 무늬와 색깔로 아이들을 유혹하는 것이 책이라는 말랑말랑한 장난감이다. 나처럼 어른이 되고 늙어가면서도 책 사기를 좋아하는 것은 아마도 좀 더 오랫동안 책과 함께 놀았기 때문일 테고 긴 시간에 걸쳐 책이 유일한 친구였기 때문이기도 할 것이다.

책, 인류의 가장 오래된 장난감

전자책이라는 라이벌이 처음 나타났을 때 많은 사람이 종이책의 종말이 다가왔다고 호들갑을 떨었다. 반면 책이라는 장난감을 좋아하는 나와 같은 독자들은 코웃음을 쳤다. 전자책은 쓰다듬고 냄새를 맡으며 가지고 놀 수 있는 장난감이 될 수 없기 때문이다. 물론 책의 원래 용도는 장난감이 아니고 '사람의 지식을 가지고 다닐 수 있는 물건의 형태로 배포하기 위한 저장고이기도 하면서 기호를 배치함으로써 정보를 전하는 매개체'이다.

수메르인들은 정보를 기록하고 전달하는 이동 가능한 저장 장치로 유프라테스강에서 쉽게 구할 수 있는 진흙을 선택했다. 진흙을 사용하기 편하게끔 납작하게 만들다가 결국 점토판이라는 '수첩'으로까지 진화했는데 우리가 생각하는 비석처럼 크지는 않았다. 편하게 들고 다닐 수 있도록 필경사의 손바닥에 쏙 들어갈 만한 크기였다. 성냥갑에서 큰 휴대폰 크기까지 다양했으며 앞뒷면만 쓸 수 있는 오늘날의 종이와는 달리 좌우면도 쓸 수 있었다. 제작도 간단해서 대부분 햇볕에 말리는 것이 제작 과정의 전부였다.

점토 책은 또 다른 장점도 있었다. 문서를 보관해두는 보관소(도서관)에 대화재가 났을 때 두루마리는 유실되었지만, 불에 타지 않는 진흙으로 만들어진 점토 책은 끄떡없었다. 다만 점토판 도서관의 주인인 왕들은 인내심이 부족하고 의심이 많았던 모양이다. 점토판 책에는 빌려 갔다가 당일 반납하지 않으면 혼찌검을 내주겠다는 경고문이 기록되어 있었다.

주변에서 쉽게 구할 수 있는 재료로 '지식을 저장하고 전달하는 휴대용 장치'를 발전시킨 수메르인처럼 이집트인도 나일강 유역에서 흔히 자라는 파피루스를 책으로 개발했다. 파피루스 책의 주된 용도 중 하나는 죽은 사람의 무덤에 함께 매장한 '이집트 사자의 서'라고 불리는 것이었다. 죽은 사람에게 내세로 들어가는 방법을 알려주는 200개의 주문으로 이루어진 책인데 이게 빈부에 따라서 차별이 있었다. 부자들은 화려하고 정교한 그림이 그려진 고객 맞춤형을, 그렇지 않은 보통 사람들은 기성 제품을 사용해야 했다. 부자들은 디자인을 직접 선택했는데, 가난한 사람들은 사전에 제작된 저가용 두루마리 빈칸에 죽은 사람의 이름만 기입하는 방식이었다.

비록 파피루스가 원시적인 형태의 저장 장치였지만 오늘날의 최첨단 정보 취득 장치인 인터넷과 책의 현대적인 형태의 기원을 제공했다. 두루마리가 영어로 스크롤scroll이라는 것을 생각하면 무슨 말인지 쉽게 이해가 될 것이다. 당시 두루마리는 길이가 9~12미터였으니 한눈에 모든 내용을 다 볼 수 없었고 위아래로 펼치면서 쓰고 읽었다. 마찬가지로 오늘날 모니터의 한 면에서 모든 내용을 다 보지 못해 위아래로 커서를 움직이면서 읽거나 보는 행위를 스크롤이라고 부른다. 또 두루마리의 겉면에 내지의 내용이나 첫 구절 또는 저자의 이름을 기록했는데 이것이 오늘날 책 표지의 기원이 되었다.

파피루스에 이어 등장한 신기술은 짐승의 가죽으로 만드는 양피지였다. 양피지가 비록 파피루스보다 더 질기고 매끄러운 고급 소재였지만 수 세기 동안 파피루스를 밀어내지 못하고 공존했다. 양피지가 좋다는 것은 확실했지만 제작하는 데 노력과 시간이 많이 들고 짐승을 도살해야 하는 만큼 비용도 많이 드는 단점이 있었기 때문이다. 마찬가지로 전자책을 비롯한 혁신적인 형태의 책이 나타나더라도 최소한 몇 세기는 종이책과 공존할 확률이 높다. 새로운 형태의 매체가 나타났다고 해서 분명한 장점이 있는 옛 매체를 단번에 밀어내지는 못한다.

메소포타미아인, 이집트인과 마찬가지로 중국인도 주변에서 흔히 구할 수 있는 재료로 책을 만들었다. 중국인은 어디에서나 쉽게 구할 수 있는 대나무를 끈으로 엮어서 이른바 간책簡冊을 만들었다. 간책은 중국 최초의 휴대용 정보 저장 및 전달 장치였다. 한자 '책冊'은 글자를 새긴 대나무를 엮은 모습을 나타내는 상형문자다.

그러다 채륜이 '종이'라는 최첨단 제품을 발명했는데 놀랍게도 5세기 내내 종이와 대나무 책, 즉 간책은 불편한 동거를 했다. 결국 종이가 정보 저장 및 전달 매체의 지배자로 등극하게 되는데, 편리한 종이가 불편한 간책을 서서히 밀어낸 것이 아니라 황제 환현이 더 이상 낡아빠진 간책을 사용하지 말고 신제품인 종이를 사용하라고 칙령을 내림과 동시에 전격적으로 종이의 시대가 열렸다.

최초의 책은 인간이다

예나 지금이나 크고 두꺼운 책은 지식을 취득하는 매개체라는 본연의 목적보다는 '자랑질'의 용도로 사용되었다. 큰 책을 '커피 탁자 책coffee-table book'이라고 부르는데 한 손에 들고 읽기 힘들기 때문에 탁자 위에 올려두고 읽어야 한다는 뜻이다. 중세시대에 이런 책들은 수도원이나 부잣집에서 읽지 않고 다리가 긴 탁자 위에 과시용으로 올려두기만 하는 경우가 있었는데, 경외심과 신앙심을 불러일으키는 효과가 있었다. 물론 금테를 두르고 보석을 박았다면 그 효과는 더 컸으리라. 중세 말기에는 발달한 인쇄술 덕분에 소맷부리나 호주머니에 쏙 들어갈 만큼 작은 크기의 기도서가 출간되었다. 생각날 때마다 꺼내서 기도를 올림으로써 자신의 부와 신앙심을 과시할 수 있었다. 이건 마치 현대인이 시간을 보는 척하면서 명품 시계를 남에게 쓱 보여주는 것과 비슷하다.

17세기에 들어서자 책을 상품처럼 보이게 하기 위한 장치들이 속속 등장했다. 다른 인쇄업자가 만든 책과 자신이 만든 책을 구별할 수 있도록 오늘날의 출판사 로고 비슷한 것을 사용하기 시작했다. 또 책 내용을 독자들에게 맛보여주고 홍보 효과를 거두기 위해서 최대한 제목을 길게 지었다. 우리가 《돈키호테》라고 알고 있는 소설의 원래 제목은 '재기 넘치는 라만차 출신의 기사 돈키호테'이다. 18세기에 들어서 이 마케팅 기술은 더욱 발전했다. 《로빈슨 크루소》의 원 제목을 알려줄 테니 놀라지 마시라. '요크 출신 뱃사람 로빈슨 크루 소가 그려낸 자신의 생애와 기이하고도 놀라운 모험 이야기: 조난을 당해 모든 선원이 사망하고 자신은 아메리카 대륙 오리노코강 가까 운 무인도 해변에서 28년 동안 홀로 살다 마침내 기적적으로 해적선 에 구출된 사연'. 이 정도면 제목이 곧 줄거리이자, 요즘 말로 스포일 러다.

책의 '서문'이 등장하기 시작한 것도 이 무렵이었다. 출판업자와 저자들은 책 안에서 독자들과 친밀감을 높이는 사적인 공간으로 서 문을 만들었다. 저자는 독자들에게 자기가 어떤 식으로 이야기를 이 끌어갈 것인지를 이야기함으로써 친밀감을 높이려고 애썼다. 이른 바 메인 공연을 하기 전에 바람잡이 공연으로 관중의 시선을 끌어오 려는 마케팅이었다.

인쇄술의 발달과 함께 귀족과 왕족 그리고 성직자들의 전유물이 었던 책은 모두의 문화가 되었다. 책이 대중화되면서 인쇄업자 간의 경쟁도 치열해졌는데 이때 등장한 것이 '저작권'이다. 16세기에 이미 책에 대한 배타적인 권리가 인정되었고 매매도 이뤄졌다. 인쇄업자 들은 새 책을 내면 왕이나 교황에게 저작권을 인정해달라는 청원을 해야 했다. 승인권을 가진 권력자들은 정부에 고분고분한 인쇄업자 와 그렇지 않은 인쇄업자를 차별함으로써 자신들의 영향력을 행사 했다. 현재 우리나라에서 인삼이나 담배 사업자를 지정해서 관리하 듯이 성서나 교과서 같은 꾸준히 잘 팔리는 책에 대한 소유권은 선별된 소수에게만 부여했다. 책에 대한 권리가 물건으로서의 책이 아니라 책 속에 담긴 내용(텍스트)으로 넘어가는 법률적 변화도 일어났다. 오늘날 출간계약서에 저자를 갑, 출판사를 을로 표기하는 것의 기원이 이때 생긴 것이라고 생각한다.

오늘날 우리가 떠올리는 평범한 책의 모습, 즉 눈길을 끄는 표지 디자인, 저자와 책 제목이 한눈에 보이도록 인쇄된 책등, 뒤표지에 인쇄된 ISBN 바코드는 1980년대 대형 오프라인 서점이 호황을 누릴 때 형성되었다. 가능한 많은 책을 보기 좋게 전시하고, 독자들이 그 책에 대한 정보를 입수할 수 있도록 상품에 최대한 많은 정보를 담아야 했기 때문이다.

책이라고 부르는 상품 중에서 가장 찬란한 영광을 누리고 가장 비참하게 쇠퇴한 것은 백과사전이다. 최초의 백과사전인 드니 디드로의 17권짜리 《백과전서》가 1751년에 출간되었는데 무려 수천 명의 인력이 투입된 대작이었다. 지금으로서는 상상하기 어렵지만, 이 백과사전의 인기가 얼마나 많았는지 저가용 보급판을 따로 판매했을 정도였다. 백과사전은 1990년대 시디롬 형태의 디지털 판이 등장할 때까지 200년 이상의 영광을 누리고 장렬히 사라졌다. 한때는 교양 있고 돈깨나 버는 가정이라면 서재에 꼭 백과사전이 위풍당당하게 꽂혀 있었는데 요즘은 가구 전시장의 소품으로 전락했다. 마치 수많은 관중 앞에서 우승을 밥 먹듯이 한 경주마가 동네 놀이공원에서 효도 관광을 하러 온 노인을 태우고 다니는 늙은 말이 된 신세라고 할까.

전자책이 종이책을 대체할 거라는 우리의 막연한 생각과는 달리 2016년 미국과 영국에서는 전자책의 판매량이 감소했고, 2015년 미국에서는 종이책 판매량이 3.3퍼센트 증가했다. 세부 수치에서 주목할 만한 것은 아동용 보드북 판매량이 무려 7.4퍼센트 늘었다는 사실이다. 디지털 시대를 역행하는 이 기이한 현상은 부모들이 아이들의 운동 능력을 연습하고 개발하기 위해서는 만지고 놀 수 있는 촉각적 사물이 더 유용하다는 사실을 깨달았기 때문에 나타나는 것이다. 디지털 전자기기로 정보를 얻고 학습하는 것보다 책을 장난감처럼 가지고 노는 것이 아동의 발달에 더 유리하다는 것을 부모들이 알아차리고 있다.

최초의 책은 사실 인간 자신이다. 책이라는 물건은 정보를 보존하고 전달하는 장치인데 사람은 자신의 기억과 경험을 다른 사람에게 전달해왔기 때문이다. 실제로 다른 사람을 위해서 책의 역할을 한 사람들도 있었다. 고대 그리스 로마의 귀족들은 여러 명의 노예에게 각기 다른 책을 외우게 하고는 필요할 때 암송하게 했다. 노예들은 각자가 책이었고 도서관이었다. 말하자면 책을 암송하는 노예는 요즘으로 치면 오디오북이었던 셈이다.

서양에서 소리를 내지 않고 책을 읽는 묵독이 확산되기 시작한 것은 14세기 전후부터였다. 그전까지는 책이란 모름지기 크게 소리를 내서 읽어야 하는 것이고, 그래야만 독서가 완성된다고 생각했다. 오랫동안 소리를 내서 책을 읽는 것은 쉬운 일이 아니다. 귀족들이 책 읽어주는 노예를 둔 것은 자연스러운 일이었다. 마치 오늘날의 콘서트처럼 목욕탕이나 극장에서 다수의 청중을 두고 낭송회가 열리기도 했다. 책을 외우고 읽어주는 노예의 삶은 우리가 생각하는 것만큼 고통스럽지는 않았다. 책 읽어주는 노예는 의사, 교사와 함께 전문직으로 인정받았으며 당당히 식솔을 거느리고 저택에 사는 경우도 있었다.

《책이었고 책이며 책이 될 무엇에 관한》를 읽으면서 알게 된, 간단하지만 재미있는 지식 하나는 'book'이 '예약하다'라는 동사의 뜻으로 쓰이는 이유가 예약 내역을 장부에 기록한 옛날 관습에서 비롯된 것이라는 사실이다.

제사상에
맛밤은 올리면
안 될까?

《한국의 유교화 과정》,
마르티나 도이힐러 지음, 이훈상 옮김,
너머북스, 2013

할아버지 기일이다. 다행히 주말이라 아내와 도란도란 이야길 하면서 전통시장에서 장을 봤다. 전통시장은 다 좋은데 카트가 없어서 여러 개의 비닐봉지를 박처럼 주렁주렁 매달고 다녀야 한다. 귀찮아하는 버릇의 최고 경지에 이른 나로서는 여간 불편한 게 아니다. 상품도 다양하지 않다. 그런데도 우리가 전통시장을 찾는 데는 그만한 이유가 있다. 제사상에 올릴 음식 중에 꼭 전통시장에만 파는 것들이 있다. 손수 요리하기엔 불편하고 시간도 많이 필요해서 맞벌이인 데다 저질 체력인 우리 부부에게는 전통시장에서 사는 것이 이득이다.

서로가 알고 있는 제사에 대한 지식을 공유해가면서 장을 본다. 대충 장을 다 본 것 같은데 문제가 생겼다. 이상하게 밤이 보이지 않는다. 밤이 없는 제사 상차림을 내 상식으로는 상상할 수 없다. 꼭 구해야만 한다. 언제나 내 우매함을 일깨우고 현명한 해결책을 제시하는 아내다. 이번에도 신통하고 기묘한 의견을 냈다. 생밤 대신에 맛밤(마트나 심지어 편의점에서도 파는 진공 포장된 간식용 밤)을 제사상에 올리잔다.

아내는 신묘한 의견을 신묘한 과정을 통해서 설득시키는 재주가 있다. 처음에는 '이게 뭔 헛소리야?'라는 생각이 절로 들지만 조금만 곱씹고 되새겨보면 나름의 일리가 느껴지고 급기야 그 의견에 동의하게 되는 과정을 거친다. 매번 그렇다. 도토리처럼 작고, 군고구마처럼 부드러우며, 팝콘처럼 자꾸 손이 가는 맛밤을 제사상에 올린다? 제사가 장난이냐고 면박을 주기도 전에 아내의 논리가 훅 들어온다.

아내의 논지는 이랬다. 첫째, 맛밤을 제사상에 올리지 말라는 법이 있냐? 경국대전에 그런 내용이 있을 리가 없다. 둘째, 조상님도 생밤보다는 맛밤을 더 맛나게 드실 것이 분명하다. 셋째, 조상님이 생전에 드셔보지 못한 음식을 맛보게 하는 것은 불효가 아니고 효도다.

아무리 머리를 굴려봐도 아내의 의견에 반박하지 못하겠다. 특히 둘째 논지는 설득력이 너무 강력했다. 급기야 나는 아내의 개혁적이고 진보적인 제사 상차림법의 신봉자가 되었다. 맛밤은 이미 딸아이의 간식용으로 많이 사두었으니 따로 장을 볼 필요가 없다는 장점도 있었다.

근데 또 다른 문제가 생겼다. 시장에는 감도 보이지 않았다. 아내가 구하기 힘든 감보다 다른 맛있는 과일을 제사상에 올리는 것이 어떻겠냐고 물었을 때 이미 아내의 신도가 된 나는 "그래, 그게 좋겠어. 조율이시棗栗梨柿라는 것이 원래 근본도 없어"라며 흔쾌히 동의했다. 집에 돌아와서 느긋하게 장떡을 먹었다. 참으로 맛난 음식이다. 제사를 지낼 아들은 없지만 내 제사상에는 장떡이 올라왔으면 좋겠다. 맛밤도 있었으면 좋겠다.

배가 불러서 잠깐 낮잠을 자려는데 휴대폰이 울린다. 생각지도 않았던 사촌 동생들이 제사에 참석한단다. 아내와 나는 누가 먼저랄 것도 없이 장을 한 번 더 봐야겠다는 생각을 했다. 우리 둘 사이에는 아무 말이 필요 없었다. 서둘러 집을 나서는 나에게 아내는 어딜 가냐고 묻지 않았다. 폭우를 돌파하면서 대형마트로 향했다. 내가 뭘 사러 갔겠는가? 그렇다. 곶감과 밤이다. 기왕에 마트에 왔으니 이것저것 음식을 더 샀다. 급하게 담다 보니 집에 있는 포도를 두고 한 상자를 더 사버렸다. 제수만큼은 직접 시장에서 값을 절대로 에누리하지 않고 샀다는 할아버지가 보고 싶다. 할아버지는 아실까? 코흘리개 손자 녀석들 덕분에 더욱 풍성한 제사상을 받게 되었다는 것을. 오랜만에 사촌 동생들을 볼 생각을 하니 설렜다.

제사를 계기로 친지들을 만나서 함께 음식을 나눠 먹고 정다운 시간을 보내는 것은 좋다. 다만 음식을 장만하는 사람들이 허리가 휘어지도록 일해서 상다리가 휘어지도록 음식을 마련할 필요가 있는가에 대해서는 회의적이다. 정작 성균관에서 추천하는 제사상은 단출하기만 한데 말이다. 장례도 그렇다. 요즘은 가정에서 장례를 치르는 경우가 드물다. 현대식 시설을 갖춘 장례식장에서 장례를 치르는데 절차나 의식은 조선시대 유교 방식을 답습한다. 여전히 우리 사회의 상당수의 관습을 지배하는 유교는 대체 어떻게 우리나라에 정착하게 되었는지 궁금해진다.

먹고사는 데 도움이 되는 제사

스위스 사람 마르티나 도이힐러가 쓴 책《한국의 유교화 과정》은 유교가 한국 사회에 도입된 배경과 정착 이후에 한국 사회가 어떻게 변했는지를 잘 말해준다. 스위스인이 이런 책을 저술했다는 것이 다소 의외이긴 하지만 마르티나 도이힐러는 '한국학의 대가'로 평가받는 데다 무려 20년에 걸쳐 150여 종의 사료와 290여 편의 저작을 인용해 집필한 만큼 유교가 우리 사회에 도입된 과정과 그로 인한 변화를 설명하기에 부족함이 없다.

마르티나 도이힐러에 의하면 유교는 무려 250년에 걸쳐서 천천히 완성되었다. 결국 현재 우리 사회의 친족 관계, 제사 및 차례, 상속, 상례의 관습이 정착된 것은 17세기 중반이다. 마치 한국인이 존재하기 시작할 때부터 함께해온 것 같은 착각이 드는 유교 전통은 생각보다 그 역사가 무척 짧다. 멀리 갈 것도 없이 고조선의 역사만 생각해도 우리가 신봉하는 유교 전통이란 것이 트렌드에 가깝다.

불과 수십 년 전까지만 해도 대부분의 가정에서는 고조부까지 제사를 모시는 4대 봉사를 진리라고 생각하고 실천했지만, 이것 또한 조선 후기에 와서야 굳어진 관례다. 고려 공양왕은 신분에 따라서 제사를 지내는 대수를 달리하는 법령을 제정했다. 즉 대부(종이품에서 종오품) 이상은 3대를 지내고, 6품관 이상은 2대를, 7품관 이하 평민은 부모 제사만 지내도록 했다.

조선의 헌법인 경국대전도 3대 봉사는 6품 이상으로 한정했고 평민은 역시 부모 제사만 지내도록 했다. 조선 후기에 양반이 급증하고 가문 간의 위세 경쟁이 치열해지자 제사는 집안에서 최고로 존엄한 행사가 되었다. 1년에 제사를 20회 정도는 모셔야 제대로 된 양반이라는 분위기 속에서 양반이 되고 싶은 서민들조차 너도나도 4대 봉사를 하게 된 것이다.

현재에는 허례허식의 표상으로 낙인찍힌 제사는 조선시대에는 매우 실질적인 이유로 실천되었다. 정치와 학계에서 영향을 미치기 위해서는 족보가 필수적이었는데, 제사와 차례는 가문의 구성원으로 인증받을 수 있는 중요한 의식이었다. 누구의 자손이라는 이유만으로 벼슬을 얻을 수 있었던 조선시대의 상황을 고려하면 제사와 차례는 먹고사는 데 필요한 중요한 업무였다.

제사는 단순히 죽은 사람을 추모하는 의식이 아니라 죽은 사람과 산 사람의 사이를 이어주는 수단이었다. 죽은 사람이 가졌던 권리와 권위를 제사를 지내는 산 사람이 계승한다는 인증을 받는 수단에 가까웠다. 제사에서 하는 역할은 곧 사회적인 개인의 권리와 의무를 결정했다. 물론 제사라는 특별한 생활 방식과 족보라는 신분증은 주로 지배 계층에 한정된 것이었다.

제사와 족보는 각 집안의 사회·경제적인 기득권의 계승을 토대로 국가 전체의 사회·정치적인 안정을 지탱하는 수단으로 기획되고 강조되었다. 이 사실은 송나라 유학자와 주자의 주장을 통해서 확연해진다. 송나라 유학자들의 생각은 이렇다. 부계친, 즉 아버지 쪽 혈연

중심의 상속이 확립되지 않으면 부나 계급의 상속이 일관되게 이뤄지지 않으니 가계가 유지될 수 없다. 그러니 부계친 중심의 종법을 통해서 사회를 통제해야 가계가 유지되며 국가에 충성하게 된다.

주자의 주장도 똑같았다. 주자는 나라의 인심이 좋아지려면 집안을 통합하고 풍속을 철저하게 지키게 해야 한다고 주장했다. 이를 위해서 혈통을 체계화하고 종법을 확립해야 한다고 믿었다. 다시 말하면 나라를 편안하게 만들려면 족보를 활성화해서 혈통을 분명히 하고 부계 중심의 상속을 공고히 해야 한다는 것이다.

주자는 한술 더 떠서 족보나 제사가 확립되지 않았기 때문에 대대로 벼슬을 할 신하가 없다고 개탄했다. 그러니까 부계 혈통 중심의 기득권 계승을 확고히 하고, 제사를 제도화하면 관리들이 국가에 충성을 다하게 된다는 것이다.

제사와 부계 중심의 종법을 금과옥조처럼 여긴 주자의 노력은 치열했다. 주자가 주장하기를 조상과 후손은 같은 기氣로 엮여 있는데 사람이 죽으면 기는 사라지지만 그 본체는 자식에게 전달된다는 것이다. 주자가 요즘 사람이라면 불확실한 기보다는 유전자를 말했으리라. 어쨌든 자식이 정성을 다해 제사를 모시면 조상의 기를 다시 불러올 수 있다는 것이다. 제사가 무슨 알라딘의 요술램프를 문지르는 것도 아닌데 말이다. 주자는 더 나아가 반드시 같은 혈통을 가진 후손이 제사를 지내야만 죽은 사람의 기를 불러올 수 있다고 말했다. 조상을 알라딘의 요술램프에 나오는 '지니'처럼 생각한 주자의 주장을 당시 사람들이라고 억지스럽게 여기지 않았겠는가. 당대의 중국에서조차 정착되지 못한 이 이상한 주장이 엉뚱하게 17세기 조선에서 공고화된 것은 아이러니하다.

최근 들어서 제사나 상례를 점차 간소하게 치르는 풍조가 강해진 것은 물론 편리함을 추구하는 현대인의 특성 때문이기도 하지만 제사나 족보가 기득권을 대물림하는 수단의 기능이 미약해졌고, 가문을 바탕으로 한 인맥의 위력이 줄어든 영향이 더 크다.

지인 중에서 진성 이씨가 두어 명 있는데 내가 "당신은 퇴계의 후손"이라고 알려준 후에야 그 사실을 알았다. 그만큼 출신 가문이 출세나 먹고사는 일에 큰 영향을 주지 않는 것이다. 갈수록 족보나 제사에 대한 열정이 식어가는 것은 자연스러운 일이다.

삼년상이냐 백일상이냐

조선시대에 효자가 갖춰야 할 최소한의 상례였던 삼년상에 대한 마르티나 도이힐러의 설명은 흥미롭다. 고려 공민왕 때 신하인 이색이 당시 상례가 제대로 지켜지지 않은 것을 한탄하며 이 사달의 원흉을 백일상을 마친 관리가 관직에 복귀하도록 규정한 제도라고 지목했다. 1357년 이색의 건의를 공민왕이 승인함으로써 삼년상이 공식적으로 제정되었다. 그런데 굳이 삼년상을 강제한 것은 숨은 의도가 있었으니, 보기만 해도 싫은 정적政敵을 오랫동안 보지 않아도 되기 때문이었다.

이 좋은 제도를 공민왕은 고집할 수가 없었다. 삼년상을 제정한 2년 뒤인 1359년에 홍건적이 고려를 침략했기 때문이다. 다급해진

공민왕은 관리들에게 3년 동안의 부재를 허락할 수 없게 된 것이다. 1360년 한숨 돌린 공민왕은 다시 관리들에게 삼년상을 준수하라고 명령했지만 제대로 지켜지지 않았다. 이미 백일상에 익숙해진 관리들에게 삼년상은 매우 가혹한 시련이었으리라. 고려 말까지만 해도 나라가 삼년상을 지키라고 해도 지키는 사람은 일부에 불과했다.

그러다가 조선 전기에 들어와 삼년상은 당시 입법자들에 의해서 사람의 감정(세 살이 되어서야 부모 품을 떠나니 부모가 떠나면 3년 동안 슬퍼하는 것)을 기초로 한 '완벽한 제도'로 추앙받았다. 이 당시 남자 관리들은 삼년상을 치르라는 정부의 압력에 시달렸지만, 그 부인들은 편리한 고려의 전통을 따라서 백일만 지나면 상복을 벗어버렸다. 한 이불을 덮고 사는 부부조차 제각각이었으니 관직이 없어서 정부의 압박을 받지 않는 사람들은 당연히 고려시대의 전통, 즉 백일상을 따랐다.

요즘 제사가 골칫거리가 되고 분란의 원인이 되는 이유 중 하나는 제사 음식 때문이다. 정작 옛사람들은 제사 음식에 대해서 별다른 규정 없이 집안의 사정에 따라 간소하게 음식을 차렸다. 제사 음식에 관한 이런저런 규칙은 1973년 군사정권이 만든 '가정의례준칙'에 기인했다고 볼 수 있다. 말하자면 전국 각지에서 그럴듯한 제사에 관한 '썰'을 모아서 국가의 표준으로 정한 것이다. 이렇듯 조율이시니 홍동백서紅東白西니 하는 말이 근본이 없다. 더구나 중요한 건 제사를 가장 모시고 싶어하는 사람이 정작 아무것도 하지 않는다는 것이다.

잃어버린
빵을
찾아서

《육천 년 빵의 역사》,
하인리히 에두아르트 야콥 지음,
곽명단, 임지원 옮김, 우물이있는집, 2019

빵은 밀가루에 수분을 더하고 반죽을 치대어 구워서 만드는 음식이다. 빵은 서양의 음식을 대표하는 것으로 인식된다. 비록 구한말 서양 사람들이 들여와서 구운 것이 우리나라 최초의 빵이지만 대중들이 먹기 시작한 것은 한국전쟁 때 원조 물자를 통해서다. 아직도 우리나라 사람들에게 빵이란 그저 간식에 지나지 않고 건강에 좋지 않은 음식이란 편견이 있다. 비록 타의에 의해서 맛보게 된 빵이지만 배고픈 시대에 빵은 선망의 음식이기도 했다. 특히 서양의 빵 기술에 일본 사람들이 즐겨 먹는 단팥을 접목한 빵은 기성세대에게는 좋은 기억으로 남아 있는 추억의 음식이기도 하다.

일제강점기에 일본인들이 집단 거주했던 군산 지역에 단팥빵을 파는 최초의 빵집이 생겼다. 일본인이 운영하던 군산의 빵집들은 언제나 손님으로 붐볐다. 군산의 중심가에 있었던 빵집의 1층은 가게였고 2층은 식구들이 사는 살림집이었다. 17세기 유럽의 제빵사들도 2층 건물을 소유하면서 1층은 빵집으로, 2층은 살림집으로 사용하는 경우가 많았다. 유럽의 제빵사들이 국가의 비호 아래 빵 제조와 판매를 독점해서 부를 축적했다면 일제강점기의 군산 빵집은 일찍이 조선에 없었던 상술을 발휘했다. 그것은 바로 쇼윈도였다. 쇼윈도에 맛나 보이는 빵을 전시했고, 행인들은 진열된 빵을 보고 군침을 삼켰다. 전통적인 조선의 시장은 주인과 손님이 항상 얼굴을 맞댄 상태에서 물건을 구경하고 흥정해야 했기 때문에 물건을 편안하게 구경할 수 없었다. 이와 달리 쇼윈도는 주인의 눈치를 보지 않고 얼마든지 구경할 수 있었기 때문에 느긋하게 먹고 싶은 빵을 구경하고 가게로 들어갈 수 있었다. 편안하게 빵을 구경할 수 있는 자유는 손님들이 지갑을 열게 했다. 또 가게에 공간을 따로 마련해 빵과 커피를 팔았는데, 오늘날 제과점의 일반적인 판매 형태와 구조가 여기에서 시작되었다.

단팥빵은 우리나라 근대화의 시작을 알리는 신호탄이기도 했다. 한국전쟁 때 미국의 잉여 농산물인 밀로 만든 빵이 원조 물자로 남한에 지원되었는데 이로 인해 점차 한국인의 식단이 변화했고 쌀의 소비가 급격하게 줄어들었다. 빵이라는 음식 하나가 한 나라의 식량산업구조와 식생활을 변화시킨 것이다.

돈, 신, 권력, 그리고 빵

우리나라 사람들에게는 타의에 의한 근대화를 상징하는 음식이지만 서양 사람들에게 빵은 유구한 전통을 가진 중요한 주식이다. 빵에 관한 가장 흥미로우면서도 의외인 사실은 굽거나 끓여 먹기만 했던 곡식이 빵이라는 가공품이 되기까지 1만 년의 시간이 필요했다는 사실이다. 빵은 오랜 시간이 걸린 위대한 발명품이다. 빵을 만드는 방법은 우연히 발견된 것이 아니다. 농부의 인내심과 화학자의 호기심을 가진 이집트 사람이 개발한 것으로 보인다. 빵은 인류가 최초로 이뤄낸 화학 지식의 성과물이었다.

고대 이집트에서는 보리와 밀을 모두 재배했는데 빵이 발명되기 전까지 보리는 세상을 지배하는 곡물의 제왕이었다. 보리로는 부풀어 오르는 빵을 만들 수 없기 때문에 불에 구워서 먹는 납작하고 딱딱한 빵을 애용했다. 그러다가 밀로 만든 빵이 발명됨으로써 잘 구워지지 않는 보리는 뒷방 늙은이 신세가 되었고, 밀이 곡식의 제왕으로 등극했다. 사람들은 납작하고 딱딱하게 구워진 보리 덩어리보다는 부풀어 오른 빵을 더 좋아했다. 빵의 발명과 함께 제왕의 자리에 오른 밀은 지금까지 그 위치를 지키고 있다.

이집트 사람들에게 빵은 주식일 뿐만 아니라 화폐이기도 했고 부를 가늠하는 척도이기도 했다. 빵은 곧 돈이고, 빵을 만들어내는 고깔처럼 생긴 통, 그러니까 요즘으로 말하면 오븐은 조폐공사였다. 왕은 빵으로 급료를 지급했고, 노동자들은 빵(월급)이 나오지 않으면 일을 하지 않고 자기 집에 드러눕는, 요즘으로 치면 파업을 했다.

또한 이집트 사람들은 빵을 만들 때 요즘 사람들처럼 음식의 시각적인 효과를 고려했다. 네모난 빵, 둥근 빵, 꽈배기 빵을 만들었고 심지어는 동물 모양을 본뜬 빵과 피라미드를 축소한 모양의 빵을 만들기도 했다.

이집트 사람들에게 빵 굽는 방법을 배운 유대인들은 성서에 의하면 급하게 이집트를 탈출하느라 발효를 충분히 시키지 못한 반죽통을 들고 빠져나올 수밖에 없었다. 이집트에서 빠져나오는 길에 그들은 발효가 덜 된 빵을 구워 먹어야 했다. 발효를 기다리기엔 너무 배가 고팠기 때문이다. 어쨌든 무사히 이집트를 탈출한 이 일을 기념하면서 모세는 앞으로 발효시킨 빵을 절대로 먹지 말라고 가르쳤다.

유대인들은 발효시킨 빵을 죽은 음식이라고 생각했다. 말하자면 도살한 지 사흘이 지나지 않아서 신선한 고기나 방금 수확한 채소만이 살아 있는 음식이고, 시큼한 맛이 나는 발효한 빵은 썩은 음식이었다. 그래서 빵은 하느님에게 바치지 않았다.

유대인의 신은 효모를 싫어했지만, 알라신은 효모를 좋아했다. 하느님은 효모를 죽은 생명이라고 생각했지만, 알라신은 효모가 또 다른 생명을 주는 것으로 생각했다. 알라신은 적어도 화학 지식에서는 유대인의 신을 앞선 것이다. 그렇다고 유대인들이 언제까지나 맛없는 딱딱하고 납작한 빵만 먹은 것은 아니다. 비록 하느님에게는 발효가 되지 않은 빵을 바쳤지만, 세속에 사는 자신들은 죽은 음식, 즉 부풀어 오른 세속의 빵을 먹었다. 신에게 바치는 음식과 실생활에서 먹는 음식을 구분하는 융통성을 발휘한 것이다.

로마인들은 빵에 관한 한 대기만성형 인재들이었다. 납작하게 구운 반죽보다 빵이 더 맛있다는 사실을 깨닫는 데 오랜 시간이 걸린 '빵알못'이었지만 일단 빵이 맛있다는 사실을 알고 나서는 무섭도록 빠르게 제빵기술을 발전시켰다.

공중목욕탕을 만들 정도로 위생 관념이 철저했던 로마인들은 제빵사의 침과 땀 때문에 반죽이 변질되는 것을 막기 위해서 장갑과 마스크를 낀 채로 작업을 하도록 했다. 로마인들은 예술성과 맛을 모두 갖춘 최고의 제빵사였다. 로마의 부자들은 시인이 방문하면 시와 잘 어울리는 악기 모양의 빵을 만들라고 지시했고, 결혼식 때는 두 개의 반지가 교차하는 모양을 가진 빵을 대접했다.

로마에서도 빵은 곧 권력이자 권력을 지탱해주는 버팀목이었다. 현대의 강대국들이 석유를 확보하기 위해서 중동을 두고 치열한 각축전을 벌이는 것처럼 로마의 권력자들은 빵을 얻기 위해 이집트를 두고 치열한 경쟁을 했다. 나일강 주변의 비옥한 토지를 얼마나 확보하느냐가 곧 로마에서의 권력이었다. 로마의 초대 황제 아우구스투스는 이집트의 빵을 독점하기 위해서 자신의 심복만을 골라서 이집트를 관리하게 했다. 반면 자신의 정적인 안토니우스와 그 주변 인물들은 빵의 땅, 즉 이집트를 여행조차 할 수 없었다. 빵을 지배하는 자가 곧 로마의 지배자가 되었다.

남의 땅에서 가져온 빵으로 권력을 차지한 로마의 지배자들은 빵 때문에 권력을 잃었다. 빵으로 일어선 자가 빵으로 망한 것이다. 로마를 지탱하게 하는 식량을 보급한 속주들이 하나둘 떨어져 나감으로써 로마는 무너져내렸다. 속주 주민들은 자신들이 힘들게 생산한 곡물들이 로마로 실려 가는 모습을 보면서 저 곡물들을 로마로 보내지 않고 자신들이 먹는다면 얼마나 배부를까 하는 생각을 하기 시작했다. 로마는 로마대로 동시다발적으로 야만족과 전쟁을 벌이는 경찰국가 노릇을 하느라 속주에 병사를 파견할 여력이 없어졌다. 속주는 로마에 보내는 빵이 아까웠고 로마는 속주에 보낼 병사가 아까웠다. 속주와 로마의 어긋난 교합은 로마의 멸망을 가져왔다. 군사 안보 못지않게 식량 안보가 중요하다는 것을 고대 로마는 잘 알려준 셈이다.

로마 시대 후기부터 이미 길드를 조직한 제빵사들은 중세에 들어와서도 시의원이 될 수 있는 높은 사회적 신분을 보장받았지만, 근무 조건은 최악이었다. 중세에도 제빵사들은 고대 이집트에서 사용하던 빵 굽는 틀, 작업대 그리고 벽돌로 만든 오븐을 그대로 사용해야 했다. 신분은 상승했지만, 인프라는 그대로였다. 네덜란드의 경우 국토가 좁고 집들이 다닥다닥 붙어 있었기 때문에 가정에서 오븐을 사용하는 것이 엄격하게 금지되어 있었다. 가정에서 오븐을 사용하다가 불이라도 나면 대형 화재로 번질 위험이 있기 때문이었다. 제빵사들도 화재가 날 위험이 낮은 벽돌로 집을 지어야 오븐을 설치하고 빵을 구울 권리를 받을 수 있었다. 제빵사가 되는 과정도 험난했다. 견습과 도제 과정을 2~3년에 걸쳐 마치면 졸업장을 받고 장인이 될 수는 있었지만, 문제는 최소 5년간의 강제 유학을 떠나야 한다는 것이었다. 선진적인 빵 제조기술을 배워오라는 명목이었지만 이 강제 유학은 기성 장인들을 위해서 두 가지 긍정적인 기능을 수행했다.

우선 최소 5년 동안은 제자가 경쟁자가 되는 것을 막을 수 있었다. 또 누가 아는가? 클로드 로랭(17세기 프랑스의 풍경화가)처럼 강제 제빵 유학을 떠났다가 화가로 전업을 할지. 기성 장인들은 제자가 유학을 가서 '착한 배신'을 해주기를 은근히 기대했다. 눈치 없이 착한 배신을 하지 않고 국내로 복귀한 신참 장인들을 위해 준비된 자리는 없었다. 여행기를 쓰는 숙제를 하고서도 자리가 날 때까지 무작정 기다려야 했다. 기성 장인이 죽어야 비로소 빈자리가 생기는 구조였다.

중세에도 나름 '밤샘 작업'을 금지하는 근로기준법 비슷한 것이 있었지만 제빵사는 열외였다. 새벽이면 빵을 사겠다고 줄을 서는 고객들을 위해서 제빵사는 14시간에서 18시간 동안 뜨거운 오븐 앞에 선 채로 일을 해야 했다. 프랑스 사람들에게는 방금 구워서 따끈한 빵으로 아침 식사를 하는 것이 무엇보다 중요한 일과였다. 제빵사 길드 모임 참석자들이 하나같이 다리를 절뚝거리는 이유였다.

프랑스 혁명 때 민중들이 바스티유 감옥만을 습격한 것은 아니었다. 기근이 들고 굶주림에 시달리면 사람들은 빵 가게를 습격해서 제빵사를 죽였다. 빵이라는 절대 권력을 다루는 제빵사가 시의원의 대다수를 차지하면서 민중들은 어느새 제빵사가 자신의 굶주림의 원인을 제공했다고 믿었다.

'빵이 부풀어 오르네.'

소설과 연극을 애호했던 프랑스가 드디어 곡식에 관심을 가지기 시작한 1750년경 대다수 프랑스 국민은 이미 땅에 엎드려 끈질기게 흙을 파헤치고 풀뿌리를 먹고 살았다. 당시 프랑스 국민은 스스로 농사를 짓고 수확을 한다고 알려진 개미보다 못한 신세였다. 개미들은 최소한 자기들이 수확한 곡식을 뺏기진 않으니까. 당시 프랑스 국민이 얼마나 비참한 생활을 했는가 하면 땅을 소유한 귀족들이 농민들의 끔찍한 생활과 마주치기 싫어서 영지를 방문하기 꺼렸을 정도다.

신대륙이 발견되고 사고라는 것을 하기 시작한 농민들이 그 옛날의 만만한 상대가 아니라는 것을 알게 된 프랑스 지배층은 자연과학자와 화학자들을 중심으로 국민들에게 좀 더 싼 빵을 제공하려고 노력하기 시작했다. 당시에도 여전히 현역으로 활동하던 고대와 중세에 만들어진 물레방아와 풍차는 성능이 너무 형편없어서 방앗간 주인들이 밀가루에 모래나 톱밥을 일부러 섞는다는 오해가 생길 정도였다. 과학자들은 제분기의 성능을 개선하기 위한 실험을 여러 차례 시도했고 화학자와 영양학자는 제빵 실험을 계속했다.

물론 값싸고 맛있는 빵이 개발된 것보다 백성들의 분노 반죽이 더 빨리 부풀어 올랐다. 실제로 프랑스 혁명이 발발하기 직전 파리 민중들 사이에서는 '빵이 부풀어 오르네'라는 인사말이 유행했다. 빵은 프랑스 국민의 희망이자 분노의 씨앗이었다.

프랑스 지배 계층이 서로 짜고 곡물을 모아서 수출했다가 다시 수입해서 열 배의 가격에 판다는 악성 루머가 나돌았다. 왕과 귀족들이 일부러 기근을 조장하고 폭리를 취한다는 것이다. 공교롭게도 1765년에는 빵 가격이 세 배로 뛰어올랐다. 국민들의 분노라는 반죽에 효모가 더해졌다. 부풀어 오른 빵은 바스티유 감옥에 대한 습격으로 이어졌다. 빵은 프랑스 혁명의 원인이자 주역이었다. 바스티유 감옥을 습격한 민중들이 애타게 찾은 것은 빵이었다. 빵 가게 앞에서 기다렸지만 결국 빵을 구하지 못한 민중들은 문 앞에서 절규했다.

화학자 파르망티에는 밀가루 빵 대신 감자 빵이라는 값싼 대안을 마련했지만, 민중들은 외면했다. 마침내 공포에 질린 파르망티에는 경찰을 불렀고 이로 인해서 민중들은 파르망티에가 감자 빵을 개발하기 위해서 설립한 제빵학교를 앙시앵 레짐, 즉 그들의 타도 대상이었던 구체제와 똑같이 취급했다.

프랑스 혁명은 한마디로 '잃어버린 빵을 찾아서'로 요약된다. 1800년 이후로 유럽인들이 호밀에서 밀로 전향하기 시작함에 따라 당시까지만 해도 밀을 먹지 않았던 미국인들도 밀로 눈길을 돌리기 시작했다. 영국은 보수당을 중심으로 수입 곡물에 대한 관세를 유지하려고 노력했지만, 흉년이 들고 노동자들이 값싼 빵을 요구하고 나서자 결국 관세를 철폐했다.

미국의 밀이 파도처럼 영국으로 쏟아져 들어갔다. 한때 해가 지지 않는 나라로 위풍당당했던 대영제국이 전직 식민지였던 미국에게 식량을 구걸하자 미국은 이러한 믿기지 않은 현실을 제대로 인식하는 데 무려 20년이 걸렸다. 그때까지만 해도 미국은 그냥 자신들이 먹을 농산물만 생각했지 수출은 염두에 두지 않았기 때문에 밀의 생산량도 많지 않았다. 또 오늘날 미국의 농부 하면 금방 떠오르는 농기계는 서부 지역 일부에서만 사용되었다. 한마디로 미국도 영국으로 밀을 수출할 충분한 물량이 없었고 이를 갖추기 위해서 시간이 필요했던 것이다.

프랑스 또한 기근, 크림 전쟁, 콜레라의 창궐 등으로 미국의 밀에 의존하기 시작했다. 호밀만 먹는 호밀 국가였던 독일도 밀로 만든 하얀 빵에 대한 로망을 가지게 된 소비자들의 요구 때문에 미국의 밀에 문을 열었다. 유럽 사회에서 흰 피부가 부와 권력의 상징이었던 것처럼 흰 빵 또한 그랬다. 귀족들과 부유한 계층은 흰 빵을 먹음으로써 자신들의 부를 과시했다. 흰 빵은 권력 그 자체를 의미했다. 20세기 초까지 미국 사람들에게 흰 빵은 백인 문명을 상징했다. 유럽 사람들이 흰 빵에 열광한 것은 당연했다. 그 결과 1865년 이후로 밀을 가득 실은 미국의 배가 꼬리에 꼬리를 물고 유럽으로 향했다. 유럽은 밀로 만든 빵에 열광했고 미국의 지갑은 빵처럼 부풀어 올랐다.

밀이 곡물의 제왕으로 군림하고 빵이 세계인의 주식 중 하나가 되었지만 새로운 문제가 등장했다. 밀의 주요 생산지이자 수출국인 미국은 경제성을 극대화하기 위해서 거대한 농기계를 도입했는데 이 농기계들이 지나치게 땅을 깊게 파는 등 땅을 학대한 것이다. 이로 인해 수분을 빼앗긴 흙은 너무 가벼워서 일반적인 태풍에도 힘없이 몇백 마일 이상을 날아간다고 한다. 폼페이의 재난이 연상되는 새로운 재앙이다. 눈부시게 발달한 제분기도 전에 없던 문제를 만들어냈다. 제분 과정에서 제분기가 밀의 주요 영양소인 밀기울과 배유를 제거하는 것이다. 이런 식으로 만들어진 빵이 영양가가 있을 리 만무하다. 빵과 인간은 이미 6000년간 함께해왔다. 기술이 발달하면서 옛것이 가진 미덕을 파괴하는 장면은 매번 쓰라리다.

루이 14세가
권력을
유지하는 방법

《귀족의 시대 탐미의 발견》,
이지은 지음, 모요사, 2019

1792년 한 가족의 가장이 권좌에서 쫓겨나 탕플이라는 수도원에 유폐되었다. 최고 권력자였다가 졸지에 죄수가 된 그는 뜻밖에도 자식 교육에 혼신의 힘을 기울였다. 전직 최고 권력자와 그 가족의 수감 생활은 혹독했다. 수도원 밖에서는 이 가족을 비난하는 군중의 함성이 끊이질 않았다. 목숨이 위태로운 수형자였지만 아버지는 하루에 몇 시간씩 아들에게 지리와 역사를 가르쳤다. 사실 아버지는 기계를 좋아해서 당시로서는 고도의 기술력이 총동원된 시계를 조립하고, 자물쇠에 관심이 많아서 분해와 조립을 반복한 기술자였다. 또 본인 전용의 대장간을 보유하기도 했던 성공한 '덕후'이기도 했다.

한편 그는 지리와 역사에도 능통해서 무려 에드워드 기번의 《로마제국쇠망사》를 직접 번역한 지식인이었다. 5개 국어에 능통한, 요즘으로 말하면 융합 지식인이었고 천재였다. 아들은 최고의 선생에게 과외 교육을 받은 셈이었다. 아버지의 교육열은 대단해서 자신을 쫓아낸 새로운 권력자들에게 아들의 공부와 운동에 필요한 책과 공을 부탁하는 편지를 보내기도 했다.

일생 가장 비참한 시기에 가장 뜨거운 자식 사랑을 보여준 아버지의 눈물겨운 사연은 아직 남아 있다. 군중이 자신을 비난하고 조롱한다는 것을 뻔히 알면서도 그는 아들과 공놀이를 하기 위해서 수도원 정원에 매일 나갔다. 아들에겐 인생을 통틀어서 가장 행복한 시기가 바로 아버지와 함께한 수감생활이었다. 권력을 잃고 죽음을 목전에 두고서도 아들에게 하루에도 몇 시간씩 지리와 역사를 가르쳤고, 아들과 놀아주기 위해 군중의 조롱도 감수했던 아버지가 바로 우리가 '루이 16세'라고 부르는 이다.

루이 16세는 자상한 아버지이자 박학다식한 지식인이었지만 유능한 황제는 아니었다. 프랑스 혁명이 일어나면서 루이 16세와 그의 가족은 베르사유 궁전에서 떠나야 했다. 원래도 자상하고 자식 교육에 공을 많이 들인 루이 16세이지만 수도원에 수감되면서 더욱 아들 교육에 열중하게 된 것은 역설적이게도 더는 프랑스의 통치자가 아니었기 때문이기도 했다.

일상을 전시해 권력을 유지하다

프랑스 황제는 우리가 생각하는 것처럼 화려한 옥좌에 앉아 신하들에게 명령하고 밤이 되면 화려한 궁전에서 파티나 즐기는 존재가 아니었다. 《귀족의 시대 탐미의 발견》에는 프랑스 황제의 고달픈 일상이 잘 나와 있다. 한마디로 16세기 프랑스 황제의 삶을 요약하면 여행. 이동 그리고 전쟁이었다. 지방 귀족들을 단속하고 세금 징수를 원활히 하기 위해서 자주 여행을 해야 했고, 수시로 발생하는 전염병 때문에 이동도 해야 했으며, 틈만 나면 왕위를 차지하려 들고 일어나는 반란자들을 평정하기 위해서 전쟁을 치러야 했다.

마치 시계추처럼 꽉 짜인 일정에 따라 정신없이 움직이는 황제의 일상은 루이 16세가 마침내 황제의 자리에서 쫓겨난 18세기까지 이어졌다. 루이 16세는 황제 자리에서 쫓겨나면서 비로소 살인적인 업무와 일정에서 해방되었다. 비록 죽음을 목전에 두고 있었지만, 하루에도 몇 시간씩 아들에게 공부를 가르칠 수 있게 된 것이다.

황제뿐만 아니라 공주의 생활도 무작정 로맨틱하고 우아하지만은 않았다. 주로 동화나 영화를 통해 접하는 공주의 이미지는 별이 총총히 박힌 하늘 아래 넓고 따뜻한 방에서 왕자를 생각하거나, 화려한 소파나 침대에서 우아하게 근심하는 모습이 되겠다. 하지만 실상은 달랐다. 16세기 프랑스인에게 있어서 겨울은 추위 때문에 고통스러운 계절이었는데 귀족이나 왕족들도 마찬가지였다. 당시 난방은 크고 웅장한 벽난로가 도맡았는데 이게 보기와는 다르게 실속이 없었다.

천장 높이가 무려 3미터가 되는 큰 방에서 추위를 벽난로 하나로 막기에는 역부족이었다. 그나마 벽난로가 설치된 방이 성의 3분의 1밖에 되지 않았으니 왕을 비롯한 왕족들만 그 방을 사용하는 것도 불가능했다. 왕족들이 수족처럼 부리는 수많은 궁궐 근무자들을 벽난로가 없는 방에 재웠다가는 얼어 죽기 십상이었을 것이다. 석재로 건축된 궁궐은 한여름에도 한기가 느껴질 정도로 서늘하니 공주라고 해서 혼자 독방을 차지하고 우아하게 잘 수 없었다.

이슬만 먹고 살았을 것 같은 프랑스 공주들은 사실 자매와 시녀뿐만 아니라 심지어는 호위병과 기사들까지 포함해 수십 명과 함께 한 방에서 잠을 잤다. 애초에 사생활이라는 개념이 없었고, 위로는 왕족에서 아래로는 시골 농부까지 온종일 여러 명에게 둘러싸여 살았다. 프랑스 왕과 왕비는 평생 사생활과는 담을 쌓고 살아야 했다. 프랑스 왕비는 심지어 출산도 방 안을 가득 채운 관중이 지켜보는 가운데 해야 했다. 왕족은 어떤 순간에도 관객 없이 살아서는 안 되는 존재였기 때문이다. 루이 14세는 수십 명의 구경꾼이 유심히 지켜보는 가운데 엄지와 검지로 음식을 집어 먹으며 식사를 했다.

심지어는 대소변을 보는 것도 루이 14세에게는 공적인 업무 수행이었다. 알려진 것과는 달리 베르사유 궁전에는 엄연히 화장실이 있었다. 궁전 안에는 몇 곳의 공중화장실이 있었는데 오늘날의 수세식이 아니라 '셰즈 페르세chaise percée', 즉 우리말로는 '뚫린 의자'가 놓여 있었다고 한다. 뚫린 의자는 말 그대로 의자 가운데 구멍을 뚫고 그 아래에 요강을 넣은, 그러니까 조선시대 왕들이 사용하던 매우틀과 비슷한 이동식 변기였다.

문제는 공급보다 수요가 턱없이 많았다는 것이다. 우선 베르사유 궁전에만 3만 명의 근무자가 있었다. 또 평민이라도 옷을 제대로 갖춰 입으면 언제라도 궁전을 방문해서 왕이 식사하는 장면을 구경할 수 있었다. 관광객은 넘쳤고 베르사유 궁전은 만인의 핫플레이스였으니 화장실이 턱없이 부족했다. 더구나 혁명이 일어나 혁명군이 궁전에 난입했을 때 궁전의 온갖 사치품, 명품과 함께 화장실을 모두 파괴했다는 설도 있다.

어쨌든 루이 14세도 '뚫린 의자'를 사용했는데, 문제는 이 이동식 변기가 사람들로 북적이는 방 한가운데 있었다는 것이다. 왕에게도 사생활은 없는지라 루이 14세는 만인이 보는 가운데 엉덩이를 보이며 볼일을 보았다. 배설의 카타르시스를 맛보며 루이 14세는 화장실에서 주위 사람들과 대화를 나눴다. 엉덩이를 노출한 왕과 친밀한 대화를 나눌 수 있는 특혜(?) 때문에 왕의 화장실은 뭇 귀족들이 원하는 자리였다.

심지어는 볼일을 끝낸 황제의 엉덩이를 닦아주는 보직이 선망받는 자리이기도 했다. 황제가 침대에서 일어나 일과를 시작하는 절차에 수백 명의 시중이 동원되며 각자 임무가 따로 있는 것은 단지 왕의 위엄을 과시하기 위함이 아니었다. 아침마다 왕의 침실에 있는 시계태엽을 감는 일, 왕이 입을 의상을 점검하는 일, 왕의 손을 씻기는 일, 화장실에서 볼일을 보는 루이 14세의 시중을 드는 일 등은 하찮게 보이지만 당시 귀족들에게는 선망의 대상이었다.

절대 권력자의 곁에서 지내며 사적인 대화를 나눌 수 있는 것 자체가 권력이자 재산이었기 때문이다. 실제로 이런 궁중 직책은 언제든지 거래해서 돈으로 바꿀 수 있는 큰 자산이었다. 루이 14세가 맘대로 일어나고 잠을 자는 자유를 포기하고 수백 명이 동원되는 기상과 취침 의식을 감수한 것은 이런 복잡한 절차야말로 자신의 절대 권력을 유지하게 해주는 버팀목이었기 때문이다.

루이 14세 입장에서는 지극히 일상적인 행사를 통해 귀족들이 탐내는 수백 개의 일자리 임명권을 가질 수 있었으며, 이 고급 일자리의 틀 안에 귀족들을 가둬둘 수 있었다. 물론 이런 고급 일자리를 창출하기 위해서 루이 14세는 상당한 불편을 감수해야 했다. 황제는 인간의 기본적인 욕구 중 하나인 수면욕도 통제를 받아야 했다. 졸린다고 맘대로 침대로 달려갈 수도 없었고, 역시 시종의 도움을 받아 여러 단계의 취침 절차를 거친 후에야 하루의 공무에서 해방되어 잠을 청할 수 있었다. 이건 마치 어떤 일이 있어도 점호를 거쳐야 잠자리에 들 수 있는 군인의 생활이나 다름이 없었다. 황제는 매일 잠을 자기 위해서는 다음 날 입을 의상과 일정 그리고 아침 접견에 참석할 사람이 누군지를 결정해야 했다. 또 자신이 침대로 향하는 길에 횃불을 들어줄 사람을 선택해야 하는 업무도 남아 있었다. 별것 아닌 것 같지만 왕이 침대로 가는 길을 횃불을 들고 수행하는 것은 신하로서는 최고의 명예였고 출세의 지름길이었다.

황제가 이 중요한 결정을 하는 순간에 곁에 있던 귀족들은 너도나도 자신을 선택해달라고 간청했다. 그러니까 황제는 매일매일 고뇌에 찬(?) 결정을, 그것도 당사자가 지켜보는 가운데 해야 했다. 이집트의 피라미드는 노예가 아닌 자유민, 즉 농부들이 건설했으며, 그 이유는 나일강이 범람해 농사를 지을 수 없는 기간에 농부들에게 공공 일자리를 제공하기 위함이었다는 설이 있다. 파라오들은 거대한 피라미드가 필요했다기보다는 농부들에게 공공 일자리를 제공함으로써 그들의 불만을 잠재우고 나아가 통치 권력을 유지하는 데 도움을 받고자 했던 것일 수도 있다. 파라오의 피라미드 건설이나 루이 14세의 복잡한 기상 절차는 일종의 뉴딜 정책이라고 볼 수 있다.

가짜 뉴스의 희생자가 된 마리 앙투아네트

루이 14세가 귀찮고 번거로운 일상의 절차를 참아가면서 고급 일자리를 창출해 권력을 유지하는 데 도움을 받았다면 마리 앙투아네트는 그 반대의 경우였다. 자신의 모국어인 독일어도 완벽하게 익히지 못할 정도로 자유분방하게 자란 마리 앙투아네트는 추운 날씨에 벌벌 떨어가면서 시중들이 옷을 입혀주기를 기다려야 하는 상황을 참기 어려웠다.

그녀가 아침에 일어나서 옷을 입기 위해서는 30분에 걸쳐 4명의 시중의 도움을 받아야 했다. 이 상황이 납득하기 어렵고 불편했던 앙투아네트는 수행원들이 옷을 입혀주는 절차를 대폭 간소화하는 실수를 저지르고 말았다. 그녀의 결정으로 그동안 왕비가 옷을 입는 것을 도왔던 수십 명의 수행원이 졸지에 실업자가 되고 말았다.

왕비 때문에 졸지에 쓸모없는 사람이 되어버린 귀족들은 당연히 깊은 원한을 가지게 되었고, 이는 혁명 초창기 때 귀족들이 그녀의 반대편에 서는 원인 중 하나가 되었다. 다른 프랑스의 왕족들 또한 수백 명이 지켜보는 가운데 식사를 하는 등 자신들의 일상이 구경거리가 되는 것이 편하고 아무렇지 않은 것은 아니었다. 다만 그들은 자신들의 불편함이 왕족으로서 감수해야 할 의무이며 자신의 개인적인 불편함보다 그 의무가 앞서야 한다는 사실을 수긍하고 실천할

뿐이었다.

마리 앙투아네트가 프랑스의 적국인 합스부르크 왕가 출신이라는 점이 프랑스 국민의 반감을 산 가장 큰 원인이 된 것은 사실이다. 그러나 그녀에게 과장되게 나쁜 왕비라는 이미지가 씌워진 것은 남편과 본인이 전임자들과는 다른 일상생활 양식을 유지했기 때문인 것도 한몫했다. 왕비를 두고도 공공연하게 여러 애인을 거느린 전임자들과는 달리 루이 16세는 왕비 이외에는 다른 후궁을 들이지 않았는데 우습게도 이 점이 오히려 왕비가 황제를 휘어잡는다는 엉뚱한 추문을 낳았다. 앙투아네트는 비교적 조용히 지냈던 전임 왕비와는 달리 파티를 적극적으로 주선하는 등 매우 활동적이었다는 점도 국민들에게 좋지 않은 평가를 받는 원인이 되었다.

루이 16세와 마리 앙투아네트는 폭군과 악녀가 아니었다. 특히 앙투아네트는 신분과 관계없이 누구나 공손하고 예의 바르게 대했으며 빈민구제 운동에도 관심을 기울였다. 앙투아네트는 가짜 뉴스의 가장 큰 희생자 중 한 명이었는데, "빵이 없으면 케이크를 먹으면 되지"라는 발언을 했다는 루머가 그 대표적인 예다.

그녀의 악행과 추문을 담은 악의적으로 편집된 팸플릿이 오늘날의 가짜 뉴스처럼 나돌았다. 사실 앙투아네트는 이미지와는 달리 제법 '검소한' 왕비에 속했다. 루이 16세와 앙투아네트의 비극은 프랑스 재정 파탄으로 인한 국민들의 불만, 그리고 왕비가 오랜 앙숙인 오스트리아 출신이라는 것이 가장 큰 원인이었지만, 전임자들이 고수했던 궁정 생활 규범을 지키지 않은 것과도 관련이 없다고 보기 힘들다.

오스트리아의 합스부르크 가문과 프랑스의 부르봉 가문은 수백 년 동안 유럽의 패권을 두고 싸우고 또 싸웠다. 싸움에 지쳐 곰곰이 생각해보니 자신들의 다툼은 결국 다른 나라에 좋은 일만 만들어준다는 사실을 깨달았다. 영국, 프로이센, 러시아가 자신들이 싸우고 있는 동안 야금야금 세력을 확장하고 있었던 것이다. 이내 양 왕가는 전쟁을 멈추고 동맹이 되기로 했는데, 좀 더 확실한 우호를 다지기 위해 혈연을 맺기로 한다. 마리 앙투아네트와 루이 16세의 결혼은 이렇게 성사되었다.

열네 살의 신부 마리 앙투아네트가 화려한 축제와 영접 행사를 치른 뒤, 역참마다 갈아탈 말 340필을 이끌고 베르사유로 향할 때, 프랑스와 오스트리아 영토 사이에 있는 사람이 살지 않는 조그마한 모래섬에는 목조 가옥 한 채가 급하게 지어졌다. 신부를 인도하는 화려한 행사를 프랑스의 영토에서 할지 오스트리아의 영토에서 할지 격론을 벌이다가 공평하게 양국의 중간 지점에 있는 섬에서 하기로 했던 것이다. 오스트리아의 공주가 프랑스의 왕위 계승자의 아내로 변모하는 중요한 의식인 만큼 목조 가옥은 화려하게 장식되었다. 사치스러운 융단으로 나무 벽을 가리고 최고급 가구가 자리 잡았다. 평민이 감히 드나들 수 없는 장소이지만 호기심이 충만한 대학생 몇 명이 파수꾼에게 은화 몇 닢을 주고 몰래 이 역사적인 장소에 들어갔다.

그중 유난히 키가 크고 예술에 조예가 깊었던 한 대학생은 친구들에게 벽 장식 융단에 그려진 그림을 설명하다가 눈썹 위에 분노가 어렸다. 융단의 그림이 결혼이라는 축복과는 어울리지 않게 복수극이 포함된 불행한 결혼의 전설을 담고 있었기 때문이다. 이 대학생은 목조 가옥을 장식한 그 누구도 이 그림이 담고 있는 의미를 알아차리지 못했다는 사실에 분노했다. "아! 대체 이게 무슨 나쁜 징조란 말인가"라며 고함을 치는 이 젊은이를 친구들이 억지로 집 밖으로 끌어냈다. 다가올 공주의 불행을 예감하고 안타까워하다가 친구들에게 끌려 나간 젊은이의 이름은 괴테였다. 《젊은 베르테르의 슬픔》의 그 괴테 말이다.

역사의
뒷골목에서
활약한 '불량직업'

《불량직업 잔혹사》,
토니 로빈슨, 데이비드 윌콕 지음,
신두석 옮김, 한숲, 2005

지난겨울 장례를 치르면서 겪은 가장 무섭고 충격적인 장면은 고인과 관련된 것이 아니었다. 입관을 마치고 돌아서는데 맞은편 어두운 곳에 계시던 늙수그레한 할머니와 눈이 마주쳤다. 마치 동굴과 같은 어둡고 좁은 공간 끝에 앉아 있는 할머니의 슬픈 눈과 마주친 것이다. 그 할머니는 청소 노동자였고, 동물을 사육하는 공간이라고 해도 분노가 치솟을 그 공간은 할머니의 휴식 공간이자 청소 도구를 보관하는 곳이었다. 그 차갑고 좁고 어두운 공간에서 할머니는 매일 몇 번씩 사랑하는 가족을 좁은 관 속에 모시고 나오는 사람들의 얼굴을 봐야 한다. 사람의 머리에 도대체 뭐가 들어 있어야만 다른 사람을 저런 공간에서 지내라고 할 수 있을까.

이 세상을 그만둔 사람도 있고 새로운 출발을 하는 사람도 있다. 수시 원서 카드 여섯 장을 오로지 본인이 원하는 학과에 지원한 딸아이는 대체로 본인이 원했던 대학에 합격했다. 부모의 욕심은 끝이 없어서 대학에 합격할 때는 세상 부러운 것이 없었지만 시간이 지날

수록 아쉬운 생각이 하루에도 몇 번씩 들었다. 원서만 냈으면 합격했을 다른 대학을 생각하니 그랬다. 하나뿐인 자식인데 말이다. 추운 겨울날 새벽에 예비대학 캠프를 떠나는 딸아이를 서울까지 데려다주었다. 딸아이에게 인사를 하는 둥 마는 둥 하고 돌아서다가 "학교가 정말 작긴 작구나"라고 중얼거리고 말았다.

아내라고 왜 아쉬움이 남지 않겠는가. 서로에게 화를 냈고 홧김에 갈라섰다. 캠퍼스 이곳저곳을 따로 걸었다. 추위는 살을 에는 듯했고 좁다는 캠퍼스는 오밀조밀 걸을 곳이 많더라. 건축가 김중업이 설계했다는 본관 건물을 살펴보고, 이름이 따로 있다는 학교에 서식하는 고양이도 구경했다. 낯선 땅 서울에서 추위를 유난히 타는 우리 부부는 서로를 그리워하기 시작했다. 거의 동시에 서로에게 전화를 걸었다. 두 명이 20분을 따로 걸어도 마주치지 않을 만큼 넓은 학교라는 것을 인식한 나는 좀 전의 발언에 대해 사과를 할 용의가 있었다.

누가 먼저랄 것도 없이 성당에서 만나기로 했다. 이심전심으로 캠프를 떠나는 딸아이를 배웅하면서 부부싸움을 한 잘못에 대해 고해성사라도 할 생각이었나 보다. 우리는 성당을 함께 구경했고 장차 딸아이가 공부할 건물도 다녀보았다. 난방을 따로 하지는 않았지만, 건물 안은 따뜻했다. 문득 내 눈앞에 보이는 사무실 명패가 눈에 띄었다. 내가 장례식 때 보고 놀란 그 좁고 어두운 동굴 같은 공간과 같은 용도로 쓰이는 넓고 밝은 공간이었다. 그리 평범한 공간을 보고 감동을 한 적이 있었을까.

불행하게도 환경미화원의 업무 공간을 품위 있게 마련한 기관은 거의 드물다. 더럽고 고되며 위험한 일을 하는 사람일수록 근무 환경이 열악한 것은 비극적인 일이다. 우리가 누리는 편리함, 쾌적함 그리고 신속함은 힘들게 일하면서 열악한 처우를 받는 사람들의 희생이 있어서 가능하다. 톨게이트 종사원들은 화장실을 충분히 못 가기 때문에 월경하지 않으려고 팔에 피임기구를 넣는 시술을 하는 경우가 있다고 한다. 우리가 왕이나 장군의 관점이나 업적으로 배우는 찬란한 역사는 더럽고 고되며 위험한 일을 하는 사람이 없었으면 이뤄질 수 없었다.

소철광 수집가

소철광은 소철석의 옛 이름인데 주로 늪지대나 호수의 바닥에 퇴적되어 생긴 산화광물이다. 소철광 수집가는 말 그대로 오늘날의 폐지를 줍는 것처럼 늪지대를 돌아다니면서 소철광을 모으는 사람이다. 취미 삼아 하는 일이 아니다. 5세기 중엽부터 서기 1066년까지 이어지는 영국의 앵글로색슨 시대에 소철광 수집가들은 대장장이나 제련공 아래에서 말도 안 되게 낮은 임금을 받고 늪지대를 헤매다녀야 했다.

이 시대에 전쟁터를 누비며 전공을 세운 장군들의 무기는 노예와 다름없는 가혹한 노동을 했던 소철광 수집가가 모아온 소철광을 녹여서 만든 것이었다. 소철광 수집가들은 아무리 추워도 질퍽질퍽한 늪지대를 다니며 긴 대못으로 끊임없이 광석이 있을 만한 곳의 땅을 찔러야 했다. 발을 칼로 오려내는 것처럼 시린 가운데 온종일 늪지대에서 일해서 번 돈은 한 끼 식사를 해결할 정도밖에 되지 않았다. 소철광 수집가는 오늘날에도 폐지를 모으는 사람들을 통해서 존재한다. 주택가 골목길에 폐지를 내놓으면 반나절이 되기도 전에 폐지를 모으는 사람들이 들고 가버린다. 그만큼 경쟁이 치열하다는 증거다. 자동차가 요란하게 지나다니는 대로에도 등이 구부정한 노인들이 힘겹게 폐지가 가득 실린 수레를 끄는 모습을 쉽게 볼 수 있다. 하루 종일 한 그들의 힘겨운 노동에 대한 대가는 겨우 몇천 원에 지나지 않는다.

숯장이

숯장이는 가장 고된 일 중 하나이면서도 가장 오래된 직업 중 하나다. 석탄은 서기 1054년 영국의 사우스 웨일스 지방의 수도사들이 마감이라는 지역에서 채굴하면서부터 연료로 사용되기 시작했다. 그 이전에는 소철광을 녹여서 다른 물건으로 만들 만한 충분한 열을 낼 수 있는 것은 숯이 유일했다. 즉 대장간이나 제련소가 가동되려면 충분한 양의 숯이 꼭 필요했다.

나무를 재로 만들지 않고 숯으로 만드는 과정은 쉬운 일이 아니었다. 숯을 굽기 시작하면 숯장이는 4~5일간 날을 통째로 샜다. 잠시라도 졸거나 방심하면 나무가 재로 변하기 때문에 절대로 졸 수 없는 배수진을 쳤다. 즉 외다리 의자에 앉아서 나무를 굽는 가마를 지켜보았는데 잠시라도 졸면 앞으로 고꾸라졌다.

과거의 숯장이는 쇠를 녹여서 무기나 농기구를 만드는 데 이바지했다면 오늘날까지 남아 있는 숯장이는 고기를 구워 먹는 숯을 주로 생산한다. 2000년 영국 역사에서 숯장이가 없었던 시절은 없었고 아직도 영국에는 1000명가량의 숯장이가 활동한다. 수천 년 된 직업이지만 고된 것은 마찬가지여서 오늘날에도 '극한 직업' 중 하나다. 숯을 생산하는 것도 고된 일이지만 숯을 사용해서 불을 지피는 일 또한 힘들다. 고깃집에서 손님들이 고기를 구울 수 있도록 숯에 불을 지피고 식탁으로 나르는 사람의 고충은 만만치 않다. 그냥 서 있기만 해도 땀이 흐르는 여름에는 더욱 그렇다.

갑옷 담당 종자

중세를 배경으로 하는 영화를 보면 철커덕거리고 쇠로 만든 갑옷을 입은 장군이 흔히 등장한다. 온몸을 갑옷으로 둘러쌌기 때문에 도무지 빈틈이 보이지 않는다. 20세기 중반까지만 해도 영국 왕실 사람들이 총으로 사냥을 즐기는 모습을 보면 옆에 있는 일꾼들이 장전해준 총을 받아서 방아쇠만 당기는데, 중세의 기사나 왕들이 자기 손으로 갑옷을 입고 관리할 리가 없다.

갑옷 속에 숨어 부와 영광을 누리는 기사는 중세시대 최고의 직업이었다. 보기에는 둔하고 불편해 보이지만 판금 갑옷 안은 매우 안전했다. 반면 그 갑옷을 관리하고 기사의 시중을 드는 갑옷 담당 종자는 중세시대 최악의 직업이었다. 그들은 똥과 함께 살며 똥 같은 일을 했기 때문이다.

안전에 치중하고 편리함은 포기한 중세의 갑옷에 지퍼 따위가 있을 리가 없었다.(지퍼는 매일 군화 끈을 매느라 고생한 휘트컴 저드슨이라는 사람에 의해서 1893년에 발명되었다.) '쉬는 시간'이 없는 전투를 하는 동안 기사는 자신을 지켜주는 갑옷 안에서 대소변을 처리했다. 땀과 대소변으로 뒤범벅된 갑옷을 받아 깨끗하게 손질해서 다음 날 기사가 기분 좋게 갑옷을 걸치고 전장으로 출근하게끔 하는 것이 갑옷 담당 종자의 업무였다. 전쟁터에 충분한 물이나 청소 도구가 있을 리 만무하다. 물이 없으니 모래, 식초, 소금을 섞어서 열심히 비벼 오물을 제거하고 광을 내야 했다. 갑옷을 청소하는 것으로 그들의 업무가 끝나는 것이 아니었다. 기사들이 타고 다니는 말도 그들이 보살펴야 했다. 기사처럼 땀을 흠뻑 흘린 말을 씻기고 먹이를 주며 편안하게 쉴 수 있도록 각종 시중을 들어야 했다. 중세의 스펙터클한 전투와 위대한 전공은 이 사람들의 조력으로 이루어졌다.

거머리잡이

시골에서 자란 내게 가장 끔찍한 추억은 물놀이를 하다가 내 다리에 붙어 있는 거머리를 발견한 것이다. 진땀을 흘리면서 거머리를 떼어낸 경험은 다시 생각하기도 싫다. 중세에는 놀랍게도 직업상 자신의 다리를 거머리에게 내어주는 직업이 있었다. 거머리잡이가 그들이다.

거머리는 드라마 〈동의보감〉에도 나오는 의약품이다. 서양에서는 거머리를 이용한 치료가 19세기에 절정에 달했다. 종양이나 피부병

뿐만 아니라 정신병도 거머리로 치료했다. 두통 환자의 관자놀이에 거머리를 놓아서 피를 빨아 먹게 하기도 했다. 중세 의학의 기초를 다지는 데 큰 도움을 준 거머리는 오로지 거머리잡이가 손수 체포해서 획득했다. 중세의 거머리잡이들은 피에 굶주린 거머리가 자신의 피로 만찬을 즐기도록 팔과 다리를 일부러 내주었다. 아니 유혹했다고 하는 것이 더 정확하겠다.

맨발로 얕은 웅덩이에 들어가 물을 빨리 휘저으면 거머리 떼가 양이나 소인 줄 알고 몰려들어 거머리잡이의 다리에 붙어 회식을 즐겼다. 계절을 심하게 타는 업종인지라(겨울이 되면 거머리는 동면에 들어가기 때문에 거머리잡이의 유혹이 먹히지 않는다.) 풀타임으로는 불가능하고 부업으로만 가능했다. 거머리잡이가 더욱더 불쌍한 것은 평소 거머리를 잡아서 이발사 겸 외과 의사가 치료를 하고 의학 연구를 하는 데 도움을 줬지만 정작 자신이 아플 때는 돈이 없어서 외과 의사의 치료를 받지 못했다는 사실이다.

의약품의 재료와 한방 약재로서 거머리는 오늘날에도 수요가 있다. 우리나라도 몇 년 전까지 거머리를 생포해서 한약상에게 공급한 사람이 있었다. 현재는 중국산 말린 거머리가 수입되어 한방 약제 시장에 공급된다. 최근에 각광받는 거머리를 사용한 접합 수술이나 혈관 수술은 '거머리잡이'의 전통이 부활한 것이라고 볼 수 있다.

소년 배우

윌리엄 셰익스피어가 글로브 극장에서 〈햄릿〉을 공연할 때 관객들은 당대 최고의 문화예술을 즐겼다. 그렇다고 〈햄릿〉에 출연했던 배우들이 오늘날의 연예인과 같은 명예를 누린 것은 아니었다. 그 당시 배우들은 〈햄릿〉이든 동네 유랑 악단의 공연이든 간에 천민과 비슷한 대접을 받았다. 마치 조선시대의 백정처럼 배우들은 빈민가에 살아야 했고, 흑사병이 유행할 때는 흑사병의 원인으로 지목된 억울한 사람들이었다.

이 당시 여자들이 연극에 출연하는 것은 금지되어 있었기 때문에 어린 여자 역할은 변성기가 지나지 않은 소년이, 나이 든 귀족 부인 역할은 여자로 꾸민 성인 남자가 맡아야 했다. 어린 소년 배우들은 관객들의 욕설을 끊임없이 들어야 했고 때로는 관객들이 던지는 물건에 맞기도 했다. 더욱 위험한 것은 오늘날의 전기 조명 장치를 대신한 횃불이었다. 언제든지 화재가 일어나 목숨을 잃을 수 있는 위험에 노출되어 있었다. 그뿐만 아니라 소년 배우들은 납 성분이 든 하얀 가루로 분장을 해야 했고 숨이 막히는 코르셋을 착용하기도 했다.

소년 배우의 수난은 여기서 끝이 아니다. 여자 역할을 하는 소년 배우의 치수에 맞게 여성 의상을 수선해야 하는 불편함을 피하고자 수백 개의 핀으로 의상을 고정했다. 고슴도치가 가죽을 거꾸로 걸치고 있는 상황과 비슷했다. 소년들이 옷을 입고 핀에 찔리지 않으려면 긴 시간 꼼짝도 하지 않고 서 있어야 했다. 비록 성가대 학교를 졸업하는 등 배우가 되기 위해서 자기계발을 한 소년들이지만 그들의 연기는 미숙할 수밖에 없었다. 소년 배우들의 연기력이 부족하기 때문에 작가인 셰익스피어는 그들이 연기할 여성 주인공들에게 비중 있는 역할을 부여하지 않았다. 이런 이유로 셰익스피어에 등장하는 많은 여자 주인공들은 수동적이고 비극적인 최후를 일찍 맞이한다.

의자 가마꾼

의자 가마꾼은 쉽게 말하면 17~18세기 영국의 택시 기사였다. 의자 가마꾼과 오늘날의 택시 기사는 손님을 모시고 목적지에 내려주는 업무는 같지만, 근무 여건은 판이했다. 오늘날의 택시 기사는 그냥 자동차를 운전만 하면 되지만 의자 가마꾼은 운전은 기본이고 자신이 직접 의자 가마라는 탈것의 엔진이 되어야 했다.

자동차가 없었던 시절 의자 가마는 분명 편리하고 인기도 높았지만, 의자 가마꾼은 요금 체계에서 불리한 측면이 있었다. 오직 가마꾼의 신체에서 나오는 에너지로 가마를 이동시키는데 손님의 몸무게에 따른 요금 차이가 없었다. 당시 짐을 싣는 마차에는 무게를 재는 장치가 있었는데 의자 가마에는 그렇지 않다는 것에 대해서 불만을 제기하는 가마꾼이 많았다.

18세기 초에는 손님에게 욕을 하거나 바가지요금을 물린 가마꾼, 음주 운행한 가마꾼, 가마를 제대로 관리하지 않은 가마꾼에게는 영업정지나 심하면 감옥에 가두는 처벌도 내려졌다. 반면 툭하면 보행자에게 폭행을 당하고 가마가 파손당하는 등 가마꾼의 근무 여건은 가혹했다.

가마꾼의 수난은 그들의 후손인 택시 기사, 버스 기사, 대리운전 기사에게 고스란히 전달되었다. 손님에게 폭행을 당하는 사례가 빈번해서 더 이상 큰 뉴스거리도 되지 못하는 지경이다.

흑사병 매장인

흑사병이 유행하던 시대를 배경으로 하는 외국 드라마에 마부가 마차를 몰고 종을 울리면서 "시체가 있으면 집 밖에 내놓으시오"라고 외치는 장면이 나온다. 물론 시체는 흑사병으로 죽은 시체를 말하는데, 실제로 당시 마차를 끌고 다니면서 시체를 수거한 흑사병 매장인은 거의 없었다고 한다. 마차를 가지고 있을 만큼 여유가 있는 사람이 감염 위험이 있는 데다 시체를 수거하고 매장하는 일을 할 리가 없었다.

흑사병 매장인은 끼니를 때우기 힘든 사람들이 주로 한 일이었다. 그들은 마차가 아니라 해먹처럼 생긴 들것으로 끔찍하게 훼손된 시체를 운반했다. 흑사병 매장인들은 언제든지 다른 사람에게 흑사병을 옮길 수 있다는 위험을 알리기 위해서 붉은색 막대를 가지고 다녀야 했다. 심지어 전염을 막는다는 이유로 아예 묘지 안에 오두막을 짓고 거주하도록 강요받기도 했다.

EBS에서 방영된 드라마 〈명동백작〉에서도 흑사병 매장인과 비슷한 비참을 겪은 사람들이 등장한다. 한국전쟁 당시 시체를 치워주면 나라에서 얼마간의 수당을 주었는데, 그 수당을 타기 위해 시체 무더기에서 발견한 시체를 서로 가지겠다고 다투는 사람들 말이다.

굴뚝 청소부

시커먼 얼굴로 굴뚝 구멍으로 기어 들어가는 소년 청소부의 이미지는 과장이 아니다. 빅토리아 시대(영국의 빅토리아 여왕이 통치한 1837~1901년을 말한다.)를 사는 가난한 소년의 일상적인 모습이었다. 빅토리아 시대의 굴뚝은 생각보다 훨씬 좁아서 굶주리는 바람에 뼈만 남은 소년조차도 그 안에 갇혀 죽는 사고가 발생하기도 했다. 값싼 노동력을 원하는 고용주들 때문에 굴뚝 청소부들은 대부분 소년이었다.

1840년 21세 미만자는 굴뚝 청소부로 고용할 수 없다는 법이 통과되었지만, 처벌이라고는 소액의 벌금에 지나지 않았기 때문에 실효가 없었다. 그 무렵에 길이를 조절할 수 있어서 사고를 예방하는 데 도움이 되는 굴뚝 청소용 솔이 발명되었지만 새로운 솔로 바꾸는 비용보다 소년 굴뚝 청소부를 불러서 일을 시키는 비용이 더 쌌다.

빅토리아 시대의 소년에 대한 학대를 멈추는 데 큰 공을 세운 것은 1862년에서 1863년에 걸쳐서 간행된 찰스 킹즐리의 사회풍자 동화 《물의 아이들》이었다. 이 동화 속 주인공인 톰은 주인에게 매일 맞고 울면서 사는 불쌍한 굴뚝 청소부 소년이다.

맥주와
삽질의 학문,
고고학

《국보를 캐는 사람들》,
김상운 지음, 글항아리, 2019
《강인욱의 고고학 여행》,
강인욱 지음, 흐름출판, 2019

고고학자가 주인공인 영화 '인디아나 존스' 시리즈에는 고고학이라
는 학문에 대한 진실과 거짓이 모두 등장한다. 주인공이 대학 강단
에서 '고고학은 신나고 재미난 것은 없고 대부분이 도서관이나 연구
실에서 일어나는 일'이라고 정의한 것은 진실이다. 반면 고고학자인
주인공이 청나라의 초대 황제 누르하치의 유골을 다이아몬드와 교
환하려는 장면은 당연히 거짓이다. 정상적인 고고학자라면 있을 수
없는 일이다. 주인공이 유물을 마구 부수고 다니는 장면도 당연히
현실에서는 있을 수 없다. 사실 현실의 고고학자는 수천 개의 유물
조각을 몇 개월에 걸쳐서 정리하고, 붙이고, 분류하는 작업을 해야
한다. 고고학에 대한 오해와 호기심은 생각보다 많은 모양이다. 고
고학자의 주요 업무 중 하나가 고고학이 무엇인지 소개하는 것이라
니 말이다.

우선 말하고 싶은 것은 오페라가 종합 예술인 것처럼 고고학이 종
합 학문이라는 것이다. 다시 말하면 요즘 유행하는 협업이나 통섭이

오래전부터 잘 실천되고 있는 학문이다. 1970년대 중반 5만여 점의 유물이 쏟아져 나와 한국 고고학계의 시작이라고 할 수 있는 경주 황남대총의 발굴을 책임진 김정기 단장과 김동현 부단장이 모두 고고학이 아니라 건축공학을 전공했다는 사실은 고고학의 중요한 특징을 잘 보여준다.

고고학자가 아닌 건축공학자가 발굴 현장을 주도하는 것에는 어떤 장점이 있었을까? 이 장점은 《국보를 캐는 사람들》이 잘 알려준다. 보물찾기 놀이를 하듯이 빨리 유물을 찾고 싶은 마음에 봉토를 없애는 데에만 급급했던 시절에 이 두 건축공학자는 봉토의 단면도를 최초로 그린다. 봉토의 단면 구조를 정확히 이해해야 당시 신라 사람들의 작업 과정을 재현할 수 있다는 것을 알았기 때문이다. 또 투입된 토사량과 동원된 연인원에 대한 구체적인 분석을 하고 발굴을 했다. 요약하자면 숫자와 계산에 어두운 고고학자와 다르게 수개념을 발굴 현장에 도입한 것이다.

발굴 현장에는 건축학도만 동원된 것이 아니었다. 금으로 만들어진 유물 표면에 묻은 때를 제거할 때 소다 가루를 사용하고, 비단벌레 장식을 글리세린에 넣어서 보관하는 것이 안전하다는 아이디어를 낸 것이 화학자 김유선이었다. 마찬가지로 금속공학을 전공한 조종수는 다양한 금속 재질의 유물 보존에 큰 공을 세웠다. 수 개념과 자연과학에 취약한 사람은 의외로 다양한 분야에 불리하다.

골프만 해도 그렇다. 운동신경뿐만 아니라 수 개념과 자연과학에 대한 이해가 있다면 유리하다. 가령 구구단을 외우는 것도 힘겨워하는 나로서는 골프장에서 생각하는 수 개념은 그날 잃어버린 공의 개수라든가 내가 친 공이 물에 빠졌을 때 만들어진 물수제비 개수가 전부다. 내가 골프를 칠 때 내기를 하지 않는 것은 단지 윤리적이거나 금전적인 문제 때문이 아니라 홀마다 내가 주고받아야 할 돈의 양을 계산하기가 싫기 때문이다. 반면 자신의 것뿐만 아니라 내가 주고받아야 할 돈까지 정확히 계산해주는 수리에 능한 친구들이 있다. 수리와 자연과학 지식이 충만한 동반자들은 그날의 바람의 세기에 따라서 어떤 채를 잡아야 할지, 어떤 방향으로 쳐야 할지, 공의 탄도를 어느 정도로 해야 할지를 고려한다. 공을 칠 때 전방에 물웅덩이나 계곡이 있으면 나는 오직 세게 쳐서 저 난관을 극복해야겠다고 생각할 뿐이지만 기초적인 수리 개념을 아는 친구는 물이 있는 지역의 습도가 공의 비거리에 미치는 영향을 생각하고 계산해서 공을 친다.

고고학이 융합하는 분야는 식물학도 포함한다. 식물학을 공부해서 얻은 지식으로 고대 아시아의 사회·문화에 큰 영향을 준 벼농사의 기원과 관련된 자연 유물을 분석하기도 한다. 수리와 자연과학의 지식과 기술이 접목되면서 고고학도 유물을 좀 더 안전하게 발굴하고 보존할 수 있게 되었다.

전라북도 익산시 왕궁면 왕궁리 백제 유적 발굴에서는 생물학이 빛을 발했다. 2003년 여름, 발굴단은 길이 10.8미터, 폭 1.8미터, 깊이 3.4미터의 구덩이를 발견했다. 구덩이 하단을 발굴한 결과, 곡식과 과일 씨앗과 함께 나무 막대와 방망이가 출토되었다. 유난히 구린 냄새가 심한 것이 꺼림칙하긴 했지만, 발굴단은 자연스럽게 곡식이나 식량을 저장하는 창고라고 생각했다. 그해 겨울 자문위원으로 현장에 온 이홍종 고려대 교수가 이 구덩이의 모습이 고대 일본의 화장실 터와 비슷하다는 의견을 내서 구덩이에 남아 있는 유기물층의 흙에 대한 생물학 분석을 의뢰했다.

분석 결과는 놀라웠다. 그 흙에는 많은 기생충 알이 발견되었다. 한마디로 흙 속에 있던 유기물은 똥이었다. 웅덩이는 곡식 창고가 아니고 삼국시대의 공중화장실이었다. 학자들이 자라고 추측하면서 애지중지하고 눈 빠지게 들여다본 막대는 대변을 보고 나서 뒤처리를 하는 도구로 밝혀졌다. 종이가 귀했던 시절 우리나라뿐만 아니라 중국과 일본에서도 적당한 길이(25센티미터 정도)의 나무를 자르고 다듬어 화장실에서 대변 뒤처리용으로 사용했다. 이 막대의 끝부분으로 남은 덩어리(?)를 털어낸 다음 막대기의 기둥으로 문질러서 닦는 방식이다. 이 화장실은 놀랍게도 수로를 뚫어서 물이 경사를 타고 내려와 오물이 배수로로 빠져나가도록 설계된 수세식이었다. 한 사람이 막대를 사용하고 나서 이 수로의 흐르는 물에 씻어서 걸어놓으면 다음 사람이 사용했다.

고고학자는 박물관이나 연구실에서 고고하게 유물이나 책을 들여다보는 직업으로 생각하기 쉽지만 때로는 강인한 체력이 있어야 하는 직업이기도 하다. 무덥고 추운 계절에 웅크리고 흙과 함께 살아야 한다. 산성을 발굴하는 고고학자가 특히 그렇다. 《국보를 캐는 사람들》에는 고고학자의 이런 고충이 잘 나와 있다.

1997년 당시에 아차산성을 발굴한 최종택 선생은 보루 한 곳을 발굴하기 위해 발굴 장비를 가득 실은 수레를 밀면서 보통 60번 정도 산을 오르내려야 했다고 한다. 수레를 끌어본 사람은 안다. 이게 평지에서나 편리한 기계이지 경사가 진 곳을 오르려고 하면 마치 십자가를 진 예수가 된 것 같은 고통이 뒤따른다. 입대하기 전에는 군대에서 매일 총 쏘고, 전투 훈련을 하는 줄로만 알았다가 막상 입대하면 "내 군대 생활은 8할이 삽자루였다"며 '진지 보수'라는 명목으로 삽자루를 벗 삼아 세월을 보내야 하는 것처럼, 고고학을 고고하게 연구실에서만 한다고 생각하면 큰 착각이다.

고고학자가 술을 마시는 이유

현장에서 노동(?)을 많이 하는 고고학자들이 술을 유독 좋아하는 것은 어쩌면 당연하다. 한국인이면서 치맥을 즐긴 기억이 거의 없을 만큼 술을 좋아하지 않는 나도 시골에서 농사일을 하다 보면 시원한 맥주가 간절해진다. 고고학자 임효재 선생이 말하길, 발굴을 하다 보면 세 번 술을 마시게 된다고 한다. 유물을 발견하면 좋아서 마시고, 그렇지 않으면 속상해서 마시며, 발굴 대상인 무덤을 보다 보면 인생의 허무함 때문에 마시게 된다고 한다. 왜 그렇지 않겠는가? 발굴의 대상이 되는 무덤의 주인들은 대개 당대에서는 천하를 호령한 왕이나 귀족들인데 육신은 삭아서 흙으로 돌아갔고, 유물들은 도굴꾼이나 고고학자가 파헤치지 않는가 말이다.

고고학자들이 유독 술과 가깝다는 것은 《강인욱의 고고학 여행》

의 저자 강인욱 선생도 인정한다. 강인욱 선생에 따르면 술을 좋아하는 것은 한국의 고고학자뿐만 아니라 전 세계의 다른 고고학자도 마찬가지이다. 미국의 고고학자인 T. 더글러스 프라이스가 쓴 고고학의 교과서라고 할 수 있는 《고고학의 방법과 실제》에서는 아예 맥주가 고고학자의 필수품으로 포함되어 있다고 한다.

강인욱 선생이 말하는 맥주가 고고학자에게 매력적인 이유는 다음 세 가지다. 우선 맥주는 도수가 낮아서 부작용이 없고 오히려 고고학자가 숙명적으로 겪는 노동을 더 열심히 하도록 원기를 북돋아준다. 인부들이 새참 시간에 막걸리를 마시며 노동의 시름을 달래고 일을 더 할 수 있는 에너지를 얻는 것과 같다.

둘째, 맥주는 가격이 저렴해서 주머니 사정이 넉넉지 않은 고고학자에게는 단비와 같은 존재다. 대부분의 시간을 흙을 퍼내면서 보내는 고고학자들이 무슨 돈이 있겠는가.

셋째, 맥주의 다양성 또한 고고학자들에게는 매력적이다. 고고학자들이라고 항상 고달프고 낙이 없다면 누가 그 일을 하겠다고 덤비겠는가. 일반인이 유물 발굴을 생각하면 쉽게 떠올리는 금으로 된 왕관이나 장신구를 발굴하는 것은 고고학자들로서도 로또에 당첨되는 것만큼 희귀한 일이지만 힘들게 발굴 작업을 하고 나서 그 지역의 맥주를 마시는 즐거움은 모든 고고학자가 누릴 수 있다. 발굴 현장은 다양할 수밖에 없고 웬만한 지역에는 그 지역의 맥주가 있기 마련이니 이것이야말로 고고학자가 누리는 최고의 호사다. 고고학자라는 직업의 정체성을 이렇게도 말할 수 있겠다. 황금이나 보물을 발굴하긴 힘들겠지만, 저녁엔 항상 맛있는 맥주를 맛볼 수 있다!

군인과 고고학자의 공통점

고고학과 전쟁, 얼핏 생각하면 관련이 전혀 없는 것 같지만 둘 다 '파괴'를 전제로 한다. 물론 파괴의 양상은 다르다. 전쟁은 현재 존재하는 사회를 파괴하지만, 고고학은 지층을 파괴해 그 속에 숨어 있는 유적과 유물을 발견한다. 전쟁에서 승리하면 그 이후의 상황을 새로 정리하듯이 고고학자가 유물을 발견하면 과거의 상황을 새로 정리하는 공통점도 있다.

이러한 공통점 덕분인지 전쟁에서 이기기 위해서 개발되고 발달한 기술이 고고학의 발전에도 이바지했다. 가장 정밀하고 세밀한 지도 중 하나가 바로 군용 지도라는 것은 잘 알려진 사실이다. 적군이 위치한 지역을 침투하고 공격하기 위해서는 정밀한 지도가 필수적이다. 다양한 발굴 지역을 손바닥 들여다보듯이 잘 알아야 하는 고고학자로서는 애초에 군용으로 개발된 정밀한 지도가 큰 도움이 된다.

내가 근무했던 보병 제6사단에서 병사로서 가장 중요한 덕목 중 하나가 삽질이었듯이 발굴 현장에서 최고로 치는 덕목도 삽질이라는 것은 여간 웃기는 것이 아니다. 제1차 세계대전이나 제2차 세계대전을 배경으로 한 영화를 보면 흔히 미로처럼 길게 판 참호가 많이 등장한다. 그 당시에는 서로 참호로 전쟁을 했다. 참호에서 쉬고, 적의 참호로 진격해서 뒤엉켜 싸웠다. 그러니 당시 군인에게 있어서 삽질로 참호를 파는 것이 얼마나 중요한 자질이었겠느냐 말이다.

어쨌든 전쟁을 치르면서 참호를 파는 기술은 비약적으로 발전했다. 전쟁이 끝나자 군인들은 각자의 일터로 돌아갔고, 퇴역군인 중에는 고고학자도 일부 포함되어 있었다. 생각해보라. 군인들의 참호와 고고학자들의 발굴 현장은 닮지 않았는가? 돌아온 군인 출신의 고고학자들은 전쟁을 치르면서 갈고 닦은 참호 파는 기술을 고고학 발굴 현장에 적용하기 시작했다.

발굴 현장 관리 기술이 발전하면 당연히 발굴 실적도 좋아질 수밖에 없다. 그 당시 발굴 기술을 발전시킨 고고학자의 상당수가 퇴역군인 출신인 것은 당연한 일이다. 두 차례의 세계대전을 치르면서 적진을 효율적으로 공격하기 위해 발전한 비행 기술과 사진 기술 또한 고고학의 발전에 큰 공을 세웠다. 발전한 비행 기술은 넓은 발굴 지역을 짧은 시간에 분석할 수 있게 해주었고, 사진 기술이 발전하면서 발굴은 무조건 삽자루로 땅을 파야 한다는 고정관념을 무너뜨렸다. 문서 보관소에서 사진을 분석하는 것으로도 고고학 연구가 가능해졌기 때문이다. 땅을 파서 옛사람들의 유물을 찾는 고고학이라고 해서 첨단 기술이 비껴가는 것은 아니다. 연륜이 쌓인 고고학자가 요새 젊은것들(?)의 발굴 현장을 보면 배가 아플 만큼 수월해졌다.

수 킬로미터를 걸어서 손으로 지도를 그리며 밤을 새웠고, 발굴 현장의 전경을 촬영하기 위해서 위험천만하게 높은 곳으로 올라가야 했던 고고학 선배들과는 달리 요즘은 그 모든 작업을 드론이 대신한다. 발굴 현장의 업무 대부분을 첨단 기술과 기계로 대신하는 신세계가 마냥 좋은 것만은 아니다. 갈수록 기계가 대체할 영역은 많아질 것이며 고고학자가 설 자리는 그만큼 좁아질 수밖에 없을 것이다. 하지만 인간이 존재하는 한 고고학은 영원하다.

한국의
슈퍼히어로,
불가살이

《한국의 벽사부적》,
김영자 지음, 대원사, 2008

운전하는데 모르는 번호로 전화가 왔다. 차를 세우고 전화를 받으니 혹시 지갑을 잃어버리지 않았느냐고 묻는다. 그제야 항상 있어야할 자리에 지갑이 없다는 것을 알았다. 연신 고맙다고 인사를 했다. 지갑 속의 내 명함을 보고 연락했다는 그는 알고 보니 내가 사는 원룸의 주민이었고 현관 앞에서 내 지갑을 주웠다고 했다. 당장 달려가서 지갑을 건네받고 사례라도 해야 하지만 중요한 약속이 있었고, 어차피 같은 원룸 주민이라 외출을 마치고 건네받기로 했다. 그분이 불편하지 않도록 내 방의 우편함에 넣어달라고 말씀드렸다. 나처럼 안이하고 조심성 없는 사람이 또 있을까?

나와는 정반대의 성품을 지닌 그분은 우편함에 지갑을 넣을 공간이 있는지 확인하고 여의치 않으면 1층 로비의 창고에 지갑을 두겠단다. 다시 인사를 드렸는데 잠시 뒤에 문자가 왔다. 아무래도 우편함이 불안했는지 1층 창고 구석에 지갑을 숨겨둔 것도 모자라 내가 쉽게 찾을 수 있도록 지갑이 있는 지점의 사진을 보내주셨다. 이런 꼼꼼하고 사려 깊고 따뜻한 남자를 남편으로 둔 아내는 얼마나 든든하고 행복할 것인가. (새삼 내 아내에게 미안해진다.) 고마운 나머지 모바일 선물하기로 치킨 세트 기프티콘을 보내드렸는데 연신 고맙다고 인사를 하신다. 놀라운 것은 그가 302호에 산다는 것이었다. 301호인 내 방에서 20센티미터 옆에는 그분이 사는 302호의 대문이 있다. 포항에서 혼자 원룸에 살면서 직장생활을 하는 나와 그분의 사정은 다르지 않다고 본다. 독신남이거나 나처럼 주말 부부이지 않겠는가.

우리 원룸에는 아기, 아이, 청소년이 단 한 명도 살지 않는다. 편의점에서 7900원짜리 냉동 양념닭발(편의점 닭발을 좋아하지만 아무래도 24시간 곰탕집에서 파는 뜨끈한 5000원짜리 곰탕과 비교하면 그 천문학적인 가격에 치를 떨게 된다. 다만 곰탕을 먹자면 혼밥을 해야 한다는 부담이 있다.)을 손에 쥐었다 놓았다를 몇 번 반복하다가 결국은 방에 돌아와 즉석밥에 멸치조림으로 배를 채우는 내 처지에 302호 아저씨와 안면을 터 친구로 지낸다면 내 객지 생활이 얼마나 행복할까? 우리는 이웃을 경계한다. 이사를 하면 혹시 이웃에 나쁜 사람은 없는지, 소란스러운 사람은 없는지 걱정부터 하는 경우가 많다. 기회를 봐서 식사라도 한번 대접해드리고 싶다고 인사를 드렸지만, 그도 나도 꼭 실행하려고 한 말은 아니라는 것을 안다.

그분과 친구가 된다면 얼마나 행복할까? 방에 있으면 함성이 들려올 정도로 가까운 야구장에 함께 가기도 하겠고, 골목길의 24시간 곰탕집에서 함께 저녁을 먹겠고, 한 블록 떨어진 운하의 길을 걸으며 세상 살아가는 이야기도 나누겠고, 밤늦도록 301호나 302호에서 노닥거리다가 맨발로 각자의 방으로 돌아갈 수도 있겠다. 드라마 〈응답하라 1988〉에서 이웃들이 가족처럼 지내는 모습이나, 〈나의 아저씨〉에서 이웃의 자식 숙제를 온 동네 사람들이 합세해서 도와주는 모습, 주인공의 할머니 장례를 피 한 방울 섞이지 않은 동네 친구들이 치러주고 밤까지 새주는 모습을 보면서 감동하고 좋아하지만 '저건 판타지야', '요샌 저런 풍경을 상상할 수도 없지'라고 아쉬워하던 나였다.

302호 아저씨를 생각하면서 요즘 세상에도 드라마에 나오는 '이웃사촌'끼리 정을 나누고 기대어 살아가는 모습이 '판타지'만은 아니라는 결론을 내리게 된다. 그러면서도 302호 아저씨에게 먼저 다가가는 것이 고등학생 때 짝사랑하던 여학생에게 같이 "빵 먹으러 가자"고 유혹하는 것만큼이나 망설여진다. 그가 주운 내 지갑엔 현금이 달랑 3000원뿐이었고, 내가 힘든 일이 생길 때마다 찾는 보살님이 정성껏 마련해준, 내가 원하는 것을 모두 이뤄준다는 노란 부적이 들어 있었다는 것이 조금 민망하기도 하고.

부적은 시대를 비추는 거울이다

《한국의 벽사부적》을 읽다 보니 부적을 지갑에 넣고 다니는 것이 그리 부끄러운 일은 아닌 것 같다. 우선 부적은 종교보다 더 오래된 전통을 가지고 있다. 인류가 존재하면서부터 부적의 역사는 시작되었다. 물론 원시시대의 부적은 그 재료가 지금처럼 종이가 아니고 짐승 뼈, 돌, 조개였다. 구석기 시대에 그려진 것으로 추측되는 들소 사냥을 묘사한 라스코 동굴 벽화도 따지고 보면 성공적인 사냥을 기원하는 부적이다.

세상이 발전하고 복잡해짐에 따라서 사람들이 겪는 상황도 다양해졌는데 이 요구에 부응해 종이나 장신구를 이용한 좀 더 정교한 부적이 발달했다. 부적은 당대의 사회상과 문화를 반영하면서 변천해왔기 때문에 부적의 역사를 살펴보면 시대의 변화를 알 수 있다.

부적은 초자연적인 힘에 의지해 무탈하기를 바라는 소망의 징표다. 《한국의 벽사부적》에 의하면 부적은 부와 건강을 기원하는 '길상부적'과 교통사고나 관청과 관련된 흉사 등을 막고자 하는 '벽사부적'으로 나뉜다.

내가 지갑에 넣고 다니는 부적은 교통사고를 막아달라는 부적이므로 벽사부적에 속한다. 일반적으로 길상부적보다는 벽사부적의 종류가 훨씬 많다고 한다. 따라서 사람들은 잘 먹고 잘사는 것보다는 그저 오늘과 같은 내일, 즉 일상생활의 평온함을 지키고 싶은 마음이 더 크다고 볼 수 있다. 남에게 해코지하자는 것도 아니고 분수에 맞지 않는 부귀영화를 탐내는 것도 아니니 내 부적을 부끄러워할 일은 아니라는 것이다.

벽사부적은 삼국시대에 그 모습이 구체화되었고, 고려시대에 전성기를 누렸다. 팔만대장경에는 각 경전의 앞장마다 경전을 안전하게 보관하기 위해서 물난리, 화재 등의 천재지변을 막아주는 부적이 각인되어 있다. 부적의 사용자도 다양해서 위로는 왕실에서 아래로는 서민까지 아우른다. 거창하게는 국난 극복에서 사소하게는 개인의 발원에 이르기까지 그 목적도 다양했다.

고려시대는 부적의 번성기이기도 했지만, 부적의 역사에 획기적인 변화가 나타난 시기이기도 했다. 21세기를 사는 내가 지니고 다니는 부적과 형태가 거의 비슷한 종이로 만든 부적이 출현한 것이다. 우리가 부적이라고 하면 흔히 떠올리는 형태의 부적이 탄생한 것이 고려시대의 일이었다.

왕릉이나 장군 묘 둘레의 석에 새기거나 환조로 만들어 배치한 십이지신상도 무덤을 보호하기 위한 일종의 벽사부적이다. 원숭이에게 갑옷을 입히는 등 최대한 무섭게 꾸민 십이지신상으로 무덤에 침입할지 모르는 악귀를 쫓기 위한 것이었다. 다보탑 중앙에 서 있는 사자상도 같은 기능을 기대하고 제작되었다.

민초들의 울분을 풀어주는 슈퍼히어로

고려 말과 조선 초 사이에 흥미로운 부적 하나가 등장한다. 1970년대에 초등학교를 다닌 나는 만화책을 좋아했는데 그 당시 내가 좋아했던 만화가 '불가살이' 이야기다. 불가살이란 쇠를 마구 먹어치우는 괴물인데 도저히 죽일 방법이 없어서 이름이 그렇게 붙여졌다. 눈에 보이는 쇠를 모두 먹어치우는 괴물 이야기는 무섭고 신기해서 기억에 오래 남았다. 불가살이가 국사 수업시간에 '여말선초'라고 불렀던 혼란기에 태동한 캐릭터라는 것을 어린 시절엔 알지 못했다. 불가살이가 등장한 구전 이야기를 요약하면 이렇다.

고려 말 유교를 숭상한 신진사대부는 불교를 탄압하고 승려들을 잡아갔다. 승려들은 탄압을 피해 숨어 지냈고 밥풀을 뭉쳐 불가살이를 탄생시켰다. 불가살이는 쇠붙이를 눈에 보이는 대로 먹어치워서 피해가 막대했지만 죽여서 없앨 수가 없었다. 이 난세에 승려들이 나서서 불로 불가살이를 죽였고 불가살이가 먹었던 쇠붙이는 모두 원래의 물건으로 되돌아갔다. 이 난리를 해결한 승려와 불교는 더 이상 탄압을 받지 않았다.

불가살이가 태동한 배경에는 불교에 대한 탄압 말고도 고려가 겪은 고난도 연관이 있었다. 고려가 몽골의 침략을 받고 지배를 당했을 때 백성들은 울분을 삼킬 수밖에 없었다. 그때 민초들은 불가살이라는 슈퍼히어로를 만들었고 자신들을 대신해서 몽골 병사를 물리쳐주기를 꿈꾸었다. 그 이후로 불가살이 부적은 액운을 물리치고 부귀영화를 누리게 해주는 용도로 널리 사용되었다. 물론 우리나라 괴담 문학의 기원이 되기도 했다.

단오부적이 왜 생겨났는지를 생각해보면 부적을 무조건 미신으로만 치부할 수는 없다. 단오를 기점으로 농한기가 끝나고 바쁜 농사철이 시작된다. 만물이 생동하기 시작하지만 동시에 병균이 활동을 시작하는 시기이기도 하다. 농사철을 앞두고 나쁜 양기를 누르고 음기를 대표하는 비를 고대하는 시기가 단오다. 단오부적의 기원은 이처럼 계절의 절기를 염두에 둔 과학적인 행위이기도 했다.

사극 드라마에 등장하는 궁중의 암투에서 흔히 볼 수 있듯이 부적은 라이벌을 음해하고 무고巫蠱하는 수단으로 동원되기도 했다. 주술로 해코지를 하기 위해서 뼈나 화살 같은 다양한 도구가 동원됐지만, 부적은 약방의 감초처럼 없어서는 안 될 핵심적인 존재였다. 어떤 경우든 부적이 있어야만 무고가 성립되었으니까 말이다.

예나 지금이나 부적은 불교와 가까운 것이고, 존경하는 스님이 그려준 부적이라면 효력이 더 클 것이라고 기대한다. 내가 괜히 보살님이 그려준 부적을 지갑에 넣고 다니겠는가. 문제는 나 같은 사람이 한둘이 아니라 부탁하는 이가 너무 많다는 것이다. 조선의 승려들 또한 같은 고민을 가지고 있었다. 부적의 수요를 감당하지 못하자 '수제' 부적을 포기하고 절이 보유한 최신 기술인 인쇄술을 이용해서 부적을 대량으로 찍어내기 시작했다. 부적에 대한 수요는 이처럼 엄청나서 때로는 절과 관련이 깊은 사당패가 위탁 판매하기도 했다. 부적을 판매한 수익금은 부적을 발행한 사찰과 사당패가 나눠 가졌다.

요즘도 사정은 다르지 않다. 스님이 직접 부적을 만드는 경우도 있지만 대부분 인쇄소에서 제작한 부적을 신도들에게 나눠주는 경우가 많다. 다만 옛날과는 달리 입시에 도움이 되는 부적을 많이 발행한다. 부적은 시대와 세태를 반영한다.

부적, 가장 오래된 종교

동학은 부적과 내밀한 관련이 있다. 관군과 전투를 할 때 동학군은 동학을 창시한 최제우가 만든 '궁을(弓乙)' 자가 새겨진 부적을 몸에 지니고 있었다. 관군이 쏜 총알에 맞서는 동학군의 무기는 재난을 피하게 해주는 효력이 있다는 부적이었던 것이다. 현대인의 관점에서 보면 황당하고 이해가 되지 않는 일이지만 동학은 애초에 최제우가 신비체험으로 창시한 것이다. 최제우가 신비체험을 통해 상제로부터 받은 '궁' 자가 그려진 부적을 태워 먹으면 병이 나았다고 한다. 그 효험이 어찌나 대단했는지 최제우가 관청에 체포되었다가 풀려난 뒤 되려 관청 사람들이 사또 부인이 병에 걸렸으니 그에게 부적을 써달라고 부탁할 정도였다. 실제로 동학군의 부적이 총알을 비켜가게 했다고 믿기는 어렵다. 다만 동학군에게 '궁' 자가 새겨진 부적은 미신이라기보다는 실제 생활의 어려움을 해결해주는 하나의 구세주에 가까웠다.

그렇다면 기계와 기술이 발달한 현대에는 부적이 줄어들었을까? 현실은 그 반대다. 인쇄술과 인터넷의 발달은 부적의 보급에 기여하고 있다. 인터넷은 현대 문명을 상징하고 부적은 구시대의 미신으로 치부되기 쉽지만, 이 둘은 묘하게 조화를 이루며 공존한다. 요즘에는 인터넷에서 부적을 판매한다. 한두 곳이 아니고 1000개 이상의 인터넷 사이트에서 부적이 거래된다. 부적을 판매하는 인터넷 사이트에서는 부적의 종류와 그 용도를 설명하고 고객이 원하는 목적대로 선택할 수 있다. 이른바 '운명산업'이라고 지칭해야 할 이런 업체들은 점차 기업화와 전문화의 길을 걷고 있다.

부적은 실생활의 어려움을 극복하게 해주는 수단으로 널리 사용된다. 위험과 액운을 피하고 싶은 것은 인간의 가장 원초적인 본능이다. 부적은 미신이라기보다는 가장 오래된 종교에 가깝다.

판사들의 손에 들린
보자기,
왜 그런가 했더니

《이어령의 보자기 인문학》,
이어령 지음, 마로니에북스, 2015

물건을 감싸고 덮어 운반하기 위해서 만든 네모 모양의 작은 천을
'보자기'라고 부른다. 보자기는 우리 민족에게 친숙한 물건이다. 경
상북도에서는 '바뿌재', '보대기', '보따리'로, 경상남도에서는 '밥수
건', '보새기'로, 충청남도에서는 '보자', '보재기'로, 강원도에서는
'보', '보자' 등의 사투리로 불렸다.

　보자기는 주거 공간이 협소한 한국 전통사회의 실정에 맞게 발달
한 생활 도구이다. 보자기는 장인이나 전문 기술자들이 만들기보다
는 가정집 여성들이 손수 만드는 경우가 많았다. 보자기는 남는 천
을 모아서 각자의 취향과 방식대로 만들었는데, 여기에 기복신앙이
스며 있다. 예를 들어서 갓난아기를 싸는 강보를 만들 때 어머니들
은 온갖 정성을 들여서 천을 모으고 장식을 했을 것이다. 보자기를
만드는 데 공을 기울이는 것은 치성을 드리는 것이나 다름없는 행위
였다. 혼례용 선물을 주고받을 때 사용하는 보자기도 혼례 당사자들
이 잘 살기를 바라는 마음을 담아 정성껏 만들었다. 또 보자기는 받

는 사람에게 복을 싸서 준다는 의미도 있었다. 현대사회에서도 여전히 혼례용 선물이나 귀한 사람에게 주는 선물을 보자기로 싸서 주는 이유이다. 우리나라에서 보자기가 발달한 또 다른 이유는 보자기 만들기가 바깥출입이 자유롭지 못한 여자들의 내밀한 취미생활이었기 때문이다. 정해진 문양 없이 각자의 취향대로 솜씨를 발휘해서 세상에 하나밖에 없는 보자기를 만드는 것은 큰 즐거움이었을 것이다.

방이 오늘날보다 좁고, '예禮'를 중요하게 생각했던 전통사회에서 보자기는 더욱 애용되었다. 보자기는 공간을 거의 차지하지 않기 때문에 보관하기에 편했다. 또 예물을 보낼 때 요강이나 이불을 덮거나 싸서 남에게 보이지 않게 하기 위해 보자기를 사용했는데, 이는 모두 예를 차리기 위함이었다.

심지어 음식이 차려진 밥상을 덮는 데에도 쓰여 위생에도 기여했고, 집에 불이 났을 때 불을 끄는 소화기의 역할도 수행했다. 우리 민족 역사상 이렇게 다양한 기능을 가진 물건도 보기 드물다.

1970년대 이전에 시골에서 학교에 다닌 사람이라면 '책보'를 안다. 책보란 책가방을 살 만한 여유가 없는 학생들이 책을 싸서 다닐 수 있도록 만든 보자기를 말한다. 책보를 사용해본 사람은 알겠지만, 보자기로 책을 말아 핀으로 고정해 엉덩이 위에 매기도 하고, 어깨와 허리를 가로질러서 매기도 한다. 책보는 가난의 상징이었고 가방은 부의 상징이었다.

그러나 보자기는 우리가 생각하는 만큼 단순히 가난과 구시대의 산물만은 아니다. 조선왕조에서는 행사별, 용도별로 정해진 보자기를 사용했으며 보자기가 필요한 경우 호조(조선의 조세 및 재정 업무를 담당하던 관아)에서 직접 임금에게 품의를 내 보자기 제작을 허락받았다. 그만큼 중요한 물품이었다는 의미다. 임금의 허락이 떨어지면 왕실의 의복과 의대를 만드는 상의원에서 보자기감을 설치했다. 보자기를 제작하기 위한 별도의 기구를 만든 셈이다. 상의원에서 옷감을 마련하면 세답방(조선의 궁중에서 빨래와 다림질 따위를 맡아 하던 곳)에서 재단을 하고 최종적으로 침방(조선의 궁중에서 바느질 따위를 맡아 하던 곳)에서 재봉해 완성하는 것이 궁중의 보자기다.

보자기의 포용성 탐구

일찍이 이어령 선생은 보자기가 한국 문화의 원형 그리고 나아가 한·중·일의 문화를 비교하고 서양 문화와 비교하는 중요한 밑거름이 될 수 있다고 생각했다. 보자기를 물건을 싸는 목적으로 사용하는 나라는 우리나라와 일본이 대표적이다. 알다시피 가방은 우리나라 고유의 물건이 아니다. 가방에 밀려 구식으로 밀려난 보자기는 현대 사회에서 중요한 가치로 생각하는 '유연함'을 자랑한다. 접고 휘어지는 '플렉시블flexible 디스플레이'의 원형이 보자기의 원형과 같다.

가방으로 할 수 있는 것은 '넣는 것'밖에 없지만, 보자기로 할 수 있는 행위는 다양하다. '깔다', '뒤집어쓰다', '덮다', '늘어뜨리다', '묶다', '닦다', '싸다' 등이 그것들이다.

융통성과 관련해서 대조적인 가방과 보자기의 관계는 의자와 방석에도 적용된다. 의자는 융통성이 없이 누가 앉건 간에 정해진 모양을 유지한다. 식당에는 어른의 의자와 아이의 의자를 따로 마련해야 하는 경우가 있으며 가방처럼 의자는 그 용도를 다하고도 그 자리를 차지한다. 의자에 앉는 주인이 주체가 아니고 의자가 주체인 셈이다. 사람이 중요한 것이 아니고 의자가 사람의 지위를 결정한다. 동화 〈왕자와 거지〉에 나오는 것처럼 거지라도 왕좌에 앉으면 왕이 된다. 반면 방석은 융통성이 넘치는 물건이다. 쌀 물건을 꺼내고 나면 납작 엎드려서 주인의 부름을 기다리는 보자기처럼 방석은 공간의 여백을 쓸데없이 차지하지 않는다.

사람이 일어서면 보자기는 벽장이나 장롱으로 들어간다. 방석도 마찬가지다. 서양 사람들은 식사할 때 의자가 필요한데 의자의 높이에 걸맞은 식탁도 필요하다. 따라서 서양 사람의 집은 아무리 좁아도 방과 주방이 따로 있어야 한다. 반면 방석 위에 앉아서 먹는 식사는 주방이 따로 필요가 없다. 안방에 밥상만 가져오면 주방이 되기 때문이다. 방석으로 먹는 식사 문화는 안방이 주방 역할을 겸할 수 있는 반면에 의자가 필요한 식사 문화는 용도별로 방과 주방이 따로 있어야 한다.

방석 식사 문화는 공간의 활용도가 높고, 의자 식사 문화는 공간의 활용도가 낮다. 서양의 식탁은 한자리에 고정된 것이며, 우리의 밥상은 이동 가능portable하다. 컴퓨터로 비교하자면 의자는 크고 자리를 많이 차지하는 데스크톱이고 방석은 랩톱이다.

가방과 보자기의 융통성과 관련해서 이어령 선생은 재미난 예를 든다. 영화 '007 시리즈'에 등장하는 제임스 본드의 상징물은 007 가방이다. 007 가방이란 '007 시리즈' 영화에서 주인공인 제임스 본드가 들고 다니는 컴퓨터와 기관총 같은 최첨단 장비가 가득 들어 있는 가방이다. 제임스 본드는 임무를 수행할 때마다 이 가방을 활용한다. 마치 대통령의 경호원들이 들고 다니는 가방과 같은 역할을 한다. 007 가방이야말로 서양의 물건, 즉 가방이 가지고 있는 용도의 최고치를 구현한 것이다.

반면 새로운 형태의 영웅인 '맥가이버'는 별다른 장비를 가지고 다니지 않는다. 그는 오로지 임기응변과 주변에 있는 물건을 활용해서 문제를 해결한다. 맥가이버에 의해 믹서의 모터가 감시카메라의 전파를 교란하는 무기로 변신한다. 맥가이버는 용도와 상황에 맞게 변신하는 보자기형 영웅이다. 들어올 때는 보자기를 뒤집어쓰고 얼굴을 가렸다가 나갈 때는 보자기에 훔친 물건을 싸서 나가는 도둑이기도 하고.

물건이 둥근 모양이든, 각진 모양이든, 세모난 모양이든 보자기는 그 물건의 모양을 그대로 유지하면서 쌀 수도, 입을 수도, 묶을 수도 있다. 안에 있는 물건을 모두 꺼내도 일정한 공간을 차지하는 가방과 달리 보자기는 제 임무를 다하면 다시 아무것도 없는 평면으로 돌아간다. 마치 알라딘의 램프와도 같은 편리함이 있다. 이어령 선생의 지적처럼 임무를 다하면 납작하게 숨어 있다가 다시 주인의 부름을 받으면 가방으로 다시 나타난다. 일정한 크기와 모양이 아니면 담기 어려운 융통성 없는 가방과는 대조적이다. 머리에 쓴 보자기는 두건이나 모자이며, 얼굴에 쓴 것은 가면이고, 허리에 두른 것은 허리띠가 된다.

보자기가 물건을 이동하는 수단으로서 가방보다 장점이 있다는 살아 있는 증거는 판사들이다. 아마도 서류를 가장 많이 들춰보고 가지고 다녀야 하는 직종 중 하나인 판사에게는 가방보다 보자기가 훨씬 편리할 것이다. 보자기는 골무와 함께 서류와 함께 사는 판사의 가까운 친구이자 동반자다. 수천 장이 넘기 일쑤인 서류 뭉치를 담고 다닐 수 있는 가방은 드물다. 사실 서류용 가방은 두툼한 사각형 물건을 담기에 적당하지 않은 물건이다. 보자기는 두툼한 서류 뭉치를 가지고 다니기에는 더없이 편리한 수단이기 때문에 판사들에게는 골무와 함께 '뇌의 일부분'이라고도 할 수 있다. 보자기와 골무가 없으면 판사는 불안하고 일이 손에 안 잡힌다.

신임 판사는 골무와 함께 법원 마크가 선명하게 그려진 보자기를 지급받는다. 내가 '보따리장수'가 된 것은 아닌지 착각할 수 있지만 곧 한 손에 사건 기록 보따리를 들고 퇴근하는 자신을 발견하게 된다.

가방은 제작에 특별한 기술이 필요한 상품은 아니지만, 동양이나 서양 모두 비교적 늦게 사용하기 시작했다. 패션을 선도한 유럽에서 가방을 사용하기 시작한 것은 나폴레옹 3세의 왕비 외제니 황후의 전속 포장 직공이었던 루이뷔통이 파리에 여행용 가방 가게를 개업한 1894년이다. 15~16세기에 이미 조총을 만들었던 일본이 가방을 만들기 시작한 것은 19세기 후반의 일이다. 나쓰메 소세키가 영국에 유학을 갔을 때 가장 신기했던 것이 '가방'이었다고 한다.

가방은 물건을 '넣는' 물건이고 보자기는 '싸는' 물건이다. 넣는 것과 싸는 것은 둘 다 물건을 보관하고 운반하는 수단이라는 점에서 같은 개념으로 보이지만 가방은 딱딱한 것이어야 하고 보자기는 부드러운 것이어야 한다. 소중하고 값비싼 물건을 딱딱한 금고나 가방에 두면 안전하겠지만 살아 있는 것을 상자나 가방 안에 넣으면 감옥이 된다. 반면 보자기는 마치 어머니의 품속처럼 포근하게 감싸준다.

또한 보자기는 친환경적이다. 종이 상자는 '뜯는다'고 하지만 보자기는 '푼다'고 한다. 종이 상자를 재활용하기 위해서는 비용과 시간이 들지만 보자기는 풀었다가 다시 묶으면 그만이다. 왕실이나 부자가 아니라면 대부분의 보자기는 남은 천 조각을 이어서 만들었다. 보자기는 애초에 만들어질 때부터 재활용을 근간으로 한다.

짚신과 고무신도 보자기의 포용을 닮았다. 서양의 구두는 오른쪽과 왼쪽을 엄격히 구분해서 서로 바꿔 신을 수 없지만, 짚신과 고무신은 오른쪽, 왼쪽 발을 모두 받아들인다. 보자기가 네모난 것이든, 둥근 것이든, 딱딱한 것이든, 부드러운 것이든 상관없이 품어주는 것처럼 말이다.

가장 현대적이고 자유로운

우리의 옛 어머니들은 큰 포대기를 접어서 아이들을 업고 다녔다. 반면 서양의 어머니들은 요람이라는 상자 안에 넣어서 아이를 재웠다. 포대기는 아이와 엄마를 연결해주고 한 몸이 되게 하지만 요람은 둘을 분리한다. 요람은 엄마가 편하거나 불편한 극단의 생활을 하도록 한다. 요람에 재우면 자유롭게 다른 일을 할 수 있지만 일단 아이를 안으면 다른 일은 아무것도 할 수 없다. 반면 '어부바' 문화는 아이를 돌보면서도 다른 일을 불편하지 않게 할 수 있다.

물론 아이를 업는 것이 요람에 두는 것만큼은 자유롭지 않을 것이다. 서양에는 겨울과 여름이라는 말이 먼저 생기고 봄과 가을이 한참 뒤에 생겼다던데 극단만 존재하고 적당한 것이 부족한 서양의 문화는 요람에서 시작된 것이 아닌가 생각된다. 서양에서 아이가 잠든 요람을 바로 옆에 두고 담배를 피우는 엄마들의 행위가 가능한 것은 아마도 아이와 자신이 분리되어 있으며 다른 공간에 있기 때문이라고 느껴서가 아닐까.

아이를 업는 것과 요람에 따로 두는 것은 과학적인 자료에 의해서도 그 차이가 드러난다. 마이애미대학교의 연구 결과에 따르면 엄마에게서 분리된 아기는 30분 이내에 단백질 효소가 낮아진다. 우리의 '어부바' 문화는 정서적인 측면과 아울러 생화학적인 장점을 갖는다.

딱딱한 가방과 부드러운 보자기의 대비는 의복에서도 나타난다. 서양 양복은 마치 중세시대의 갑옷과도 같아서 입고 나면 반드시 옷걸이에 걸어두어야 제 모양을 유지한다. 반면 한복은 보자기의 부드러움을 닮았기 때문에 개켜두는 것이 더 좋다. 또 양복은 허리의 넓이와 길이가 정확하지 않으면 입기가 곤란하다. 허리가 36인치인 사람이 입던 바지를 허리가 30인치인 사람이 입을 수가 없다.

반면 한복 바지를 생각해보자. 보기에는 너무 펑퍼짐해서 불편한 것처럼 보인다. 사실 한복 바지는 허리둘레를 거의 고려하지 않는다. 아예 20센티미터 정도 여유를 두고 재단한다. 그렇기 때문에 오히려 한복 바지는 허리둘레에 상관없이 편안하게 입을 수 있다. 본인의 허리둘레에 따라 적당히 접어서 입으면 되도록 만들었기 때문이다. 같은 사람이라도 밥을 많이 먹었을 때와 그렇지 않은 때는 허리둘레가 달라진다. 급격하게 체중의 변화를 겪은 사람이라면 양복은 아예 옷 전체를 다시 수선하거나 새로 사야 한다.

양복은 사람이 자신의 허리둘레에 맞는 옷을 찾거나 맞춰 입어야 하지만 한복 바지는 웬만한 허리둘레를 모두 수용한다. 보자기처럼 다양한 크기의 사람을 감싸 안는다. 극단적인 경우이긴 하지만 앞뒤를 바꿔 입어도 무난하게 입을 수 있는 것이 한복 바지다. 상의도 마찬가지다. 서양 옷은 융통성이라고는 없다. 심지어 단추도 정해진 구멍에 올바로 끼우지 않으면 낭패를 본다. 반면 한복 저고리는 사용자의 요구를 모두 수용한다. 끈으로 상의를 서로 이어주는 구조이기 때문에 본인의 체형에 따라 조임을 조절하여 입으면 된다.

건축 양식도 포용력에 있어서 서양과 우리의 것이 차이가 있다. 서양의 건축은 천편일률적인 건축 자재를 사용한다. 똑같은 크기와 모양의 벽돌이나 목재를 사용한다. 반면 우리의 건축은 자연의 모습 그대로를 수용한다. 돌담이 대표적인 예다. 우리나라의 석재가 가공하기 쉬운 대리석이 아니라 단단한 화강암이기 때문인 것도 이유가 되겠지만 대체로 우리의 건축은 꼭 필요하지 않으면 자연 그대로의 모습을 그대로 수용해서 자재로 활용했다.

미국과 일본의 자동차 생산 방식에서도 담는 문화와 싸는 문화의 차이가 반영되었다. 포드 자동차는 핀을 혼자서는 하루에 20개밖에 만들지 못하지만, 분업을 하면 4800개 만들 수 있다는 애덤 스미스의 이상을 실현했다. 18개 공정을 가진 자동차 생산 과정을 7882개의 단계로 나누었는데, 그 결과 생산량이 연간 7만 대에서 180만 대로 증가했다.

포드의 영광은 오래가지 않았다. 창의성과 개성이 전혀 발휘되지 않고 발휘될 필요가 없는 공장에서 인부들은 의욕 또한 잃었기 때문이다. 몸을 굽히지 않아도 되고 걸을 필요도 없는 공장에서 인부들은 차라리 자유롭게 돌아다니는 청소부가 되길 원했다. 인부들의 의욕 상실은 곧 생산력의 저하로 이어졌다.

반면 포드의 자리를 차지한 토요타는 다른 생산 방식을 택했다. 포드가 사람의 신체 일부의 기능만을 담는 '가방'의 공장이었다면, 토요타는 인부들의 개성과 상황을 포용한 '보자기'의 공장이었다. 토요타의 자동차는 사람이 기계에 맞춰 일하는 것이 아니라 기계가 사람의 보조에 맞추는 공장에서 생산되었다. 어느 한 인부의 필요에 따라서 공정은 언제든지 멈출 수 있었고 부품도 인부가 필요한 만큼 가져오는 방식이었다. 인부를 그저 하나의 부속품처럼 이용하는 것이 아니라 약간의 판단력을 발휘할 수 있게 했다. 하나의 일에만 숙련해 그 일만 온종일 하는 것이 아니라 단순한 업무이지만 약간의 변화를 준 것이 토요타 자동차의 방식이었다.

보자기와 가방의 문화를 엄격하게 분리해서 규정하는 것은 다소 비약일 수도 있다. 그렇다 하더라도 정해진 용도 없이 주어진 상황에 따라 자유롭게 변화하는 보자기 문화야말로 가장 현대적이고 자유로운 생활양식이라는 기대마저 버릴 필요는 없다.

《이어령의 보자기 인문학》의 표지 그림을 그린 김시현 작가의 보자기 그림을 통해서도 우리는 보자기의 매력과 따뜻함을 느낄 수 있다. 김시현 작가가 일관되게 보자기 그림에 몰두하는 이유 중 하나는 타인을 향한 배려와 따뜻함을 모으고 품는 것이 바로 보자기이기 때문이다. 굳이 풀어보지 않아도 숱한 아름다움과 사랑이 담겨 있음을 알 수 있는 보자기 그림으로 모두를 포용하는 여유를 배운다. 보자기라는 말이 '복福'이라는 글자에서 유래했다는 설이 의심되지 않는다. 새로운 좋은 물건이 많은 현대에서도 귀한 물건을 전할 때 보자기로 싸는 이유는 보자기가 복을 가져온다고 믿기 때문이다.

이토록 재미난 집콕 독서

2부

·

느긋하고 한가하게, 고전 읽기

박사학위가 흔해지면 생길 수 있는 부작용

《제국대학》,
아마노 이쿠오 지음,
박광현, 정종현 옮김, 산처럼, 2017
《나쓰메 소세키 인생의 이야기》,
나쓰메 소세키 지음,
박성민 옮김, 시와서 2019

1907년 일본의 한 문예가가 한 결정을 두고 전 일본이 들썩거렸다. 그 문예가는 도쿄제국대학 강사 자리를 그만두고 아사히신문사에 입사한 것이다. 지금도 최고 명문대학이지만 당시 도쿄제국대학의 위엄은 더욱 대단해서 이 대학 출신만이 '학사'로 불릴 자격이 주어졌다. 도쿄제국대학 강사 자리를 박차고 선택한 아사히신문사의 입사 과정도 독특했다. 신문사가 먼저 이 문예가에게 조건을 제시하며 입사를 제의했다. 이 문예가가 제의받은 조건은 이랬다.

우선 월급을 도쿄제국대학의 두 배를 지급하며, 문예 작품을 1년에 100회 아사히신문에 연재하며 출근은 하지 않아도 됐다. 다만 대학에 강의를 나가는 것은 금지였다. 말하자면 아사히신문사 전속 문예가 자리인 셈이다. 이 제안에 따라 일본의 최고 대학 선생 자리를 그만두고 신문사 직원이 된 사람이 '나쓰메 소세키'다. 누가 봐도 이상한 결정이었으나 당시 일본 대학의 상황이나 나쓰메 소세키 개인의 사정을 고려하면 납득이 된다.

우선 다음 글을 읽어보자.

지금의 서생은 학교를 여관처럼 생각한다. 돈을 지불하면 잠시 머물 수 있는 곳
이라 여길 뿐, 마음에 들지 않으면 곧바로 숙박지를 옮긴다. 학생들을 대하는
교장은 여관 주인 같고, 교사는 심부름꾼이다. 주인인 교장조차도 때로는 손님
들 기분에 맞춰주지 않으면 안 될 판에 하물며 심부름꾼은 오죽하랴. 훈육은커
녕 해고되지 않는 것을 행복으로 여길 정도다. 당연히 학생은 거만해지고 교사
의 가치는 땅에 떨어진다.　　　　　　　　　《나쓰메 소세키 인생의 이야기》, 10쪽

　나쓰메 소세키가 교사로 근무한 마쓰야마중학교에서 발행하는 교
지에 실린 글이다. 한마디로 당시 학교의 처지를 비판하고 손님인
학생의 비위를 맞춰주지 않으면 언제든 해고될 수 있는 교사의 처지
를 비판하고 있다. 이뿐만이 아니다.

나는 교육자로 적합하지 않고, 교육가의 자격을 갖고 있지 않다. 그런 부적합한
사람이 입에 풀칠할 방법을 찾다 보니 가장 얻기 쉬운 것이 교사의 지위였다.
　　　　　　　　　　　　　　　　　　　《나쓰메 소세키 인생의 이야기》, 10쪽

　본인 스스로 교직에 관심도 없고 적성에도 맞지 않는다고 토로한
것이다. 호구지책으로 가족을 부양하기 위해서 어쩔 수 없이 잠시
교직에 몸담은 것뿐이다. 애초부터 자신이 하고 싶어서 한 것이 아
니라 먹고살 방법을 찾다가 '아는 사람'이 권해서 교사가 되었다. 나

쓰메 소세키의 인생을 대표하는 주요한 결정들, 즉 건축가의 꿈을 포기하고 문과대학에 입학한 것, 교사가 된 것, 소설을 쓴 것 또한 '남들이 그렇게 말을 해주어서' 결정했다.

나쓰메 소세키의 대표작 《나는 고양이로소이다》조차도 '써달라고 부탁을 해서' 썼고, 한 회로 마칠 생각이었는데 '계속 써달라고' 하는 바람에 더 써나가다 보니 어쩌다가 장편소설이 되었다. 오죽했으면 스스로 본인 인생은 '남이 만들어준 것'이라고 토로했겠는가.

나쓰메 소세키가 상패를 거절한 이유

소세키가 대학 선생 자리를 그만둔 것은 그가 교직에 대한 흥미와 적성이 없었을 뿐만 아니라 당시 일본의 대학 교수에 대한 처우가 열악했기 때문이기도 하다. 아마노 이쿠오가 짓고 박광현, 정종현이 번역한 《제국대학》에는 당시 도쿄제국대학의 열악한 재정 상황과 교수에 대한 처우가 설명되어 있다. 이 책에 따르면 당시 대학교 교수의 봉급은 2370엔인데 직급이 낮은 관리들의 그것과 비슷했다. 조교수 봉급은 1000엔에 불과했다. 당시 도쿄제국대학의 교수들은 교수에 대한 열악한 처우 때문에 마음 놓고 연구에 매진할 수도 없고, 우수한 인재를 교수로 초빙하기도 어렵고, 다른 직장으로 이직하려는 교수를 막을 방법도 없다고 개탄했다. 국가가 학자를 우대하지 않는 현실을 비판한 것인데 그들의 우려는 틀리지 않아서 나쓰메 소세키는 도쿄제국대학을 그만두고 신문사 직원이 되어버린 것이다.

제국대학이 교수 월급을 '붓으로 살짝 스친 듯하게' 줘야 하고, 설립이나 운영 과정에서 민간이나 각 지방에 자금을 의지할 수밖에 없었던 것은 당시 제국주의로 무장한 일본이 끊임없이 군사비를 증액했기 때문이다. 그나마 관리들이 한정된 교육 관련 예산으로 제국대학에 특혜를 부여했는데도 제국대학은 재정이 열악했다.

어쨌든 아사히신문사로 이직할 당시 나쓰메 소세키는 '강사'에 불과했고 자식은 무려 여섯 명이었다. 대학 강사로 일하게 된 것 또한 본인의 선택이 아니었다. 국비 장학생으로 뽑혀 영국에서 2년 동안 유학을 한 것에 대한 의무 복무였다. 비록 신문사로 이직하고 나서 월급은 두 배로 올랐지만 나쓰메 소세키는 부유한 삶을 누리지는 못했다.

《나쓰메 소세키 인생의 이야기》에는 그의 궁색한 살림살이 이야기가 잘 묘사되어 있다. 집주인이 다른 임차인과의 관계를 생각해 월세를 40엔이라고 말해달라 부탁했지만 너무나도 솔직한 나쓰메 소세키가 이를 무시하고 35엔짜리라고 말하고 다녔던 그의 집은 300평 대지에 일곱 칸의 방이 있었다. 저택이라고 생각할 수도 있지만 우선 7개의 방 중에 가장인 소세키가 두 칸을 차지했고 아내와 6명의 아이가 있었으니 그의 집은 늘 북적거렸을 것이다. 천장은 빗물이 새서 얼룩이 졌고, 바닥은 다다미가 깔리지 않은 마루였는데 틈새로 바람이 새어 들어와 겨울에는 추위로 고통받아야 했다. 햇살이 비쳐드는 곳에서 글 쓰기를 좋아했지만, 그의 집에서는 그런 호사를 누릴 수 없어서 툇마루로 책상을 들고 나가 햇볕을 머리 위로 받아가면서 글을 쓰기도 했다. 햇살이 따뜻한 것을 넘어서 뜨거울 지경이 되면 밀짚모자를 쓰고 글을 썼다고 한다.

1909년 아사히신문사로 이직한 지 2년이 되던 해에 나쓰메 소세키는 또 한번 세간의 이목을 받았다. 당시 유력 잡지였던 〈태양〉이 문예계 각 분야의 명가를 정하는 독자 투표를 진행했는데 나쓰메 소세키가 가장 높은 점수를 받아 금으로 만든 상패를 주는 1위에 올랐다. 나쓰메 소세키는 "영광은 고맙지만" 상패는 받지 않겠다고 선언했다.

나쓰메 소세키가 말한 '상패 거절 이유'는 이랬다. 우선 자신의 가치를 아무런 배려 없이 투표하는 사람 마음대로 정하는 것이 마음에 들지 않았다. 더구나 졸지에 투표를 당하는 사람의 의견이 반영되지 않는다는 점에서 자신을 1등으로 뽑은 투표는 다수의 폭군이 동맹을 맺은 것이나 다름없다는 것이다. '워싱턴이나 나폴레옹 중에서 누가 더 위대한가'라는 질문으로 어른들을 곤란하게 만들었던 자신의 어린 시절을 상기하면서 우열을 가릴 수 없는 문예가들의 순위를 매긴다는 것이 사리에 맞지 않는다고 주장했다.

1위로 뽑힌 자신의 명예는 동료 문예가들의 명예를 깎아서 갖다 붙인 것이니 받아들일 수 없다는 것이다. 물론 나쓰메 소세키 자신의 작품을 읽고 감동한 독자들의 선물은 받았지만, 그것은 다른 사람의 명예를 깎아내리거나 우열을 염두에 두고 주는 것이 아니기에 기꺼이 받았다고 설명했다.

다만 석 달 동안 사심 없이 투표를 진행하고 집계했을 뿐만 아니라 10명의 문인에게 상패를 수여할 계획을 세운 〈태양〉의 의도에 대해서는 고맙게 생각하며 그 의도를 오해했다면 언제든지 사과를 할 준비가 되어 있다는 말로 그의 '상패 거절 이유'는 끝난다. 그것으로 끝난 것 같은 나쓰메 소세키와 〈태양〉과의 묘한 인연은 2년 뒤에 발생한 또 다른 사건 때문에 이어진다.

명령을 거부하다

1911년 2월 문부성이 나쓰메 소세키에게 문학박사 학위를 수여하겠다고 연락을 해 왔다. 박사학위를 받을 당사자도 모르는 사이에 결정된 일이었다. 이 일이 어떻게 가능한지 나 또한 의아했다. 우리가 박사를 취득하는 과정이랑 너무 다르지 않은가 말이다. 오늘날 박사학위를 받자면 5년 이상 연구에 매진해야 하는 것이 보통이고 논문을 통과하기 위해서는 또 얼마나 피땀을 흘려야 하는가. 오늘날 우리나라의 교육 관련 제도는 일본의 영향을 많이 받았다. 예를 들면 학사, 생도라는 용어 자체가 일본에서 생겨난 것이다. 당시 일본에서는 고등학생 이하를 생도라고 부르고 대학생을 학생이라고 불렀다. 대학을 졸업하면 수여하는 '학위'라는 용어도 일본이 만든 용어다. 따라서 우리나라의 교육제도와 일본의 그것은 닮은 구석이 많은데 아무리 100년 전 일본의 일이라지만 당사자도 모르는 박사학위 수여라니 이상한 일이 아닐 수 없다.

1887년 발표된 도쿄대학의 '학위령'에 따르면 그 당시 박사학위를 따기 위해서는 두 가지 방법이 있었다. 첫 번째 방법은 오늘날 우리가 떠올리는 학위 취득 방식이다. 즉 대학원에 입학해서 시험을 거친 사람에게 박사학위를 주는 것이다. 두 번째 방법은 첫 번째 방법으로 학위를 딴 사람과 동등하거나 그 이상의 학력이 있는 자에게 대학의 평의회를 거쳐 문무대신이 박사학위를 주는 방식이다. 두 번째 방법은 또 두 가지 경우로 나뉜다. 하나는 본인이 쓴 논문 한 편을 제출해서 대학의 심의를 거쳐서 박사학위를 받는 '논문박사'이고, 또 하나는 문부대신이 대학원 시험을 통과한 사람과 실력이 동등하다고 판단한 사람을 대학 평의회에 추천하고 3분의 2 이상이 찬성하면 박사학위를 수여하는 '추천박사'다.

1898년에는 추천박사 제도가 두 가지로 나누어졌다. 박사회에서 학위를 받을 만한 자격이 있다고 인정한 자와 제국대학의 총장이 문부대신에게 추천한 문과대학 교수도 박사학위를 받았다. 1911년 문부대신이 나쓰메 소세키에게 수여하겠다고 한 박사학위가 바로 박사회에서 추천해서 수여하는 것이었다. 1898년 발표된 학위령은 1920년까지 존속하는데 이 기간의 학위 수여에 관한 통계를 보면 흥미롭다. 대학원에 입학하고 정식시험에 합격해서 박사학위를 받은 사람은 3퍼센트에 불과했다. 대학원에 다니지 않고 논문 한 편을 제출하고 통과해서 박사학위를 받은 사람은 초창기(1887~1894년 사이의 14퍼센트)보다 많이 증가해서 63퍼센트를 차지한다. 문제는 나쓰메 소세키가 해당하는 박사회 추천과 제국대학 총장의 추천에 의한 박사학위 수여 비율이었다.

나쓰메 소세키가 속한 문학 계열은 그나마 추천박사의 비율이 23퍼센트에 지나지 않았지만 법학 계열은 84퍼센트, 공학 계열은 76퍼센트에 육박했다. 이 세태를 두고 〈태양〉이 실력이 없는 박사학위가 우후죽순처럼 나온다는 의미로 '죽순박사'라고 비꼬며 비판했다. 변변한 한 권의 저서도 없는 사람이 박사가 된다면 그 실력을 누가 인정하겠느냐는 지적이었다. 〈태양〉이 '죽순박사'를 비판한 것은 소세키가 박사학위를 거절한 1911년 이후의 일인 것으로 추정된다.

정리하자면 나쓰메 소세키는 1909년 〈태양〉이 수여한 '금으로 만든 상패'를 거절하고 1911년에는 문부성이 주는 박사학위를 거절했다. 석 달 동안 공들여 일한 끝에 수여하기로 한 '상패'를 거절당한 〈태양〉은 그 이후에 나쓰메 소세키의 '박사학위 거절'를 옹호한 것이다.

이쯤에서 나쓰메 소세키의 '박사학위 거절 사유'가 궁금해진다. 추천박사는 본인이 신청한 것이 아니라 문부대신의 '명령'이었다. 따라서 소세키가 박사학위를 거절한 것은 문부성의 명령을 거부한 것에 가까운 당시로서는 돌출 행동이었다. 당연히 신문에 대서특필되었다.

나쓰메 소세키는 박사학위가 흔해지면 학문의 목적이 학위 취득이라는 오해를 가져올 수 있다는 점과 박사학위를 취득하지 않는 학자가 제 실력을 인정받지 못하게 되는 부작용을 우려했다. 또 다른 사람보다 우월한 위치에 오르기 위해서는 운이 아니라 오직 실력과 업적에 의해야만 한다는 스승의 가르침을 수용한 것으로 보인다.

찰스 다윈, 조류독감을 예견하다

《종의 기원 톺아보기》,
찰스 로버트 다윈 지음, 신현철 옮김,
소명출판, 2019

일반적으로 책은 개정할수록 더 진보하고 알차게 된다. 저자가 초판을 내고 나서 수정할 부분이 생기거나, 더 보강하고 싶은 내용이 있거나, 혹은 새로운 주장을 더 하고 싶을 때 개정판을 내기 때문이다. 문학 책도 마찬가지다. 최인훈 선생은 《광장》을 평생 고치고 또 고쳤다.

과학 책이야말로 가장 자주 개정을 해야 하는 분야 중 하나다. 과학 기술의 발달은 다른 분야보다 훨씬 빠르다. 불과 몇십 년 전에는 의미 있었던 과학 지식이 지금은 쓸모없고 틀린 지식이 된 경우가 많다. 이런 의미에서 찰스 다윈이 쓴 《종의 기원》은 이례적이다. 여섯 번에 걸친 개정판이 아니라 초판이 독자들로부터 귀하게 여겨지기 때문이다.

누구나 다 알다시피 찰스 다윈은 스스로 '어려운 길'을 선택한 과학자다. '왜 생물들은 서로 다르게 생겼을까?'라는 질문에 '신이 그렇게 창조했기 때문'이라는 안전하고 간단한 대답 대신에 '사람의 이

126 이토록 재미난 집콕 독서

성과 연구'로 답을 구하려고 한 사람이다. '신이 그렇게 창조했기 때문'이라는 대답이 당연한 진리였고 진리여야 하는 시대에 찰스 다윈은 생물들 사이의 상호작용, 생물과 무생물과의 작용과 반작용 때문에 서로 다른 모습이 되었고, 서로 달라진 생물들이 주어진 환경에 적응하고 생존하기 위한 노력으로 인해 더욱더 많이 달라졌다는 '위험한' 설명을 했다.

신의 영역에 도전한 찰스 다윈에게 고초가 가해진 것은 당연했고, 그도 사람인 이상 감당할 수 없는 박해 때문에 개정할수록 초판에 담긴 '패기'를 조금씩 거두어들여야 했다. 공공의 적이 되어 하도 시달리다 보니 개정을 하면서 문구를 바꾸기도 하고 어떤 챕터는 삭제하기도 했는데, 오늘날의 독자는 그가 가장 눈치를 보지 않고 '하고 싶은 말'을 원 없이 한 초판을 가장 정본이라고 생각한다.

《종의 기원》을 한 번이라도 읽어보겠다고 도전하는 독자들은 그 책이 초판을 번역한 것인지 그 이후에 나온 개정판을 번역한 것인지를 살펴봐야 한다. 소명출판에서 신현철 선생의 번역으로 나온 《종의 기원 톺아보기》가 초판을 번역한 판본이다. '톺아보기(샅샅이 훑어가면서 살핌)'라는 제목에서 짐작할 수 있듯이 《종의 기원 톺아보기》에는 무려 2200여 개의 주석이 달려 있다. 이 주석들이 특별하고 귀한 이유는 본문을 이해하기 쉽게 도와줄 뿐만 아니라 현대에 일어나는 진화론과 관련된 상황을 비교해가면서 설명하기 때문이다. 국내에 출간된 여러 번역서 중에서 가장 친절하고 자세한 판본이라고 생각하는 이유다.

이 책을 번역한 신현철 선생조차 생물학을 공부하기 위해서 대학원에 입학하고서도 《종의 기원》을 읽지 않았다고 한다. 생물학을 전공하는 대학원생이면서 필독서인 《종의 기원》을 읽지 않았다는 죄책감에 시달린 신현철 선생과 선생의 협박에 못 이긴 대학원 동료들이 읽기 모임을 가졌지만 결국에는 '진정 읽을 수 없는 책'이며 '난 잘 모르겠다'라는 선언을 하게 만든 책이니만큼 일반 독자들이 《종의 기원》을 지하철에 앉아 읽으면서 고개를 끄덕일 수는 없다.

이 책을 덮으면서, 《종의 기원》에 이런 이야기가 나오는구나 하면서 단편적인 지식 몇 가지만이라도 확실하게 알고 만족하는 것도 나쁘지는 않을 듯하다.

야생동물과 사육동물 중 변이가 더 큰 것은?

자연에서 자라는 말이나 개보다 사람들이 키우는 말과 개들에게 좀 더 다양하고 큰 변이가 발생한다. 자연 상태에서 자라는 동물보다 사람이 키우는 동물들은 좀 더 다양한 환경에서 자라고 또 사람들의 필요에 따라서 관리 방식도 천차만별이기 때문이다.

인류는 다양한 기후 조건에서 생활하며 각자의 환경에 따라 사육하는 동물의 용도와 관리 방식이 다르다. 개만 해도 북극에서는 썰매를 끄는 용도로 개량하고, 목초지에서는 양 떼 몰이용으로, 사냥을 주로 하는 곳에서는 사냥용으로 점차 개량하기 때문에 야생의 개보다 다양한 모습으로 변이된다. 소도 그렇다. 따뜻한 열대우림 지역에서 농사용으로 사육하는 소와 춥고 건조한 히말라야산맥에서 사육하는 소는 그 외양이 판이하다.

동물은 각자의 환경에 따라 외양이 뚜렷이 변화한다

같은 식물이라도 기후가 다른 지역에 옮겨 심으면 꽃이 피는 시기가 달라지듯이 동물도 기후나 사육되는 목적에 따라서 식물보다 좀 더 뚜렷하게 외양이 달라진다. 가령 사람들이 사육하는 오리는 야생 오리에 비해서 날개보다 다리가 발달하는 것을 알 수 있는데, 이는 야생보다 외부의 위험으로부터 더 안전하기 때문에 날아야 할 필요성이 적고 걸어 다닐 일이 많기 때문이다.

또 우유 생산을 목적으로 하는 젖소는 젖무덤과 뒷다리 부분이 발달하는 반면 일을 시키기 위해서 키우는 소들은 앞다리, 즉 상체 부위가 발달한다. 상체 부위가 발달해야 수레나 쟁기를 끄는 데 유리하기 때문이다.

어떤 나라건 간에 사람이 사육하는 동물 중에는 예외 없이 처진 귀를 가진 종이 있다. 예를 들면 처진 귀로 유명한 고양이, '스코티시폴드'는 사람들이 키우기 때문에 존재할 수 있는 종이다. 귀가 처졌다는 것은 청각에서 불리하다는 뜻이며, 이는 곧 외부의 위험을 알아차리기 힘들다는 뜻이다. 스코티시폴드는 사람이 반려동물로 키우기 때문에 외부의 갑작스러운 위험을 알아차리는 데 신경을 쓸 필요가 없다.

반면 항상 적의 침입이나 포식자의 위험으로부터 자신을 지켜야 하는 야생동물들은 귀가 쫑긋 서 있어야 한다. 주로 사람들에 의해 사육되는 동물들은 외부의 위험에 신경을 쓸 이유가 없기 때문에 귀를 쫑긋 세울 기회가 적고 결국 귀의 근육은 퇴화하며 귀가 처지게 된다.

사육동물을 자연으로 돌려보내면 야생의 습성을 회복한다

몽골에서는 새끼 늑대를 사육하는 경우가 있다. 어미 늑대를 사냥하거나 어미 늑대가 자리를 비운 사이에 새끼 늑대를 데리고 와서 키우는데 일정 기간에는 야생 늑대의 새끼라고 할지라도 인간을 따르고 적응한다고 한다. 새끼 늑대는 어른이 되어가면서 차츰 야생의 습성을 되찾게 되고 마침내 사람은 늑대를 도살해야 할지 자연으로 돌려보내야 할지 결정해야 한다.

애초부터 오랫동안 인간이 사육한 동물도 자연으로 돌려보내게 되면 시간이 걸리겠지만 야생의 습성을 회복한다고 한다. 동물원에서 태어난 곰이라든가 집에서 키우던 개를 자연으로 돌려보내면 적응 기간을 거쳐서 야생동물이 된다고 찰스 다윈은 설명한다.

식물도 마찬가지다. 양배추와 같은 채소가 비록 인간에 의해서 재배된다고 하더라도 여러 세대에 걸쳐 척박한 토양에서 살아남고 적응한다면 그 양배추의 후손들 역시 척박한 자연에서도 혼자 힘으로 자랄 수 있다.

이 원칙이 모든 사육동물에 적용되는 것은 아니다. 자연 상태에서 엄청나게 많이 멀어진 변종을 겪은 동물들은 자연에 다시 돌아가더라도 적응하지 못한다. 귀가 처져서 외부 위험을 감지하는 데 불리한 스코티시폴드 고양이는 야생을 견디기 어려울 것이다. 또 오랫동안 사람이 발굽을 교체해준 경주용 말이라든가 수레를 끄는 말은 자연으로 돌려보내지면 얼마 지나지 않아서 다리에 염증이 생기고 병에 걸려 죽을 것이다.

야생말들은 오랫동안 자연에서 자랐기 때문에 발굽이 단단해서 사람이 관리해줄 필요가 없다. 하지만 이미 사람이 발굽을 갈아주는 데 익숙해져서 약해질 대로 약해진 발굽을 가진 말을 자연으로 돌려보내는 것은 그 자체로 사형 선고나 다름없다. 마찬가지로 이미 사람들에 의해서 오랫동안 보살펴지고 집 안에서 생활하도록 개량된 애완견들은 야생에 적응하기 힘들다.

원시시대에도 품종 개량은 존재했다

보통 사람들은 품종 개량을 고도의 전문성이 필요한 일이라고 생각한다. 물론 원시시대에는 오늘날의 유전자 조작 같은 기술은 없었을 것이다. 그렇다고 해서 원시인들이 자신에게 더욱 중요하고 적합한 특징을 가진 식물이나 동물을 선택할 안목이 없었던 것은 아니다.

원시인들은 오늘날의 과학자처럼 인위적으로 젖을 더 많이 생산하고, 더 큰 콩알을 열리게 하는 콩을 개량하지는 못했지만 좀 더 조심스럽게 보존함으로써 그 종이 번성하는 결과를 만들어냈다. 기근이 발생하면 생존하는 데 더 가치가 있는 개를 남겨두고 상대적으로 덜 중요한 가축을 도살했을 것이다. 그리고 같은 돼지라고 할지라도 새끼를 더 많이 생산하고 살집이 더 오른 돼지보다는 그렇지 않은 돼지를 먼저 잡아먹었을 것이다. 화재가 발생해서 갑자기 피신해야 할 때도 열매를 많이 생산하는 씨앗을 먼저 챙겼을 것이다. 또 사냥해서 잡은 여러 마리의 같은 종의 동물 중에서 가장 건강하고 살집이 많은 동물은 우리에 가둬두고 나머지는 즉시 잡아먹었을 가능성이 크다.

이런 식으로 상대적으로 우량한 특성을 보인 동물과 식물들이 살아남고 원시인들은 이들로부터 식량을 수월하게 얻었을 것이다. 의도하지는 않았지만, 본인들에게 좀 더 많은 식량을 제공하는 종을 선택함으로써 원시인들은 간접적인 품종 개량을 했다.

찰스 다윈은 '조류독감'을 예언했다

찰스 다윈은 《종의 기원》을 출판한 19세기에 이미 조류독감과 같은 문제를 거론했다. 한 종의 사육동물을 농장주의 편의와 생산량의 극대화를 위해서 좁은 공간에 너무 많은 개체 수를 사육하면 유행병이 나타난다고 《종의 기원》을 통해 지적한 것이다. 오늘날 닭이나 돼지 그리고 소가 효율성의 극대화를 위해서 밀집된 형태로 사육되는데 매년 겨울이면 행사처럼 조류독감을 비롯한 전염병이 발생한다.

뻐꾸기가 다른 새의 둥지를 뺏는 이유

뻐꾸기가 자신이 직접 둥지를 만들지 않고 다른 새의 둥지에다가 알을 낳는 것은 게으른 성격 때문이라고 생각하기 쉽다. 찰스 다윈과 그 동시대 과학자들은 뻐꾸기가 다른 새의 둥지에다가 알을 낳은 이유는 게을러서가 아니고 2~3일 간격으로 알을 낳기 때문이라고 결론지었다. 2~3일에 한 번씩 알을 낳다 보니 같은 둥지에 알을 낳는다면 먼저 낳은 알들과 나중에 낳은 알들을 같이 키워야 하는 문제가 생긴다. 먼저 낳은 알을 양육하려면 한동안 다른 알을 낳지 못할 수도 있다.

결국 뻐꾸기는 게으른 것이 아니고 매우 충실하며 부지런한 부모이기 때문에 다른 새들의 둥지를 훔친다고 볼 수 있다.

개미는 어떻게 노예를 가지게 되었나

베르나르 베르베르는 소설 《개미》를 통해서 '개미 박사'의 면모를 유감없이 발휘했는데 찰스 다윈도 이미 19세기에 개미가 어떻게 다른 종을 노예로 삼게 되었는지 밝히는 공을 세웠다. 원래는 노예를 만들지 않았던 개미가 다른 종을 노예로 삼는 과정을 찰스 다윈은 이렇게 추측했다.

천성이 부지런한 개미는 둥지 근처에서 발견한 다른 종의 번데기를 부지런히 날라서 보관했다. 물론 이렇게 저장된 번데기는 식량으로 쓰일 예정이었다. 식량으로 가져온 번데기가 부화하고 세상에 나왔을 때 그들은 그저 본능대로 일을 열심히 하기 시작했다. 의도하지 않게 '식량'이 자신이 해야 할 일을 하는 것을 발견한 개미들은 힘들게 알을 낳는 것보다는 그냥 남들이 낳은 알을 주워 와서 일을 시키는 것이 더 효율적이라는 것을 알게 되었다. 더 쉬운 길을 두고 어려운 길을 갈 필요가 없어진 일개미들은 노예를 키우는 습관을 영구히 간직하게 된 것이다.

셜록 홈즈로 읽는
빅토리아 시대
역사책

《주석 달린 셜록 홈즈》,
아서 코난 도일 지음, 레슬리 S. 클링거 엮음,
승영조, 인트랜스 번역원 옮김, 현대문학, 2013

오프라인 서점이 귀한 동네에 살다 보니 온라인 서점을 애용하는 편이다. 간혹 규모가 큰 좋은 오프라인 서점을 가서 직접 책을 만지고 펼쳐 보다 보면 새삼 온라인 서점의 단점을 실감하게 된다. 나처럼 꼼꼼하지 못한 독자는 온라인 서점에서 주문한 책이 배송되어 오면 책 크기가 생각한 것보다 크거나 작아서 놀라기도 하고, 내지를 잠시라도 훑어보았으면 사지 않았을 것 같은 책이라는 것을 알게 되기도 한다.

반면 온라인 서점의 장점으로는 '택배를 받는 즐거움'을 빼놓을 수 없다. 직장인이 가장 기다리는 것이 월급과 택배라고 하지 않는가. 금요일 오후에 온라인 서점에 책을 주문하고 퇴근한 뒤 택배를 받는 즐거움 덕분에 월요병을 이겨낼 수 있다. 가끔 내가 택배 중독에 빠져서 책을 주문하는 것인지 책을 읽기 위해서 주문하는 것인지 헷갈릴 정도다. 그러나 책상에 앉아 클릭 몇 번 하면 다음 날 물건이 품 안에 도착하는 편리함 속에는 택배 노동자의 고단한 노동이 숨어 있다.

　얼마 전에 택배와 관련해서 경악할 만한 일을 겪었다. 엘리베이터가 없는 3층에 위치한 내 숙소에 택배가 배송되었다는 문자가 왔는데 놀랍게도 현관문 앞에 놓인 택배 상자의 사진까지 함께 왔다. 마트에 가는 것이 귀찮은 나는 생필품도 온라인 쇼핑을 이용하는 경우가 잦은데 몸에 좋다고 소문난 양배추, 양파즙을 세 상자나 주문했더랬다. 택배 기사는 그 자리에서 들어 올리기도 힘겨운 상자 3개를 3층까지 들고 이동한 것도 모자라 무사히 도착했다는 인증 사진까지 주문한 사람에게 문자로 보낸 것이다. 여간 미안하지 않아서 앞으로는 3층까지 올라오지 마시고 그냥 1층 출입구에 두고 가시라고 해도 거절한다. 배달 사고를 염려한 것이다. 그 이후로는 무거운 택배는 가급적 직장 주소로 배송을 시킨다. 사무실이 1층에 있어서 계단을 오를 필요가 없기 때문이다. 신속하게 배달되는 우편과 택배에 다른 사람의 고단한 노동이 갈려 있다는 것을 생각하면 편리함이 약간 불편해진다.

24시간 우체국과 브리태니커 백과사전

　우편과 택배의 신속한 배달은 현대 문명의 열매라고 생각하기 쉬운데 사실 빅토리아 시대에도 그런 서비스는 존재했다. 빅토리아 시대를 배경으로 한 '주석 달린 셜록 홈즈' 시리즈는 그 당시 영국의 사회, 풍습, 경제, 법률 등에 관한 세밀한 사실이 가득 담겨 있어서 추리소설로 읽는 빅토리아 시대 역사책이라고 해도 틀린 말이 아니다.

이 책에 있는 주석은 참으로 방대하고 장엄하며 세밀해서 그 당시의 시시콜콜한 생활 지식뿐만 아니라 시대상을 고스란히 알려준다.

《주석 달린 셜록 홈즈 1》의 89쪽 23번 주석을 보면 우리가 누리는 익일 배송이 오늘을 사는 우리만의 편리가 아님을 알 수 있다. 19세기 들어서 철도와 증기선이라는 교통수단의 발달로 인해 우편배달 속도가 더 빨라지고 정확해졌다. 놀랍게도 런던 지역에 한정되기는 하지만 보통의 경우라면 편지가 두 시간에서 네 시간 만에 배송되었다고 한다. 런던 인근의 주변 지역은 오늘날처럼 밤새 운반해서 이튿날 아침이면 본인에게 배달되는 우편물을 받을 수 있었다. 신속한 행동이 필요했던 셜록 홈즈의 업무 처리에는 이러한 빠른 우편배달 시스템이 큰 도움이 되었으리라.

역설적이게도 빅토리아 시대는 산업혁명의 영향 아래에 대형 자본을 바탕으로 한 대량 생산 과정에서 노동자들이 겪어야 했던 가혹한 노동 환경과 조건에 대한 반발이 일어났던 시기였다. 마치 기계의 부품처럼 여겨져 가혹한 노동을 해야 했던 노동자에 대한 처우 개선을 논의하기 시작한 시대였다는 것이다. 복싱 경기를 할 때 선수를 보호하기 위해서 각 라운드 시간을 짧게 제한하고, 글러브를 껴야 하며, 다운되었는데 10초가 지나도록 일어나지 못하면 경기가 끝나도록 하는 안전 규정이 정해진 것도 빅토리아 시대였다.

노동자의 인권과 심지어 운동선수의 안전까지 세심하게 배려하기 시작한 빅토리아 시대에도 유독 우편제도에서는 신속함을 추구해 우편 노동자의 고단한 노동을 고려하지 않은 것은 요즘의 시대나 별반 다르지 않다. 심지어 우리가 고서점이 몰려 있는 로맨틱한 거리로 생각하는 채링 크로스 지역에는 24시간 운영되는 우체국이 있었다니 더욱더 놀라운 일이다.

신속하고 빠른 우편배달 말고도 셜록 홈즈에게는 든든한 조수가 또 있었다. 바로 방대한 분량을 자랑하는 브리태니커 백과사전이다. 1768년에 초판이 나왔고, 셜록 홈즈가 활동하던 1889년에는 이미 제9판이 나왔다. 빅토리아 시대를 대표하는 자본주의, 산업혁명의 발달은 브리태니커로 대표되는 지식의 확장의 영향도 컸다고 할 수 있다.

《주석 달린 셜록 홈즈 1》에 수록된 단편 〈빨강머리연맹〉에 등장하는 은행 강도들은 한 전당포에서 은행으로 침투하기 위한 땅굴을 파기 위해서 전당포 주인 윌슨을 끌어낸다. 그 전당포는 은행 건물 바로 옆에 있어서 은행의 지하 금고로 침투하는 땅굴을 파는 데 적합했기 때문이다. 은행 강도들은 자기들이 전당포에서 땅굴을 파는 동안 전당포 주인을 매일 밖으로 끌어내야 하는데 그 속임수로 생각한 것이 자기들이 준비한 사무실에서 급료를 주고 브리태니커 백과사전을 베끼게 하는 것이었다. 아침 10시에 출근해서 오후 2시에 퇴근하는 '백과사전 베끼기 알바'에게 작업을 하는 데 필수적인 장비인 펜과 잉크 그리고 종이마저 지급하지 않는(심지어 감시나 감독도 하지 않는다) 고용주가 백과사전을 이 건을 위해서 따로 구매할 것 같지는 않다. 말하자면 은행 강도도 소장할 만큼 일상생활에서 자주 사용했던 것이 당시의 백과사전이었던 셈이다. 물론 셜록 홈즈도 사건을 해결하기 위해서 자주 브리태니커를 들춰봤을 것이다. 빅토리아 시대에는 지식의 보고인 백과사전이 이미 계층을 막론하고 보편적으로 이용되고 있었다.

어둠과 절망, 빛과 봄의 시대

빅토리아 시대는 산업화가 활발했고 인권에 대한 관심이 증가하고 있었지만, 여전히 여성의 인권은 바닥이었고 사회 진출은 제한적이었다. 한마디로 빅토리아 시대에 결혼한 여성은 남편의 소유물로 취급되었으며 집안의 가재도구보다 조금 더 나은 대접을 받았다. 가정 폭력도 심각해서 런던의 병원에는 남편에게 폭행을 당해 피를 흘리면서 진찰을 기다리는 여성이 줄을 이었다고 한다. 셜록 홈즈도 폭력 남편을 다루는 사건을 맡기도 했다. 그 당시에는 여성은 결혼할 때 '남편에게 복종할 것을' 맹세했고 평생 그 맹세에 예속되어 살아야 했다.

간호사가 피를 흘릴 정도로 폭행을 한 남편을 험담하면 정작 분노해야 할 당사자인 아내들이 오히려 간호사에게 버럭 화를 냈다고 하니 그 당시 여성의 인권이 얼마나 열악했는지 실감하게 된다. 뼛속 깊숙이 여성은 남자의 부속물이며 소유물이라는 의식이 여성 자신에게 내재할 정도로 사회 전반적으로 여권에 대한 인식이 없다시피 했다. 여권이 취약한 시대인 만큼 사회 진출이나 직업세계에서도 여성은 제한이 많았고 처우 또한 열악했다.

《주석 달린 셜록 홈즈 1》에 수록된 〈정체의 문제〉에 여성 타이피스트가 등장하는데 이 여성은 하루에 15장에서 20장 정도를 타이핑할 수 있고 이 일을 해서 번 돈으로도 잘살 수 있다고 자랑스럽게 이야기한다. 1873년 타자기가 처음으로 상품화되었지만 이 기계를 다룰 수 있는 사람은 드물었다. 늘 고된 일에 시달리는 여성에게 좀 더 편안하게 생계를 유지할 수 있도록 하자는 아이디어로 여성을 대상으로 한 타이핑 교육이 활성화되었다.

타자기 제조업체는 이렇게 양성된 여성 타이피스트를 타자기와 함께 고객인 회사에 '판매'하는 일이 드물지 않았다. 타이핑을 할 수 있는 사람이 드문 시대였으니 아예 타자기 회사에서 여성 타이피스트를 타자기와 함께 판매한 것이다. 〈정체의 문제〉에 나오는 여성 타이피스트의 수입은 요즘 돈으로 월 35만 원가량인 것으로 추정된다. 단순 비교하기에는 무리가 있지만 〈빨강머리연맹〉에서 은행 강도가 '백과사전 베끼기 알바' 남자에게 월 250만 원 이상을 지급한 것을 참고하면 아무리 생각해도 열악한 처우라고 할 수밖에 없다.

타자기와 함께 판매되어 낮은 급여를 받았던 타이피스트조차 여성에 대한 큰 처우 개선이라고 인식한 시대였다. 빅토리아 시대 당시 타이피스트와 함께 그나마 여성이 직업세계에 진입할 수 있는 몇 안 되는 분야 중 하나가 가정교사였다. 당시 가정교사는 연봉이 700만 원 정도였는데 숙식은 따로 제공되었다. 가정교사를 하기 위해서는 아무래도 어느 정도의 교육과 교양을 갖춰야 하므로 중산층이나 몰락한 상류층 여성이 주로 맡았다. 빅토리아 시대의 여성 작가들의 작품에는 가정교사가 자주 등장하는데(샬럿 브론테가 쓴 《제인 에어》의 주인공은 문학작품에 등장하는 가장 유명한 가정교사다.) 그만큼 가정교사 말고는 교양 있는 여성이 가질 수 있는 직업이 없었다는 방증이다.

빅토리아 시대는 어둠과 절망의 시대이기도 했지만, 빛과 봄의 시대이기도 했다. 빅토리아 시대를 대표하는 찰스 디킨스의 소설 《크리스마스 캐럴》은 구두쇠 스크루지 영감을 풍자하거나 비판하기보다는 크리스마스를 계기로 가족과 이웃의 소중함을 되새기자는 메시지를 담고 있다. 《크리스마스 캐럴》은 빅토리아 시대 이전에는 그저 술판을 벌이는 날이었던 크리스마스를 따뜻한 가족의 날로 탈바꿈시키는 데 큰 공헌을 했다.

《주석 달린 셜록 홈즈 1》에 수록된 〈푸른 석류석〉은 셜록의 친구 왓슨이 크리스마스 다음다음 날 '명절 인사차' 셜록 홈즈를 찾는 장면부터 시작된다. 원래는 낮이 길어지기 시작하는 동지를 기념해 술이나 마시는 날이었던 크리스마스가 빅토리아 시대에는 가족이 함께 보내고 인사차 친구의 집에 들르기도 하는 명절로 정착되었음을 알 수 있다. 왓슨은 그 당시 최신 유행에 따라서 친구인 셜록을 인사차 만나러 간 것이다.

오늘날 사람들이 크리스마스 때 하는 많은 일이 사실 빅토리아 시대에 시작되었다. 누구나 알 듯이 성탄절은 예수가 태어난 날이 아니다. 예수가 살았던 시대에는 태어난 날을 축하하는 풍습 자체가 없었다고 한다. 전술했듯이 지금은 동지가 12월 22일이지만 빅토리아 시대까지만 해도 12월 25일이 동지였다. 동지는 1년 중 밤이 가장 긴 날이며, 그날을 기점으로 낮이 길어진다. 즉 빛이 어둠을 이기기 시작하는 날인 동지가 구세주가 태어난 날로 가장 명분이 있고 적당한 날이기 때문에 동지가 예수가 태어난 날로 기념되기 시작했다는 설이 우세하다.

빅토리아 시대에 들어와 유독 많은 크리스마스 캐럴이 작곡되었고 크리스마스 카드를 서로 주고받는 풍습도 이때 시작되었다. 이전까지 비싼 비용(말이나 마차를 이용해서 배달하니까) 때문에 소수의 부자만 주고받았던 크리스마스 카드가 19세기 중반에 철도가 생겨나고 대량 수송이 가능해짐에 따라 우편 요금이 저렴해져서 급격하게 대중화되었다. 19세기 후반에 들어서는 인쇄술마저 발달해서 이전보다 훨씬 더 쉽게 크리스마스 카드를 대량으로 생산할 수 있게 되었다. 우편료도 더욱 저렴해졌기 때문에 누구나 크리스마스 카드를 주고받는 시대가 되었다. 빅토리아 시대 이후로 크리스마스가 가족의 명절로 자리매김하는 데에는 산업혁명과 기술의 발달이 크게 기여한 셈이다.

그의 소설엔
항상 뭔가를 읽는
인물이 등장한다

《매핑 도스토옙스키》,
석영중 지음, 열린책들, 2019

지금부터 대략 150년 전, 제네바의 이름 높은 한 산파는 매일 아랫
동네에서 산동네에 있는 자기 집까지 왔다 갔다 하며 어슬렁거리는
중년 사내 때문에 신경이 쓰였다. 어깨가 구부정하고 창백한 얼굴
을 한 그 사내는 마치 산파의 집에 볼일이 있는 것처럼 아랫동네에
서 매일 산파의 집 쪽으로 걸어왔지만, 그대로 어김없이 걸어온 길
을 다시 내려가곤 했다. 산파는 그 사내의 행동이 이상했지만 그렇
다고 붙잡고 물어볼 수도 없는 노릇이어서 궁금증만 커졌다. 다행스
럽게도 얼마 지나지 않아서 그 산파의 궁금증이 해결되었다. 그 중
년 사내의 속사정은 이랬다. 자기보다 무려 25세 연하인 신부가 첫
아이를 뱄는데 길눈이 어두웠던 이 사내는 갑자기 산파를 부르러 가
게 될 상황에 혹시 산파의 집을 찾아가지 못할까 봐 매일 가는 길을
연습 삼아 걸어서 왕복한 것이었다.

그 사내의 눈물겨운 노력은 헛되지 않아서 실제로 아내가 어느 어
두운 새벽녘에 출산하려고 할 때 단번에 산파의 집으로 달려갈 수

있었다. 이 아내 바보가 우리가 '도스토옙스키'라고 부르는 인물이다. 도스토옙스키의 '애틋한 유난'은 이게 다가 아니다. 출산 당일에 그의 부인을 가장 힘들게 한 것은 '하늘이 무너진다'는 출산의 고통이 아니라 산고를 겪는 아내를 보고 괴로워하는 러시아의 대문호에 대한 걱정이었다.

《매핑 도스토옙스키》를 읽다 보면 대문호의 인간적인 면모를 잘 알 수 있는데, 더 나아가 이러한 인간적인 모습이 어떻게 작품세계로 스며드는지 쉽게 이해할 수 있다. 도스토옙스키는 태어난 지 한 달도 되지 않은 딸이 자신의 표정뿐만 아니라 이마 주름까지 닮았다고 우기기도 했다. 마치 김동인의 소설 〈발가락이 닮았다〉에서 자기 자식이 아님이 분명한 아이를 두고 '발가락이 닮았다'고 자신의 자식임을 주장하는 주인공 M이 생각난다. 물론 도스토옙스키가 이마의 주름까지 닮았다고 주장한 딸아이는 친자식이 확실하다.

성실한 생계형 작가

도박 중독인 데다 독선적인 성격이라고 알려진 도스토옙스키는 가족을 무척 사랑했고 착한 사람이기도 했다. 적어도 한국이나 일본에서 문학을 사랑하는 사람들에게는 셰익스피어에 뒤지지 않는 영향력을 가진 도스토옙스키의 생애와 인간적인 면모를 살펴보는 것만으로도 문학에 대한 소양을 넓히는 데 큰 도움이 될 것이다.

도스토옙스키는 도박하느라 큰돈을 날리기도 했고 주변 사람들에게 손을 벌리기도 했지만, 그의 빚의 상당수는 먼저 죽은 형이 물려준 것이었다. 그는 형의 빚과 형수 그리고 조카의 생계까지 책임졌다. 도스토옙스키의 군식구에는 첫 번째 결혼을 통해서 얻은 의붓아들도 포함된다. 도스토옙스키는 미련하리만큼 성실하게 군식구의 생계를 책임지고 부양했다.

《매핑 도스토옙스키》를 읽다 보면 이런 군식구들의 몰염치한 행위에 놀라게 된다. 도스토옙스키의 군식구들은 고마워하기는커녕 당연하다는 듯이 그에게 돈을 요구했다. 특히 의붓아들 파벨 아사예프는 학교에서는 퇴학을 당했고, 도스토옙스키가 간신히 구해준 직장을 때려치우기도 했다. 심지어는 새엄마인 안나를 쫓아내기 위해서 음모를 꾸미기도 했다. 도스토옙스키와 함께 있을 때는 안나에게 상냥하게 대했지만 그렇지 않을 때는 잔인하리만큼 무례한 인신공격을 가했다. 참다못한 안나는 도스토옙스키에게 '우리의 사랑을 구출하기 위해서'는 두어 달만이라도 가족들에게서 피신하는 것이 좋겠다고 제의했다. 그녀는 혼수로 가져온 물건들을 저당 잡혀 여행 경비를 마련했다. 이 와중에 우리의 대문호 도스토옙스키는 선급으로 받은 원고료를 군식구들에게 생활비로 주었다. 고마움을 모르는 군식구들은 부부가 여행을 떠나자 울분을 터트렸다. 자신들을 먹여 살려주는 돈줄이 없어졌다고 생각했기 때문이다.

도스토옙스키 부부가 여행을 떠나는 모습을 멀리서 지켜본다면 아마도 영화의 한 장면 같지 않을까? 전쟁 영화나 액션 영화에서 자주 나오는 장면 말이다. 총알이 빗발치는 전쟁터에서 다친 아군을 부축하면서 적의 추격에 쫓기던 주인공이 때마침 도착한 아군의 헬

리콥터를 타고 떠나고, 간발의 차이로 주인공을 놓친 적군은 허공으로 총알을 난사하며 분을 못 참는 장면 말이다. 아니면 〈동물의 왕국〉에 나올 법한 장면을 떠올려도 되겠다. 굶주린 사자가 새끼 원숭이를 잡아먹으려고 열심히 추격했는데 전광석화처럼 나타난 어미 원숭이가 새끼 원숭이를 낚아채 사자가 오를 수 없는 높은 나무 위로 유유히 도망치고, 사자는 나무 아래서 안타까움에 몸서리 치는 장면 말이다.

《매핑 도스토옙스키》에 따르면 비록 어린 신부 안나가 보채는 바람에 군식구들을 피해서 '사랑의 도피 생활'을 하긴 했지만, 도스토옙스키는 죽을 때까지 패륜아인 의붓아들과 염치를 모르는 형의 유족들을 끝까지 경제적으로 보살폈고 이에 대해 조금의 원망이나 불평을 하지 않았다. 한편 안나를 위한 여행 기간은 계획과는 달리 4년 3개월 동안 계속되었고, 여행의 목적은 계획대로 되어 그들의 사랑은 더욱 공고해졌다.

이 여행 기간에도 경제적인 궁핍은 여전했지만, 마음의 안정을 찾은 도스토옙스키는 또 다른 큰 수확을 얻었다. 오랫동안 여러모로 그를 괴롭히던 도박 중독에서 마침내 벗어난 것이다. 안나는 도스토옙스키에게 도박을 끊으라는 잔소리를 하거나 화를 내지 않고 대신 결혼반지를 비롯해 옷가지를 전당포에 맡기고 도박할 돈을 마련해주었다. 어쩌다가 돈을 따면 안나에게 줄 잡다한 선물을 안고 해맑게 웃고, 돈을 잃으면 머리를 쥐어짜며 괴로워하는 남편이 어이없고 불쌍했던 안나는 도스토옙스키의 절망을 달래주기 위해서 일부러 심부름을 시키고 함께 산책했다. 급기야 도스토옙스키는 안나에게 미안하고 부끄러워서 더 도박장에 갈 수 없었다.

세상의 모든 장난을 혐오한 위대한 소설가

800명의 농노가 딸린 영지를 물려받은 톨스토이와는 달리 많지 않은 상속 재산을 날려버린 도스토옙스키는 오롯이 책을 팔아서 먹고살아야 하는 생계형 작가였다. 자신의 인생을 차분히 성찰하면서 세상을 내려다보며 집필을 한 톨스토이와는 다르게 도스토옙스키는 빚에 쫓겨 퇴고도 제대로 못 하고 낸 책으로 대문호의 위치에 올랐으니 얼마나 대단한가 말이다. 도스토옙스키는 거의 평생 원고 귀퉁이에 가상의 책 판매에 비례한 수익과 생활비를 계산한 메모를 해야 했다. 책을 써서 인생 역전을 하는 그 어려운 일을 도스토옙스키는 해낸 것이다. 도스토옙스키가 아닌 이상 책을 내서 인생 역전을 노리는 것은 인생의 패배자나 꾸는 망상에 가깝다. 나로 말하자면 그런 망상은 오래전에 버렸다. 생각보다 책이 팔리지 않는다고 미쳐 날뛰지도 않는다. 조용히 출판사 사장과 편집자에게 '석고대죄'를 하고 반성할 뿐이다.

도스토옙스키는 무엇보다 팔리는 소설을 써야 한다고 믿었고 그 지론을 잘 실천했으며 실제로 잘 팔렸다. 독서 에세이를 여러 권 출간한 나는 주로 어떤 책이 이래서 좋고, 이런 책을 이렇게 고르면 된다는 식의 내용을 썼지만, 도스토옙스키는 책을 사서 읽는 독자를 소설에 마구 등장시켰다. 하급 관리도 대학생도 장르를 가리지 않고 항상 책을 읽는다. 제발 책을 읽어달라고 애원하거나 훈계하는 것이 아니라 우아하게 자신의 소설 속에 항상 뭔가를 읽는 인물을 등장시켜서 독자가 더욱 열성적인 독자가 되게끔 충동질하는 도스토옙스키에게 감탄하게 된다.

도스토옙스키는 〈작가의 일기〉라는 1인 잡지를 통해서 독자와 적극적으로 소통하려고 노력한 작가다. 독자와 직접 대화를 하고 싶어 하는 혼이 실린 그의 글을 보고 많은 독자가 그에게 편지를 보냈고 도스토옙스키는 정성스럽게 답장을 해주었다. 말하자면 그는 19세기에 SNS로 독자와 소통한 선진 마케팅 기법을 도입한 작가였던 것이다. 소설의 주인공을 '책 읽는 사람'으로 설정한 그의 아이디어는 요즘 유행하는 PPL 마케팅의 조상이 아닐까.

그렇다고 해서 도스토옙스키가 무조건 책을 많이 읽으라고 주장한 것은 아니었다. 도스토옙스키가 좋아하는 독서라는 것은 소통이 동반되어야 한다. 책을 빌려주고 빌리며 읽은 책에 대해서 서로 토론하는 장면이 그의 소설 속에 자주 등장하는데 이것이 도스토옙스키가 생각하는 이상적인 독서다. 그래서 도스토옙스키는 은둔형 독서를 경계했다. 현실에서 도망치기 위한 독서는 사람을 몽상가로 만든다고 생각했다. 가끔 교사라는 직업이 행복하게 느껴질 때가 있는데 내가 읽은 책에 대한 이야기를 학생들에게 들려줄 때가 그렇다. 학생들이 있어서 자칫 우울하고 은둔형 독서가가 되기에 십상이었던 내가 소통형 독서가로 남을 수 있다.

도스토옙스키의 인생과 저술에 영향을 준 사건을 이야기하자면 사회주의 서클 활동을 빼놓을 수 없다. 러시아의 개혁과 진보를 갈망한 이 반체제 모임에서 도스토옙스키는 강경파로 분류되었다. 그런데도 체포되어 조사를 받을 때는 용의주도하게 자신을 변호했고, 이상하고 철학적인 논리로 심문관의 화를 돋우었다. "내 마음속을 들여다보기라도 한 것 같군요"라든가 "그 어떠한 혐의도 나를 내가 아닌 다른 사람으로 만들 수 없을 겁니다"라고 말을 해서 심문관이 인내심의 한계를 느끼도록 해주었다.

결국 사형 선고를 받은 도스토옙스키는 사형 집행 5분 전에 황제의 자비로운 형 집행 중지 명령이 선포되어 목숨을 건졌다. 알 만한 사람은 다 알지만, 이 사형 집행은 사실 철부지 젊은이들에게 따끔한 교훈을 주기 위한 황제의 '몰래카메라'였다. 애초에 사형 집행을 할 계획은 없었고 죽음 직전까지 젊은이들을 몰고 간 다음 결정적인 순간에 사형 집행을 중지시켜 황제의 하해와 같은 은혜에 감명을 받음과 동시에 다시는 불순한 반체제 활동을 하지 못하게 하려는 '장난'이었다. 사람의 목숨을 가지고 장난을 치는 황제의 횡포에 경악한 도스토옙스키는 '세상의 모든 장난'을 혐오하게 되었다. 그의 작품 속 '장난'은 대부분 악을 상징한다.

《레미제라블》에 뜬금없이 파리의 하수도 보수공사 이야기가 장황하게 나와서 당황스러웠다는 독자들이 제법 있다. 《레미제라블》 속 하수도 보수공사 이야기는 오늘날에도 중요한 사료로 활용되고 있다. 고전이 왜 중요한가에 대한 해답이기도 하다. 2000년 전 고대 로마인들이 건설한 도로가 현재까지도 멀쩡히 사용되고 있듯이 고

전 속의 일부 내용은 현재에도 중요한 사료나 현장 매뉴얼로 사용되는 경우가 많다. 《죄와 벌》에서 라스콜니코프를 조사했던 형사 포르피리온의 수사나 신문 방식을 구소련의 KGB 심문관들이 참고했다는 사실은 흥미롭다. 심지어 어느 법학자는 포르피리온의 신문 방식이 현재의 매뉴얼과 똑같다는 사실을 알고 깜짝 놀라기도 했다.

또 도스토옙스키는 자신의 고통과 질병을 문학작품으로 승화시키는 데 천재였는데, 《노름꾼》은 당연히 그의 도박 중독 경험을 밑천으로 집필한 장편소설이다. 누군가가 도박 중독자의 심리와 탐욕에 대해 연구하고 싶다면 나는 《노름꾼》을 권하겠다. 이 소설보다 더 재미있고 박진감 넘치는 도박 중독자에 대한 연구 자료는 없기 때문이다.

도스토옙스키는 평생 빚뿐만 아니라 간질과도 싸워야 했다. 안나와의 4년간의 여행의 또 다른 주요한 목적이 간질을 치료하기 위한 휴양이라는 주장이 있을 정도이다. 프란츠 카프카가 질병을 소재로 위대한 소설을 썼다면 도스토옙스키는 평생을 질병과 싸워가며 질병을 소재로 위대한 소설을 썼다. 도스토옙스키는 간질이라는 평생의 동반자를 완전히 이해하고 소설을 통해 그 진행과 증상을 실감나게 그렸다. 《죄와 벌》을 통해서 후대의 수사 기관들이 범죄자의 심리와 수사 기법을 배울 수 있는 것처럼 《백치》를 통해서 오늘날의 심리학자나 의료 연구자들이 간질을 연구할 수 있을 정도다. 《백치》 말고도 《까라마조프 씨네 형제들》을 비롯한 여러 소설에 간질을 앓는 인물이나 간질의 증상이 등장하지만 《백치》는 도스토옙스키의 간질 증상이 최고조였던 시절에 쓰인 소설이다. 《백치》의 주인공 미쉬낀을 통해서 보여주는 간질의 증상은 소설이 아니라 차라리 임상 보고서에 가까울 정도로 자세하게 묘사되어 있다.

도스토옙스키에게는 가혹한 말이겠지만 사연이나 사건이 많은 그의 인생은 문학적으로는 비옥한 토지가 되어주었다. 일본의 작가 오에 겐자부로가 황석영을 만나서 한국 소설가가 부럽다는 말을 했다고 한다. 이유를 물으니 한국은 전쟁과 분쟁을 겪었기 때문에 소설거리가 많지 않겠냐고 대답했다고.

도스토옙스키나 한국의 소설가처럼 비옥한 문학적 토양을 가지지 못한 작가 중에 다소 엉뚱하고 기발한 방법으로 문학적 토양을 스스로 일군 경우도 있다. 《가나에 아줌마》를 쓴 재일교포 작가 후카자와 우시오는 지하철이나 공공장소에서 다른 사람의 재미있는 사연을 열심히 엿듣는다고 한다. 특히 이별하는 커플을 지하철에서 만나면 일부러 자리를 뜨지 않고 그들의 이야기를 다 들은 다음 소설의 소재로 활용한다고.

낭패를
당하지 않으려면
합심해야 한다

《물명고》,
유희 지음, 김형태 옮김,
소명출판, 2019

한 사람이 사용하는 어휘를 살펴보면 그 사람의 거의 모든 것을 알수 있다. 그가 속한 사회경제적인 위치뿐만 아니라 그 사람의 성품까지 그가 사용하는 어휘가 말해준다. 나아가 같은 어휘라도 억양을어떻게 사용하느냐에 따라서 사용자에 대한 정보가 파악된다. 개인이 사용하는 어휘는 그가 살아가는 경로와 경험에 의해서 자연스럽게 형성된다. 한 사람의 언어의 한계는 곧 세계의 한계라는 비트겐슈타인의 말은 통찰력이 넘친다. 또 지식인이나 작가는 '이름 모를꽃'이라는 말을 사용하지 않아야 하는 사람들이다. 사물의 이름을아는 것이야말로 작가나 지식인이 우선 갖춰야 할 덕목이다.

독서의 가장 큰 장애는 어휘력이며 독서의 가장 큰 이득도 어휘력이다. 모국어로 쓴 책이라도 난이도에 따라서 어휘력 부족으로 읽기가 힘든 경우가 있다. 또 글을 쓰다 보면 아직 말문이 터지지 않은아기처럼 그 물건을 칭하는 어휘를 알지 못해서 답답증이 폭발할 때가 있다. 독서와 글쓰기를 좋아하는 사람이 어휘력에 목말라하는 이유다. 단기적으로 그리고 확실하게 어휘력을 증가시키기 위해서는 사전만 한 것이 없다.

글솜씨뿐만 아니라 풍부한 어휘력에 감탄하게 되는 작가는 모두 사전을 가까이 한 사람들이다. 국어사전, 유의어 사전, 어원 사전은 어휘력을 향상시키기 위한 최고의 비책이다. 사전을 마치 소설을 읽는 것처럼 첫 쪽부터 차례로 읽을 필요는 없다. 사전의 특성대로 모르는 단어를 찾아보거나 심심할 때 아무 쪽이나 펼쳐서 모르는 단어 위주로 읽으면 된다. 조선 후기 실학자인 유희가 지은 어휘 사전이자 일종의 백과사전인 《물명고》는 적어도 한국어로 글을 쓰는 작가나 한국어를 좀 더 진지하게 공부하고 싶은 사람들에게는 보물이나 다름없는 책이다. 《물명고》는 순우리말에 대한 지식뿐만 아니라 조선 후기에 지어진 책이니만큼 한자에 대한 이해도 길러진다는 점에서 매력적이다.

한자문화권에 속하는 한국어의 상당수는 한자다. 한글 세대는 한자어의 음만 익숙하지 한자어의 의미를 모르는 경우가 많다. 영어 공부만 해도 그렇다. 수업 시간에 시도 때도 없이 듣는 문법 용어의 대부분은 한자다. 명사名詞, 대명사代名詞, 동사動詞, 가정법假定法, 부정사不定詞 등 한자 이름 자체는 그 쓰임을 정확히 말해주고 있는데 한글 세대인 학생들에게는 그 의미를 별도로 설명해줘야 한다. 《물명고》는 우리 민족과 친숙한 사물의 우리말 이름과 함께 한자식 표기를 알려준다. 요즘 유행하는 통섭이나 학문 융합의 본보기이기도 하다. 또 사물의 다양한 우리말 유의어가 풍부하게 들어 있는 보물선이기도 하다.

전형적인 한자를 잘 모르는 세대에 속하는 내가 예전에 리영희 선생이 쓴 《새는 좌우의 날개로 난다》라는 책을 읽으면서 우익과 좌익이 서로의 다름을 인정하고 공존하는 세상을 꿈꾼다는 취지의 책답게 좋은 비유를 사용한 책 제목이라고 생각했더랬다. 《물명고》를 읽기 시작하면서 알게 된 것인데 우익과 좌익에 사용된 익翼이 날개라는 뜻이라니. 그러니까 우익과 좌익이라는 말 자체가 오른쪽 날개, 왼쪽 날개라는 뜻이다.

연燕이 제비라는 것을 알게 되고 나니 어린 시절 책을 읽다가 연미복燕尾服이 나왔을 때 어떻게 생긴 옷인지 궁금해서 사전을 찾아보고 그림을 보고서야 겨우 그 생김새를 짐작할 수 있었던 기억이 난다. 연미복은 제비 꼬리처럼 생긴 남자 예복이었던 것이다. 또 흥부 놀부의 성이 '연'이라는 이야기가 나오게 된 것도 제비를 연상해서 그런 것이 아닌가 하는 추측도 하게 된다.

'치킨'이나 '삼겹살'만 있는 것이 아니다

386세대이면서 소, 돼지, 닭을 직접 사육하고 도살해서 먹었던 시골 출신인 나도 '닭'이라는 동물 이름에서 연상할 수 있는 어휘가 '치킨' 말고 그다지 없다. 돼지도 마찬가지다. 나만 해도 살아온 인생의 경험과 읽은 책으로 알게 된 그 동물의 특성이나 연관된 역사는 조금 알지만, 닭이나 돼지 같은 우리와 친숙한 동물과 관련된 어휘는 빈곤하다.

《물명고》에는 닭을 단지 치킨을 생산하기 위한 재료로 쓰기 위해 사육장에 콩나물시루처럼 구겨 넣어 '상품'으로 사육하는 세상에 사는 사람들로서는 듣도 보도 못한 어휘의 잔치가 펼쳐져 있다. 오직 치킨으로만 닭을 만나는 요즘 사람들이 아닌 닭과 함께 살았던 시대의 사람들은 닭과 함께 보내는 시간만큼 닭에 대한 다양한 명칭이 있었다. '치킨'이 아닌 '닭'이라는 가축이 생생히 살아 있었다.

우선 '촉야', '벽치', '추후자', '대관랑', '구칠타', '찬리채'가 모두 닭의 다른 이름이다. 힘이 매우 센 닭, 늙은 닭이 낳은 병아리, 쑥처럼 흐트러져서 어지럽게 된 머리를 가진 닭, 수염이 달린 닭, 얼룩점이 박힌 닭을 칭하는 명칭이 따로 있고, 닭이 살찌고 울음소리가 긴 것, 닭이 날개를 치는 소리, 닭 새끼가 껍질을 깨고 나오는 소리, 많은 닭이 함께 밤에 우는 것, 어둑어둑한 무렵에 혼자 우는 것, 닭을 몰아내는 소리를 구분하여 이르는 어휘가 따로 있었다.

나는 어린 시절 마음껏 달걀을 먹고, 제사를 모실 때면 어김없이 한 마리씩 잡아서 제사상에 올릴 만큼 닭을 여러 마리 키웠던 집의 아들이었다. 그런데도 닭이 올라앉아 있는 곳을 일컬어 '홰'라고 하고, 닭이 알을 낳거나 품을 수 있도록 둥글게 만든 집을 '둥우리'라고 한다는 것을 《물명고》를 읽고 나서야 알게 되었다.

닭이 친숙한 존재였고 그와 관련된 어휘와 표현이 발달한 만큼 닭과 관련된 어휘에는 그 시대의 문화와 시대상도 담겨 있다. 가령 수탉의 다리 뒤쪽에 나 있는 뾰족하고 딱딱한 돌출물을 '며느리발톱'이라고 한다. 보기에도 마치 혹처럼 생겨서 좋지 않고 특별한 기능도 없는 이 부위를 왜 하필 '며느리발톱'이라고 불렀을까. 정확한 이유는 알 수 없지만, 남존여비 사상과 연관이 있을 확률이 높다고 생각한다. 있어도 그만 없어도 그만인 하찮은 존재를 여성에 비유한 것이다. 귀하게 대접받지 못하고 고생하는 존재라는 의미로도 생각할 수 있다.

며느리발톱은 사실 닭뿐만 아니라 말이나 소 그리고 개도 가지고 있다. 인터넷에 며느리발톱을 검색하면 강아지 발에 붙어 있는 며느리발톱에 관한 고민이나 그 처치 방법에 관한 게시물이 대다수다. 확실히 어휘는 그 시대를 반영한다. 반려동물로 개를 많이 키우는 시대이니 당연한 일이겠다. 한편 닭이 하늘을 향해 날아오르는 소리를 '한음'이라고 하는데 실제 능력이나 됨됨이에 비해서 명성이 지나치게 높은 상황을 비유할 때 사용하는 표현이기도 하다. 닭은 날 수 없는 가축인데 분수에 맞지 않게 하늘을 나는 새처럼 비행하려는 상황을 비꼬는 말이다.

또 밤 11시에서 새벽 1시 사이에 우는 닭이나 닭이 날이 샐 무렵에 너무 시끄럽게 우는 것을 '황계'라고 불렀는데 사람 입장에서는 모두 성가신 일이라 전쟁으로 인한 난리가 날 징조라고 생각했다고 한다.

돼지에 관한 어휘도 다채롭고 흥미진진하다. 우선 '어진백', '대란왕', '오장군', '흑면랑', '장훼장군', '발하', '저猪', '희'가 모두 돼지와 같은 말이다. 그러고 보니 《서유기》에 등장하는 돼지머리를 가진 인물의 성이 '저'인 이유를 알겠다. 참고로 '저'는 성이고 '팔계'는 삼장

법사가 지어준 이름이다. 새끼를 밴 돼지, 거세한 돼지, 태어난 지 녁 달 된 돼지, 여섯 달 된 돼지, 쌍둥이 돼지, 세쌍둥이 돼지, 세 살 된 돼지, 머리가 짧고 살갗이 쭈글쭈글한 돼지를 따로 구분해서 부르는 어휘가 있다는 것도 놀랍다. 돼지가 성내는 소리, 놀라는 소리, 새끼 돼지의 소리, 숨 쉬는 소리, 아파하는 소리, 돼지를 부르는 소리(루루로로)를 뜻하는 표현이 따로 있었고, 돼지 밥, 돼지 발자국, 돼지가 잠자는 곳, 돼지 똥, 돼지 몸에 사는 이, 돼지를 매는 말뚝을 일컫는 말도 있었다. 돼지라고 하면 삼겹살만 생각하게 되는 요즘 시대에는 쓰일 수가 없는 말들이다.

현대인들이 돼지가 아파하는 소리를 한 번이라도 들은 적이 있을까. 돼지를 부를 일도 없고, 돼지를 사육하는 사람들조차 돼지를 매는 말뚝 따위가 있을 리가 없다. 요즘에는 돼지 밥이든 소 밥이든 닭이 먹는 밥이든 모두 '사료'일 뿐이다. 돼지고기를 이용한 음식의 종류는 늘었고 풍부해졌지만, 돼지와 관련된 어휘는 거의 다 없어졌다. 이러한 사실만으로 돼지는 집 안에 함께 사는 생명체가 아니라 그저 먹거리 상품을 생산하는 공산품에 지나지 않는 세상이 되었다는 것을 실감한다.

유서 깊은 '발바리'

《물명고》와 같은 고전을 읽다 보면 우리가 요즘 흔히 사용하는 표현이나 단어의 어원을 알게 되는 경우가 많다. 가령 목화에서 실을 뽑는 기계, 즉 '물레'는 목화씨를 우리나라에 들여온 문익점의 손자

'문래'의 이름에서 나온 것임을 알 수 있다. 또 《물명고》에는 내가 좋아하는 우리말 '낭패狼狽하다'에 대한 어원 이야기가 나온다. '낭패하다'는 원하는 일이 수포로 돌아가거나 기대한 일이 어긋나는 것을 뜻한다. '낭'은 뒷다리가 매우 짧고 '패'는 앞다리가 매우 짧은 전설상의 동물이다. '낭'과 '패'는 모두 한쪽 다리가 짧으니 혼자서는 움직이지 못하고 서로의 단점을 보완하기 위해서 협동을 해야 살아갈 수 있다. 다시 말해서 '낭'과 '패'가 움직일 때는 '낭'이 '패'를 업고 '낭'의 앞다리와 '패'의 뒷다리를 이용해야 한다. 그러니 '낭'과 '패'는 서로를 잃어버린다면 극심한 실패를 할 수밖에 없는 것이며 '낭패하다'는 이러한 상황을 두고 한 말이다.

며칠 전 아내와 함께 거실에 있었다. 나는 드라마와 《물명고》를 오가며 시간을 보내고 있었고 아내는 헬스용 자전거를 타고 있었다. 내가 책을 읽다가 두루미가 학의 다른 이름인 것을 새삼 알고 아내에게 이 사실을 아느냐고 물었더니 아내는 다른 새가 아니냐고 대답했다. 모처럼 아내에게 잘난 척을 하고 뿌듯해하고 있었는데 잠시 뒤에 아내가 내가 며칠째 넋을 잃고 보는 드라마에 나오는 남자 주인공이 내 '인생 드라마'라고 생각하는 〈나의 아저씨〉의 여자 주인공 이지안을 괴롭히던 사채업자라는 사실을 아느냐고 묻는다. 물론 금시초문이다. 아내는 나처럼 책을 읽고 얻은 지식이 아니라 순전히 눈썰미로 스스로 찾아낸 것이다. 나와 아내는 지식을 습득하는 경로와 방법은 다르지만, 서로에게 취약한 지식을 채워주는 관계가 아닌가 싶다.

피자를 먹을 때 아내는 토핑을 좋아하고, 나는 아내가 여차하면 남기는 테두리 빵을 좋아한다. 치킨을 먹을 때는 아내는 가슴살을, 나는 날개와 목살을 좋아한다. 낭패라는 말을 사용하는 경우는 일반적으로 일이 틀어지고 난감한 상황을 떠올리기 쉽다. 하지만 낭과 패는 서로 붙어 있고, 협조하면 서로의 단점을 보완해주는 조화를 이룬다. 아내와 내가 취향과 성향이 약간 다른 것이 어쩌면 낭과 패처럼 서로의 단점을 보완해주는 관계가 되는 데 도움이 되는 것은 아닌지 하는 재미난 생각을 하게 된다.

역시 가장 정겨운 것은 개와 관련된 말들이다. 어린 시절 교과서에 등장하는 개의 이름이 '바둑이'인 경우가 많았는데 털에 검은 점과 흰 점이 마치 바둑알처럼 섞여 있다고 해서 붙여진 이름이라고 한다. 아무 생각 없이 그냥 개 이름은 바둑이라고 생각했는데 바둑알을 닮았다고 해서 붙여진 이름이었던 것이다. 바독이, 바두기 모두 같은 말이다.

다리가 짧고 목이 작은 개를 '발바리'라고 한다. 어린 시절 시골 어른들이 덩치가 작은 개를 가리켜 발바리라고 불러서 나도 그렇게 불렀는데 그냥 시골 동네에서만 통하는 근본이 없는 사투리인 줄 알았다. 발바리라는 말이 이미 조선시대 백과사전에 등장했던 유서 깊은 말이라니 신기할 따름이다.

클라우제비츠 님이
행군을
싫어합니다!

《전쟁론》,
카알 폰 클라우제비츠 지음,
류제승 옮김, 책세상, 1998

본가에 아내만 남겨두고 딸아이는 서울에 있는 대학교 기숙사로 갔고 나는 직장이 있는 포항에 산다. 우리 가족의 정신적이고 물리적인 구심점은 경북의 귀퉁이에 있는 집이 아니고 세 명이 모여서 온종일 수다를 나누는 핸드폰 속의 모바일 메신저 단체 대화방, 즉 '단톡방'이다. 지난주 아내 혼자 단톡방에서 절규하고 있길래 무슨 일인가 싶어서 보니 사정이 긴박하긴 하더라. 오후 1시에 시험인데 12시 30분이 되었는데도 딸아이가 연락을 받지 않으니 시험인 줄도 모르고 자고 있는 게 아니냐는 것이다.

  늦은 2000년생이라 아직 성인은 아니었지만, 엄연히 대학생 자식인데 본인이 알아서 해야 할 문제라고 말할 경황이 없었다. 도리어 내가 아내보다 더 급해져서 딸아이에게 여러 번 전화를 했지만 받지 않는다. 더욱 다급해진 아내가 기숙사 사무실에 전화해보라고 해서 시키는 대로 했다. 기숙사 사무실 직원은 친절하게도 연락을 해보겠다고 했다. 이삼십 분 뒤에 딸아이와 연락이 되었는데 오후 1시가 아니라 3시에 시험이며 전화를 못 받은 것은 샤워 중이었기 때문이라고.

다행스러운 일인데 문제는 단톡방에 남아 있는 아내와 나의 극성스러움이었다. 딸아이는 기숙사 사무실에까지 전화한 사람이 누구냐고 추궁을 하는데 아내는 1초의 주저함도 없이 나를 지목했다. 전화하라고 시킨 자는 무사하고 하청받아 시키는 대로 한 나만 딸아이에게 혼쭐이 났다. 사무실에 다시 전화해서 바쁜데 사소한 일로 전화를 한 것에 대해서 사과하는 숙제까지 맡게 되었다.

이 사건으로 내가 안 충격적인 사실은 요새 대학교 기숙사 호실에는 사무실에서 메시지를 전할 수 있는 스피커가 없다는 사실이다. 딸아이의 기숙사 방 벽에 스피커가 달려서 사무실에서 마이크로 이야기를 하면 그 스피커에서 큰 소리로 방송이 되는 시스템이 당연히 있다고 생각했다. 30년 전 내가 살던 기숙사에는 그 시스템이 기숙사 운영의 근간 중 하나였는데 말이다.

내가 살던 대학교 기숙사는 호실당 네 명이 생활했다. 보통 편제가 방장 한 명, 부방장 한 명, 그리고 방졸 두 명으로 구성된다. 1991년 이제 막 제대해서 복학한 나는 A동 206호의 부방장으로 취임했다. 방장은 4학년, 나는 3학년 그리고 206호의 손과 발이 되어줄 방졸 두 명은 그 아래 학년이었다. 방마다 스피커가 달려 있었고 각 층의 복도에 전화기가 한 대 놓여 있었다. 기숙생과 통화하기를 원하는 외부인은 기숙사 사무실에 전화를 걸어 기숙사 사무실 알바가 해당 호실로 전화를 연결해주길 기다려야 한다. 물론 본인이 통화하기를 원하는 학생이 마침 방에 있어야 한다는 우연이 작용해야 소기의 목적을 달성할 수 있었다. 전화가 왔음을 알리는 '삐' 하는 굉음이 들리면 학생들은 119 소방대원처럼 하던 일을 멈추고 2층 침대에서 수직으로 된 사다리를 급하게 내려와 방문을 열고 복도로 돌진해야 했다.

술도 당구도 연애도 하지 않으면서 공부 또한 하지 않은 기이한 학생이었던 B동 206호 부방장인 내가 주로 우리 방에 오는 전화를 받았다. 무려 한 학기가 지나서야 방졸2가 알려줘서 알았는데 '삐'는 방장, '삐삐'는 부방장, '삐삐삐'는 방졸1, '삐삐삐삐'는 방졸2에게 전화가 왔다는 신호라고. 달려나가다가 넘어져서 무릎이 깨지고 수직 사다리를 급하게 내려오다가 바닥에 내동댕이쳐지는 수고를 하면서 나는 우리 방 구성원들의 온갖 사연들을 전화로 들었고 당사자에게 전달해줬다.

방장의 취업 확정 전화, 방졸 후배의 미팅 파트너의 모친이 갑자기 다리를 다쳐서 약속을 취소하겠다는 전화(방졸은 이미 한 시간 전에 출발했다. 미팅 파트너의 목소리가 해맑은 것으로 판단하건대 엄마 일은 거짓말이 분명했다.), 여학생 사동인 A동 206호 방졸이 방팅을 제안한 전화(이 제안은 거절되었다. 우리의 기민한 방졸이 여학생 사동에 걸린 소개 사진을 확인하고 왔기 때문이다.) 등등……. 그중 가장 다급하고 슬펐던 소식은 가수 심수봉과 이름이 비슷해서 '수봉'이라는 별명을 가진, 살이 포동포동 찐 방졸이 다니던 간호보조학원에서 온 것이었다.

위생병(군인들의 위생과 간호를 맡아보는 병사. 요즘에는 의무병이라 칭한다.)으로 입대하기 위해 수봉이가 다녔던 간호보조학원의 원장님의 말은 이랬다. 수봉이가 결석이 너무 많아서 하루라도 더 결석하면 위생병으로 입대하는 것은 포기해야 한다는 것이다. 그날도 수봉이는 세월을 낚겠다며 낚시 도구를 챙겨서 나간 지 한참이었다. 빨리 수봉이를 찾아서 간호보조학원에 보내야 하는데 문제는 내가 다니던 대학교 캠퍼스 안팎에 거대한 저수지가 내가 아는 곳만 세 곳이었다는 것이다. 거의 한 시간을 찾아다닌 끝에 한 저수지 한구석에서 낚시하는 수봉이를 발견했다. 내 일도 아닌데 적극적으로 수봉이를 찾아 나선 것은 그가 간호보조학원을 다니게 된 계기를 나와 방장이 제공했기 때문이다.

강원도 인제의 최전방 부대에서 하룻밤에도 산에 있는 수천 개의 계단을 오르락내리락하느라 무릎이 작살난 방장과 강원도 철원의 최전방에서 눈이 무릎까지 차도록 내렸는데도 다음 날 축구를 하겠다는 부대장 때문에 밤새 눈을 치웠던 내 입에서 나온 군대 생활의 무서움과 괴로움은 수봉이를 극도의 군대 생활 공포증 환자로 몰아갔다. 얼마 뒤에 어디서 듣고 왔는지 위생병으로 군대에 가면 안락하며 럭셔리한 군대 생활을 할 수 있다는 사실을 알게 된 수봉이가 비싼 돈을 주고 등록한 것이 간호보조학원이었다. 이 학원을 수료하면 위생병으로 입대한다는, 요샛말로 하면 '국방부와의 MOU 체결'이 있었던 모양이다.

우여곡절 끝에 학원을 수료한 수봉이는 소원대로 위생병으로 입대하게 되었다. 수봉이를 보내는 전날 밤 우리 방은 술과 안주 그리고 과자를 준비했다. 수봉이를 위한 최후의 만찬은 풍성했고 우리는 행복할 것이 분명한 그의 군대 생활을 축하해주었다. 그렇게 수봉이는 입대했는데, 다음 해 우연히 휴가를 나온 수봉이와 학교에서 마주쳤다.(수봉이와 나는 같은 단과대 학생이었다.) 수봉이는 내가 군대 생활할 때 봤던 부티 나고 살이 토실토실 오른 위생병이 아니었다. 입대 전의 지방은 어디 가고 없고 검붉은 얼굴에 당당한 체격으로 변신해 있었다. 그로부터 사연을 들을 수 있었다.

훈련소를 수료하고 2년 동안 지낼 자대를 배치받았는데 그가 꿈꾸던 대형 군병원이나 의무대대가 아니고 수색대대로 배치를 받았다고 한다. 수색대대는 말하자면 육군의 0.1퍼센트 인원이 가는 곳으로 고생과 군기의 강도 또한 상위 0.1퍼센트에 속한다. 싸우면 반드시 이겨야 하는 부대이며 보통 군인이 기껏 100킬로미터 행군을 한다면 수색대는 천 리, 그러니까 400킬로미터 행군을 하는 부대다. 문제는 위생병이라고 해서 일반 부대처럼 편안하게 양호실에서 환자에게 오직 빨간약(머큐로크롬액)을 건네는 것으로 일과를 보내는 것이 아니라 훈련이란 훈련은 다 참가하고 훈련 중에 다친 병사가 있으면 위생병 임무를 수행해야 한다는 것이었다.

이 사실을 알게 된 수봉이는 자기를 수색대로 데려갈 간부 앞에서 목 놓아 울었다고 한다. 신병의 군기 해이를 훈계해야 할 간부는 순간 너무 당황해서 수봉이를 위로하기 시작했다고. 가슴에는 호랑이 마크를 달고 소총도 최신형으로 지급되며 막사는 최신형이라 화장실이 무려 수세식이라고 수봉이를 위로했지만, 그저 눈물만 흐르더라고.

　수색대에서 군 생활을 하면서 강건해진 수봉이는 나를 보고 씩 웃었다. 다만 위생병이 된 것은 후회한다고 말했다. 천리행군을 마치고 곧바로 휴가를 나온 터라 다리를 절었다. 그의 가슴에 있는 수색대대 호랑이가 나를 노려보고 있었다.

행군은 편하고 정확하게

　수봉이를 가장 괴롭힌 것은 천리행군이나 야영이었을 것이다. 카알 폰 클라우제비츠가 쓴 《전쟁론》은 수봉이를 짧은 시간에 군살 없는 당당한 체격으로 만들어준 행군에 대해서 자세히 고찰한다. 행군은 기본적으로 위치 이동에 불과하지만 두 가지 중요한 조건을 충족해야 한다. 행군은 편하고 정확해야 한다. 1990년대 초반만 해도 일반 병사보다 훨씬 더 장거리를 행군하는 수색대대 같은 특수 부대는 신속하게 군장을 꾸릴 수 있는 배낭이 보급되었다. 그 당시 일반 부대는 모포와 다른 부속 장비를 '조립'해서 군장을 완성해야 했는데 특수 부대는 배낭처럼 생겨서 개인 장비를 그냥 쑤셔 넣으면 바로 이동 준비가 완료되었다.

　카알 폰 클라우제비츠는 부대가 일렬종대를 지어서 하나의 도로를 통해 이동하는 것을 반대했다. 소규모 소대 정도의 인원이라면 상관없겠지만 대규모 부대가 일렬종대로 이동한다면 어느 한 목표 지점에 부대원 전체가 동시에 도착할 수 없다. 거의 농담에 가깝지만, 야간에 앞쪽의 병사가 졸다가 도랑을 길로 생각하고 들어가면

뒤따르는 병사들도 아무 생각 없이 도랑으로 직진할 수 있다는 것이다. 선두가 노련한 지휘자라서 길을 절대로 잘못 들지 않는다고 해도 문제는 남는다. 선두가 휴식을 취하고 다시 출발하려는 순간에 후미에 있던 인원들이 휴식 지점에 도착하는 일도 있기 때문이다.

카알 폰 클라우제비츠는 행군의 종류를 두 가지로 나눈다. 전투를 할 것이라 예상되는 행군과 단순히 전쟁터로 이동하는 행군이 그것들인데 전자는 최대한 일찍 도착하는 것이 중요하기 때문에 지름길이라면 험하더라도 주저하지 않아야 하며, 후자는 넓고 큰 도로로 이동하되 야영도 도로 근처에서 하는 것을 권한다. 우리의 불쌍한 수봉이의 군대 생활이 고달픈 이유는 명확하다. 수봉이가 속한 특수 부대는 주로 전투에 참가할 것이라고 가정한 훈련이 많았을 것이니 행군도 가급적 험하고 좁은 산길을 선택할 것이고 카알 폰 클라우제비츠의 추천대로 독자적으로 전투를 벌일 수 있도록 여러 병과(예를 들면 보병, 포병)를 혼합해서 부대를 구성했을 것이다. 당연한 일이겠지만 항상 전투를 염두에 두고 활동해야 하는 우리의 불쌍한 수봉이가 속한 부대에서는 위생병이라고 해서 의무실만 지키는 여유가 있을 리 없다.

사실 클라우제비츠는 장기간에 걸친 장거리 행군을 반대한다. 하루 이틀 정도의 적당한 행군은 괜찮지만 더 이상 길어지면 폐해가 많아진다는 것이다. 오늘날의 특수 부대는 400킬로미터를 일주일 만에 돌파하기도 하지만 19세기의 열악한 행군 환경과는 비교할 수 없을 정도로 모든 것이 쾌적한(?) 여건이니까 가능한 이야기다. 클라우제비츠가 활동하던 시대에 오랜 행군을 하면 식량과 물이 절대적으로 부족하다.

나폴레옹이 러시아를 점령하지 못한 이유

1812년 러시아를 침공한 나폴레옹이 패배한 원인으로 추위를 가장 먼저 떠올리지만, 사실은 오랜 행군으로 인한 부작용도 큰 몫을 했다. 하루 종일 행군을 하는 병사는 1인당 5리터 정도의 식수가 필요한데 병사가 8000명이라면 하루에 4만 리터의 식수를 조달해야 한다. 우리가 길거리에서 흔히 보는 대형 유조차의 용량이 2만 8000리터다. 매일 4만 리터의 식수를 인적이 드문 대평원에서 조달하는 것은 매우 어려운 일이다.

운이 좋게 우물을 찾는다고 해도 우물에서 나오는 물은 조그마한 마을의 주민이 사용하기에 적당한 양에 불과하다. 5리터의 물만 있으면 되는 사람은 그나마 다행이다. 좁고 험난한 길을 무거운 짐과 군인을 태우고 걸어야 하는 말은 하루에 30리터의 물을 마셔야 한다. 갈증과 가혹한 노동에 시달린 말은 속절없이 죽어갔다. 살아 있는 생명체뿐만 아니라 마차를 비롯한 각종 장비도 울퉁불퉁하고 험한 길을 억지로 끌려다니다 보니 행군이 길어질수록 고장이 나고 부서져버렸다.

비가 온다고 해서 갈증이 해소되는 것은 아니다. 수많은 사람이 북적이는 땅에 고여 있는 물이 깨끗하겠는가. 사람과 말의 사체, 배설물이 섞여 있는 물을 마신 병사들은 수인성 전염병으로 죽어나갔다. 본래 주둔지를 떠나 전쟁터를 오래 행군하는 처지이니 의사도 부족했을 것이고 그래서 치료도 제때 이뤄지지 않았다. 클라우제비츠가 지적하듯이 전투에 대한 스트레스가 심하고 긴장 상태가 오래 지속되면 병사들의 면역력도 현저하게 떨어진다. 군복도 누더기가 되었고 그 본연의 기능을 상실했다.

오랜 행군 때문에 좋지 않은 상황들이 겹친 상태에서 마침 눈앞에 적군이 나타난다면 손실은 솜씨 좋은 보상 전문 보험사 직원이 총출동한다고 해도 계산이 안 될 정도로 커진다. 만약 당신이 오랜 행군의 문제점을 지적하고 싶으면 클라우제비츠가 예를 든 나폴레옹의 러시아 원정군의 실상을 이야기하면 된다. 1812년 6월 24일 야심 차게 모스크바를 향해서 진격한 그의 주력부대는 30만 1000명이었다. 정확히 52일 뒤 그에게는 18만 2000명이 남았다. 그사이에 사라진 병사의 내역을 보면 기가 막힌다. 두 차례의 전투에서 잃은 병사는 1만 명이고 나머지 9만 5000명, 즉 전체 병력의 3분의 1의 손실은 오직 행군 중에 생긴 질병과 낙오 때문이었다.

클라우제비츠의 오랜 행군에 관한 충고를 요약하자면 이렇다. 우선 아군의 막대한 손실을 감수해야 한다. 그래도 긴 행군을 해야겠다면 앞서 출발한 아군을 위한 지원군을 보내라.

현대사회에서 《전쟁론》은 전쟁과 관련해서 가장 자주 언급되는 책이지만 가장 읽히지 않는 책이기도 하다. 무엇보다 방대한 분량과 당시의 시대 배경과 문화를 알아야 이해할 수 있는 난해함 때문이다. 또 전쟁을 수행하는 기술적인 측면보다 철학적인 사유가 주를 이루는 내용도 독자들이 접근하기 어렵게 만든다. 싸움에서 이기는 방법을 알기 위해서 이 책을 펼쳤다면 절대로 이 책을 완독할 수 없다. 저자가 탈고한 원고로 만든 책이 아니고 사후에 부인이 정리해서 출간했기 때문에 전체 내용의 긴밀한 유대관계나 통일된 흐름을 파악하기도 어렵다. 각 주제를 하나의 독립된 책이라고 생각하고 호기심을 가지고 파고드는 것이 가장 효율적이고 빠른 이 책의 완독 비결이다.

독일인 클라우제비츠가 쓴 《전쟁론》을 특이하게도 러시아인들이 열심히 읽었다. 제2차 세계대전 당시 러시아와 싸우던 독일군은 신기한 사실을 발견했다. 점령한 러시아 도시에 있는 모든 도서관에 《전쟁론》이 꼭 한 권 이상은 구비되어 있더라는 것이다. 공산주의 혁명의 주창자 레닌이 《전쟁론》의 애독자였고, 세계 적화赤化를 위해서는 꼭 읽어야 한다고 러시아 국민에게 권했다고 한다. 《전쟁론》은 1980년대 월가에서 애독되는 책이기도 했다. 《전쟁론》은 난해하지만 공산주의와 자본주의의 심장에서 애독된 명저다.

사랑하는 사람의
마지막을
함께하는 방법

《인생의 마지막 순간에서》,
샐리 티스데일 지음, 박미경 옮김,
비잉, 2019

지난주 종조모께서 하나님의 부름을 받으셨다. 장례식장에서 한나절 머물다가 집으로 내려왔다. 나에게는 넷째 할아버지의 아내가 되는 고인은 우리 집안에서 독특하고 특별한 분이셨다. 유교적 관습의 틀 속에서 옹기종기 유대관계를 지켜나가던 다른 친척들과는 달리 깊은 산 속에 혼자 사는 꽃사슴과 같았다.

그렇게 생각하는 이유가 있다. 탑골을 본거지로 하는 함양 박씨 일족이라는 소속감과 유대관계를 다지는 명절과 제사에 일절 모습을 보이지 않으셨기 때문이다. 집안의 다른 여자들처럼 일찌감치 종갓집에 와서 음식을 장만하고, 제사가 끝나면 큰방에 둘러앉아 왁자지껄하게 수다를 떨다가, 늦은 오후가 되면 성미 급한 남편들의 재촉에 쫓겨 명절 음식을 싸 들고 길을 떠나는 모습을 본 적이 없다.

지금 생각해보니 독실한 개신교 신자라서 유교 제례에 불참했을 수도 있고, 워낙 허약한 분이어서 귀향길 자체를 자제했을 수도 있겠다. 종조모님은 일찍이 병약한 몸으로 유명했던 분이다. 집안 아주머니들이 번갈아 가면서 종조모님을 대신해서 빨래를 해줬다고 하니 '시집올 때부터 병자'였다는 말이 대단한 과장은 아닌 듯하다. 나는 잘 모르지만 젊은 시절부터 종조모님의 건강에 대한 주변의 평판과 진단을 고려하면 50년 전에 고인이 되었다고 해도 이상한 일이 아니라고.

50년 전에도 "아니, 아직 그 사모님이 살아 계신단 말이냐?"라며 오래 보지 못한 지인을 놀라게 한 분이다. 내가 아는 사람 중에서 모르는 사이에 고인이 되어서 놀라게 하는 것이 아니고 살아 계신 것으로 놀라게 한 분이 종조모님 말고 얼마나 더 있을까 싶다. 그래서 그런지 시집온 이후로 한 번도 명절에 시댁을 찾지 않은 며느리를 탓하는 사람이 없었다. 그저 아프고 일을 해서는 안 되는 식구로 여겼던 모양이다. 워낙 왜소하고 마른 체구이셨다. 종손인 나도 넷째 종조모님이 명절 때 고향에 오지 않는 것을 이상하게 생각해본 일이 없다.

이상한 일이다. 종조모님은 평생 명절 제사에 불참했지만, 우리 집안 어른이라는 정체성에는 전혀 흔들림이 없었다. 다른 어른에 비해서 어른으로서의 위세와 친근감 또한 뒤지지 않았다. 오히려 다른 어른과는 달리 종조모님을 뵐 때는 한 번이라도 더 생각하고 말하고, 옷깃을 한 번이라도 더 여미고 인사했었다. 적어도 나에겐 그랬다.

50년 이상 이 세상을 함께했지만 96세를 일기로 소천하신 종조모님을 뵌 적은 많지 않다. 20년 전인가 이런 일이 있었다. 종조부님댁에 인사차 갔었는데 종조부님은 어디 가시고 없고 종조모님만 이불을 끼고 안방에 앉아 계셨다. 근황을 여쭈니 '이불만 끼고' 사신다고 하셨다. 놀라운 일도 아니다. 이런저런 말을 나누다가 내가 오래 기억할 만한 이야기를 들려주셨다.

종조모님이 오랜만에 외출하다가 돌아오는 길이었는데 한 아이가 뒤를 졸졸 따라오더라는 것이다. "너, 왜 나를 따라오니?" "네, 할머니 저기 뒤에서 나쁜 아이들이 저를 따라와서 무서워요." "아, 그래? 그럼 나하고 같이 가자. 이리 오너라." 아이를 만났다는 곳은 대구의 중심가 중 하나였다. 할머니 말고도 지나가는 건장한 사람은 많았을 것이다. 그 아이는 왜 자그마한 키에 구부정한 허리, 마른 체구를 가진 병자로 보이는 할머니 품으로 들어오려고 했을까. 누가 봐도 이상한 일이었는데 나는 그 아이가 왜 그랬는지 알 것 같았다. 종조모님은 연약한 외양을 가지고 있었지만 내 눈에는 환자로 보이지 않았다. 영민함과 따뜻한 배려심이 묻어 나오는 눈빛을 가지고 계신 분이었다. 온화한 인상에서 누구라도 함부로 할 수 없는 의지와 힘이 내비치는 분이었다. 품 안으로 들어오는 아이를 내치지 않고 함께 걸었던 종조모님의 행동에는 결심이 필요하지 않았을 것이다. 평생을 기도하면서 살아오신 따뜻한 분은 무서울 것도 주저할 것도 없으니까.

장례식장이 있는 안성에서 한참을 운전해서 대전 밑으로 오니까 도로는 한산했고 초저녁 밤은 고요했다. 고향 집 내 방에서 벽에 기대면 은은하게 교회 음악 소리가 들려올 시간이다. 교회는 다니지 않았지만 마치 자장가로도 들리는 그 소리를 나는 무척 좋아했고 평온함을 느꼈었다. 어둠이 깔린 도롯가로는 안개처럼 수증기가 몽글몽글 올라가고 긴 여행에 지친 아내는 조수석에서 고요히 잠들어 있었다. 문득 종조모님과 나눴던, 마치 꿈속에서 있었던 일로 느껴지는 추억이 생각났다. 그날도 딱 지금처럼 어둠이 깔리기 시작한 초저녁이었다. 고향 집에 있었는데 전화가 왔다. 종조모님이셨다. "이좋은 것을 나 혼자 누리고 죽으면 죄가 될 것 같아서" 전화를 하셨단다. 첫마디를 듣고 종조모님이 하도 오래 아프셔서 '죽은 사람도 살려내는 명약'이라도 알려주시려나 싶었다. 이야기를 듣자 하니 '교회' 말씀을 하셨다.

'죽을 때까지 유교 사상을 버릴 수 없다'고 단언한 아버지의 아들이며, 그 아버지를 종교처럼 생각하는 아들인 나로서는 받아들일 수 없는 말씀이다. 구미에 맞지 않는 이야기를 한마디도 듣지 못하는 것이 탑골을 본거지로 하는 함양 박씨 남자들의 주요한 특징이다. 할머니가 알려주신다는 것이 귀한 정보가 아니라는 다소의 실망감은 있었지만 대략 20분간의 말씀을 조신하고 귀하게 들었다. 타고난 성품과는 다르게 말이다. 손자로서 어른의 말씀을 공손하게 들어야 한다는 윤리적인 이유가 아니라 종조모님의 말씀이 어찌나 따뜻했는지 나도 모르게 그렇게 되었다. 종조모님의 말씀은 온전히 손자에 대한 연민과 배려, 사랑만 있었을 뿐 세속적인 다른 말로 부를 수 없었다. 간곡하게 "가까운 아무 교회나 다녀라"라고 하시는데 "알겠어요"라고 대답할 수밖에 없지 않은가.

무작정 할머니 품으로 와 함께 걸었던 그 아이도 나처럼 따뜻했을 것이다. 그날이 종조모님과 내가 나눴던 처음이자 마지막 통화였다. 물론 예수님 믿으라는 이야기도 그랬다. 집으로 가는 길은 평온했지만, 종조모님의 간곡하고 따뜻한 부탁을 들어드리지 못한 죄책감과 조문을 다 하지 못한 아쉬움으로 마음이 무거워졌다.

문득 유난히 하늘이 포근하게 느껴져서 올려 보았다. 그림 같은 구름 위에서 종조모님과 내가 마주 앉아 이야기를 나누고 있었다. 그 순간 종조모님이 말씀하신 '이 좋은 것'이 무엇인지 알 수도 있을 것 같았다. 종조모님이 하나님을 찾아가는 길은 멀지 않을 터였다. 지금 생각해보니 안방에 앉아서 이야기를 나눌 때 종조모님에게서 예수님의 모습이 보였던 것 같다.

죽음과 죽어감에 대하여

후손에게 '좋은 것'을 나눠주고 남겨주고 싶었던 가족을 좀 더 편안하게 보내드리기 위해서는 샐리 티스데일이 쓴 《인생의 마지막 순간에서》를 읽어볼 만하다. 이 책은 죽음과 죽어감에 대한 실질적인 관점을 제시한다. 샐리 티스데일이 주는 조언은 현대인들이 지나치게 죽음을 애써 부정하고 감추려는 태도를 말하는 것으로 시작한다. 빅토리아 시대만 해도 아이들이 가족의 죽음을 지켜보고 심지어는 시신을 처리하는 것까지 도와준 것을 상기시킨다.

대부분의 사람이 살던 집에서 죽음을 맞이하고 장례 또한 가정에서 치렀던 시절에는 아이나 어른에게 있어서 시신이나 장례 절차가 지금처럼 낯선 대상이 아니었다. 장례식장이 보편화하면서 장례와 시신에 관련된 일은 전문가의 업무가 되었고 유족들은 그들의 지시(?)에 따르며 시신을 처리하는 과정을 '지켜보는' 입장에 서게 되는 경우가 많다.

유족의 입장에서는 확실히 수월한 측면이 있긴 하지만 죽음과 죽어감에 관한 일을 병원과 장례업자에게 일임하다 보면 죽어가거나 죽은 가족들의 '죽음의 질'이 소외될 수 있다. 《인생의 마지막 순간에서》가 말하는 죽어감과 죽음을 대하는 방법은 사랑하는 가족을 조금이라도 덜 고통스럽게, 조금이라도 더 편안하게 보내기를 원하는 사람에게 유용하다.

샐리 티스데일의 첫 번째 조언은 '경청하기'다. 죽어가는 사람을 돌보는 사람은 자신이 가지고 있는 시간과 노력의 반을 '말 들어주기'에 쏟아야 한다. 쉽고 단순한 조언 같지만 그렇지가 않다. 대부분의 사람은 죽어가는 사람에게 어떤 말을 해줘야 할지 고민을 하지 죽어가는 사람들의 말을 들어줘야겠다는 생각에는 소홀하다. 듣다가 궁금하거나 더 자세히 알고 싶은 내용이 있으면 "그 이야기는 좀 더 상세하게 말씀해주세요"라는 질문으로 부탁해야 한다. 건강한 사람과 마찬가지로 죽어가는 사람도 자신의 말을 많이 하고 싶은 것이 인지상정이다.

죽어가는 사람의 보호자는 문지기 역할도 해야 한다. 환자를 병간호하다 보면 누구나 알겠지만 방문객들의 언사는 천차만별이다. 대성통곡을 하는 사람도 있고, 신묘한 약과 치료법을 알려주겠다는 사람도 있으며, 심지어는 환자 앞에서 다른 사람을 격하게 비난함으로써 환자의 심기를 더욱 불편하게 하는 사람도 있다. 또 지나치게 정이 많아서 몇 시간을 죽치고 있는 사람도 있고 심지어는 죽어가는 사람 앞에서 신세타령하는 사람도 있다. 적당히 둘러대는 말로 환자를 불편하게 만드는 방문객을 서둘러 보내는 문지기의 역할도 중요하다. 보호자가 환자를 방문할 때는 미리 머물 수 있는 시간을 알려주는 것이 좋다.

요양원에 계셨던 내 어머니의 경우를 생각하면 이 조언은 중요하다. 내 어머니는 나와 함께 있으면서 늘 내가 무슨 급한 일이 있는 것은 아닌지, 지겨워하고 있는 것은 아닌지, 피곤한 것은 아닌지 신경을 썼다. 아예 처음부터 오늘은 몇 시간 정도 여기에 있다가 간다고 말을 해두면 좀 더 환자가 이런저런 걱정을 하지 않고 마음 편하게 시간을 보낼 수 있다. 언제 또 오겠다는 언질을 주는 것도 좋겠다. 환자가 보호자를 하염없이 기다리거나 무슨 일이 생긴 것은 아닌지 걱정할 수도 있다.

환자를 병간호하는 사람들이 가장 흔히 하는 잘못이 '음식'에 관한 것이다. 이런 병에는 이 음식이 좋으니 먹기 싫어도 먹어야 한다든가 많이 먹어야 빨리 낫는다는 식의 '훈계'를 하며 권하는 것은 옳지 않다. 혼자 밥 먹기가 유행하는 것은 핵가족 사회의 어쩔 수 없는 현실의 산물일 뿐 음식은 함께 먹어야 맛이 나는 법이다. 더구나 식욕이 일반 사람보다 좋을 수가 없는 환자 입장에서는 가족들이 마치 자신을 동물원의 원숭이처럼 지켜보는 가운데 혼자서 음식을 먹는 상황이 유쾌하지는 않을 것이다.

　이 부분에 대해서 나는 돌아가신 어머니에게 뼈아픈 잘못을 했다. 요양원에서 어머니와 여러 번 언성을 높인 적이 있는데 모두 음식 때문에 생긴 사달이었다. 어머니가 자꾸 냉장고에서 음식을 꺼내 먹으라고 시키는데 그걸 순순히 하지 않았다. 내가 사 온 음식이고 어머니가 드셔야 하는데 자꾸 나보고 꺼내 먹으라는 어머니 말씀이 받아들여지지 않았다. 몇 번 거절했는데도 마구잡이식으로 권하니 버럭 짜증을 내고 말았다. 그때 어머니와 나란히 음식을 나눠 먹었다면 얼마나 좋았을까. 어머니는 또 얼마나 행복했을까.

　죽음을 눈앞에 둔 가족을 둔 가족들은 그동안 섭섭하게 해드린 일에 대해서 사과하고 용서를 구하고 싶은 것이 자연스럽다. 그렇다고 해서 환자가 기억하지도 못하는 일을 꺼내서 용서를 구하는 것은 바람직하지 않다. 과거에 대한 잘못을 빌고 용서를 구하는 것도 좋은 일이겠지만 그것보다는 바로 그 순간 자신이 환자를 얼마나 사랑하는지를 느끼도록 대해주는 쪽이 낫겠다.

　환자를 보살피는 사람은 안전사고에도 주의해야 한다. 가령 사지를 본인의 뜻대로 움직이지 못하는 환자의 경우는 특히 더 조심해야 하는데 잠을 자다가 침대에서 떨어지기도 하기 때문이다. 또 병 때문에 쇠약해졌지만 건강했을 때의 습관처럼 활동하려고 하다가 다치는 경우도 많다.

　돌아가신 분에 대해서 우리가 간과하는 부분이 있다. 관을 열어두고 장례 예배를 올리는 서양에서 주로 생기는 문제인데, 시신에 대한 과도한 화장이나 치장도 고려해야 한다. 서양에서는 '복원술 아카데미'가 있을 만큼 이 분야가 발달해 있는데 시신이 마치 살아 있는 사람처럼 혈색이 좋고 머리숱이 풍성하며 심지어는 평소에도 하지 않는 화려한 매니큐어가 발라져 있다면 유족들이 보기에 그리 편안하지는 않을 것이다.

유족들이 보는 마지막 고인의 모습이기 때문에 나쁜 기억으로 남지 않기 위해서 적당한 화장과 복원은 필요하겠지만 너무 지나치면 오히려 유족들이 낯설게 느낄 수도 있다. 시골에 살면서 수십 년 동안 화장을 하지 않고 살았던 고인의 시신에 화려한 립스틱이나 매니큐어를 하는 것은 아무래도 편안하게 받아들여지지 않을 것이다.

삶에 대한 태도를 바꾸다

한국은 호스피스 운동이 전 세계에서 가장 일찍 도입된 나라 중 하나다. 초창기에는 주로 천주교 수녀들이 호스피스 운동을 주도했다면 지금은 종교와 비종교를 가리지 않고 많은 단체와 병원에서 편안한 죽음을 맞이하도록 돕고 있다. 바람직한 현상이긴 하지만 한국의 호스피스 운동은 개선해야 할 점이 있다. 호스피스 운동은 임상에서의 활동인데 임상의 기초가 되는 '죽음학'에 대한 연구가 미진하다는 것이다. 말하자면 기초학문이 부족한 상태에서 응용학문에만 치중하고 있다.

캐나다가 전 세계에서 처음으로 '죽음학'을 대학의 정규 교과목으로 편성한 것이 1968년의 일이다. 이 과목을 창시한 존 모건은 철학과 죽음을 연결해서 강의했을 때 학생들의 반응이 뜨거웠던 경험을 했다. 죽음이라는 문제를 공부할 때 삶에 대한 철학과 태도에 대해서 사뭇 진지해지더라는 것이다. 죽음학은 단지 잘 죽기 위한 방법을 모색하는 것만이 아니라 삶에 대한 태도를 바꾸기 위한 목적도 가진다. 우리나라에서는 아직도 죽음학이 생소한 영역에 머물고 있다. 죽음학이라는 기초학문이 더욱 융성해야 호스피스 운동이 더욱 더 풍요로워질 수 있을 텐데 말이다.

이토록 재미난 집콕 독서

3부

●

소소하고 친근하게, 일상의 디테일

약이 독이 되고
독이 약이 되는
이치

《식품에 대한 합리적인 생각법》,
최낙언 지음, 예문당, 2016

가끔 내 딸아이가 내 어머니 같을 때가 있다. 내가 어머니를 너무 보고 싶어 하니까 딸아이를 통해서 어머니의 환영을 보는 것 같기도 하다. 몇 주 전에 청주에서 연수를 받다가 아내의 연락을 받았다. 딸아이가 배가 아파서 동네 병원에 갔더니 맹장염이 의심된다면서 조금 더 큰 병원에 가라는 진단을 받았단다. 그러지 않아도 서울에 혼자 떨궈놓고 애잔한 마음이 많았던 터였다. 냉큼 서울로 올라가기로 했다. 전화해보니 나에게 어른 흉내를 내는 녀석의 목소리가 걸린다. 기차표를 구하고 급하게 올라가는데 아무래도 기숙사에서 혼자 고통에 몸부림치고 있을 딸아이가 걱정되어서 염치 불고하고 서울 근처에 사는 지인에게 딸아이를 병원에 데려다주길 부탁했다.

그 지인은 본인도 생업으로 바빴지만, 흔쾌히 수고해주시기로 하셨다. 참 고마우신 분이다. 그러고 나는 청주에서, 아내는 상주에서 서울로 향했다. 병원에 도착하니 딸아이는 천연하게 병원으로 데려다준 지인 부부 사이에 앉아 진료를 기다리고 있었다. 평소에 아버지인 나에게 씩씩하게 잔소리와 충고를 일삼던 딸아이는 나를 보자마자 울먹거렸다. 다행히도 맹장염은 아니었고 림프샘이 심하게 부은 것이라는 진단이 나왔다. 그제야 상주에서 출발한 아내가 도착했다. 제 부모를 만나자 딸아이는 언제 아팠냐는 듯이 배고파 죽겠다고 난리다. 생기가 넘친다. 이 녀석이 집을 떠나 혼자 지내면서 병이 생겼다고 생각해 짐을 꾸릴 것도 없이 저녁을 먹인 다음 바로 김천으로 데리고 내려왔다.

　내가 가슴이 아픈 것은 전날 밤늦게 딸아이가 내 건강을 염려하는 문자를 보냈다는 것이다. 그때도 분명 림프샘은 부었을 것이고 통증도 심했을 터였다. 제 몸이 아픈 스무 살 딸아이는 제 몸보다는 내 건강을 염려한 것이다. 이 녀석이 내 딸아이인가 아니면 어머니인가 하는 생각을 하게 된다. 작년까지만 해도 철없는 나를 관리하는 것은 아내의 몫이었다. 당연히 아내에게 출필곡 반필면出必告 反必面을 했고 잘못을 하면 아내로부터 꾸지람을 하사받았다. 올해부터는 사정이 달라졌다. 서울로 대학 공부를 떠난 딸아이가 영상통화로 나를 관리하기 시작했다.

　피지배자로서 두 관리체제에 대해서 비교를 하지 않을 수 없는데 아내의 관리가 그냥 커피라면 딸아이의 그것은 티오피라고 해야 한다. 아내는 어찌 되었든 나와 동시대인이니 알게 모르게 공감대도 있고, 무섭게 꾸지람을 내리기도 하지만 대충 눈감아주고 속아주는 재미(?)가 있었다. 딸아이는 다르다. 융통성도 없고 진정성이 보일 때까지 집요하게 추궁한다. 가령 딸아이가 훈시하면 나는 일반적으로 "그래, 알겠어"라고 잘못을 인정하고 향후 개선을 약속한다. 그런데도 딸아이는 매번 '건성으로' 대답한다며 훈계를 멈추지 않는다. 나보고 뭘 어쩌란 말인지 모르겠다. 아내는 나를 관리하는 업무에서 손을 떼고 상왕으로 물러난 지 오래다. 딸아이가 나를 혼낼 때 느긋하게 티브이를 보면서 우아하게 커피를 마시면 된다. 요즘 딸아이는 영상통화로 나의 일상을 통제하는데 이게 아주 무섭다. 영상통화를 하면서 내가 하는 일, 장소, 그리고 건강 상태를 확인한다. 내가 뭘 어쩌겠는가. 나에게 주어진 숙명이려니 여기고 산다.

상왕으로 물러나 유유자적하던 아내에게 전화가 왔다. 다급한 목소리였다. 대뜸 "어제 딸아이와 통화하면서 무슨 이야기를 했느냐? 왜 쓸데없는 이야기를 했냐"고 다그친다. 한참을 통화하다 보니 아내가 왜 다급해졌는지를 알게 되었다.

전날 평소처럼 밥을 먹으면서 노트북으로 흘러간 드라마 〈야인시대〉를 재미나게 보고 있는데 갑자기 노트북 화면이 〈야인시대〉에서 딸아이의 근엄한 얼굴로 바뀌어서 혼비백산했다. 시라소니와 김두한의 얼굴에서 귀여운 딸아이의 얼굴로 바뀌었는데 왜 놀랐는지는 모르겠다. 휴대폰과 노트북이 같은 회사 것이라 전화가 오면 노트북으로도 자동으로 연결이 되더라.

놀라서 이런저런 마음의 준비를 못 한 상태로 딸아이와 영상통화를 하는데 딸아이가 대뜸 내가 서식하는 방을 전체적으로 다 비춰보란다. 마침 청소를 한 날이어서 자신 있게 보여주었는데 내 밥상이 사달의 원인이 되었다. 마침 밥상 위에 햇반과 고추장만이 놓여 있었던 것이다. 왜 식사를 부실하게 하느냐는 호령이 떨어졌다. 당황한 나는 원래는 진수성찬이었는데 밥을 다 먹어서 다른 반찬은 냉장고에 치웠다고 변명했다. 원래 나는 고추장이랑 밥을 먹는 것을 가장 좋아한다고도 말했다. 내가 딸아이의 관리는 아내의 그것보다 철저하다고 말하지 않았는가? 내 궁색한 변명을 들은 딸아이는 코웃음을 치면서 냉장고 안을 비춰보란다. 냉장고 안에는 말라비틀어진 고구마 5개, 편의점에서 산 된장, 제조년일을 알 수 없는 홍삼 스틱 12개가 자리를 지키고 있었다. 식사를 엉망으로 함으로써 건강을 돌보지 않은 죄에 위증죄까지 더해졌다.

딸아이의 혹독한 훈시를 듣고 재발 방지를 약속하는 진정성 있는 다짐을 하고서야 영상통화를 마칠 수 있었다. 딸아이는 나의 식생활 실태를 파악하고서는 당장 아내에게 전화를 걸어서 나의 식생활 개선을 위해 다음 주부터는 반찬을 만들어주라고 지시한 것이다. 아내는 반찬을 만들어줄 테니 나더러 매주 반찬을 배급받아 가지고 가란다.

무엇을 믿고, 무엇을 먹어야 할까?

딸아이가 가장 걱정하는 것은 내 건강이다. 내 건강을 걱정하는 딸아이가 가장 신경 쓰는 것이 내가 먹는 음식이다. 물론 음식은 중요하다. 하지만 우리는 음식을 먹지 않고도 며칠을 견딜 수 있지만 단 2분만 숨을 쉬지 못해도 목숨이 위태로워진다. 그런데도 우리는 공기보다는 음식에 더 신경을 쓴다. 미세먼지가 자욱하다거나 악취가 섞인 공기가 아니라면 대체로 만족하고 신경을 쓰지도 않는다. 내 딸아이가 그러하듯이 우리는 음식에 대해서는 특히 예민하다. 내가 코흘리개 때에는 음식에 대해 의심을 할 필요가 없었다. 당시 내가 먹는 음식의 대부분은 우리 식구들이 직접 농사지은 자연식품이었기 때문이다. 냉장고는 내가 고등학생이 되어서야 우리 집에 들어왔고 그것마저도 용량이 적어서 음식을 보관할 여지가 없었다. 당연히 음식이 상할 가능성이 높았고 간혹 배탈이 나긴 했지만 음식 때문에 병원을 간 적도 없고, 없어서 못 먹었지 음식을 가리고 의심하지 않았다. 산업화가 진행되고 식품 생산자와 소비자와의 거리가 멀어지면서 식품에 대한 의심은 싹트기 시작했다.

요즘은 냉장고가 어디에나 있고, 음식 포장 기술도 눈부시게 발전했다. 그런데도 내 딸아이는 내가 먹는 음식을 의심하고 관리하려 든다. 그 와중에 식품에 관한 기사, 책, 논문은 넘쳐난다. 당연히 몸에 좋은 식품이라고 생각했던 우유나 계란, 옥수수도 만병의 근원이라고 비난하는 주장도 많다. 몸에 좋다는 음식은 매일 새로 추가된다. 티브이를 보다가 출연자가 몸에 좋다고 챙겨 먹는 식품이 나오면 같은 시간에 방송하는 홈쇼핑 채널에는 어김없이 그 식품을 판매한다. 한마디로 몸에 나쁜 음식도 너무 많고, 몸에 좋은 음식도 너무 많아서 그냥 '맛있는' 음식을 원 없이 먹다가 죽겠다는 생각까지 하게 된다. 식품에 관한 정보가 너무 많아서 우유가 몸에 좋은지 나쁜지도 결정을 내리지 못하고 갈팡질팡하게 된다. 이런 시국에 절실한 것은 식품에 대한 정보를 올바르게 이해할 수 있는 독해력을 기르는 것이다. 단순하게 나쁜 식품, 좋은 식품으로 나누지 않고 독과 약은 하나이며 중요한 것은 양이라는 합리적인 생각을 가져야 한다.

"MSG가 가장 안전합니다."

방송에서는 시청자의 불안감을 키우는 정보를 내보내야 시청률이 올라가고, 전문가는 건강에 대한 위험성을 주장해야 평판을 얻는다. 반면 안전을 주장하는 전문가는 천 번 만 번 옳다가 한 번만 틀리면 치명적이다. 이런 이유로 불안감만 증폭시키는 정보의 홍수에 노출된 우리는 다음과 같은 최낙언 선생의 '식품에 대한 합리적인 생각'이 자신이 알고 있는 상식과는 반대라고 생각한다.

> "천연을 포함한 모든 조미료 중 MSG가 가장 안전합니다(가장 가치 있다는 뜻은 아니다)", "합성향이 천연향보다 안전합니다", "천연색소가 색소시장만 키웠을 뿐 합성색소보다 안전한 것은 아닙니다", "바나나보다 바나나맛 우유가 영양이 풍부합니다."
> 《식품에 대한 합리적인 생각법》, 31쪽

《식품에 대한 합리적인 생각법》은 어려운 자료와 논리로 설명하지 않는다. 예컨대 가공식품은 몸에 해롭고 자연식품은 건강에 좋다는 믿음에 대한 반박은 간단하다. 전 세계에서 가장 장수하는 나라로 공인받은 일본은 사실 가공식품 소비량 또한 세계 1위다. 100년 전 사람은 거의 대부분 천연 유기농 무공해 무농약 식품을 먹었는데도 평균수명은 현재보다 훨씬 낮았다.

100년 전 한국인의 평균수명은 25세였다. 하도 좋다는 비타민이 많아서 마치 골프채 14개를 구성하거나, 야구팀 단장이 선수를 구성하는 것만큼이나 어떤 종류의 비타민을 몇 개나 먹을지 고민하는 사람이 많다. 말하자면 투자할 주식 종목을 구성하는 것처럼 비타민 포트폴리오를 짜는 것이다. 그러나 만약 비타민에 효능이 없다면 부작용도 없을 것이고, 효능이 있다면 너무 많이 복용할 경우 부작용이 있을 것이다. 비타민이 몸에 좋기는 하지만 너무 많이 섭취하면 오히려 독이 되기도 한다. 그러면 천연식품에 들어가 있는 비타민은 해가 없으니 얼마든지 섭취해도 좋은 것인가? 그건 아니다. 음식에 든 비타민은 무한정 많이 먹어도 부작용이 없는 것이 아니라 단지 부작용이 생기지 않을 정도로 아주 적은 양만 있을 뿐이다.

우리나라는 치안이 좋기로 유명하다. 그 이유를 들자면 구석구석에 CCTV가 설치되어 있는데 땅덩이가 좁고 섬이나 마찬가지여서 범죄자가 도망칠 곳이 마땅치 않기 때문이다. 좁은 국토는 범죄 예방뿐만 아니라 건강에도 큰 도움이 된다. 국내 산지에서 생산된 식품은 아무리 멀어도 한나절이면 소비자에게 도착한다. 한국만큼 신선한 식품을 쉽게 먹을 수 있는 나라는 드물다. 그뿐만 아니라 외국의 좋아 보이는 식품 규정을 무조건 가져온 덕분에 우리나라는 세계에서 가장 까다로운 식품 규정을 보유하고 있고, 소비자의 감시 또한 활발하다.

언젠가 친구들과 바닷가로 놀러 갔다가 지역 식당에 들러 회를 먹고 탈이 난 적이 있다. 한나절 고생을 했지만 더 이상의 문제는 없었는데 한 친구가 식당에 연락해 문제를 제기한 모양이다. 다음 날 당장 식당 주인에게서 전화가 왔다. 송구할 정도로 정중하게 사과를 했을 뿐만 아니라 약값에 보태라며 내가 요구하지도 않은 돈을 보내 주었다. 우리나라가 이렇게 소비자의 힘이 센 나라다. 우리가 생각하는 것보다 훨씬 더 한국 사람들은 안전한 식품을 먹고 있다.

《식품에 대한 합리적인 생각법》이 말하는 건강한 식생활은 '중용'으로 요약할 수 있다. 사형을 집행할 때 최종적으로 심장을 멈추게 하는 물질이며 과도하게 섭취하면 위장장애를 비롯한 심각한 질병을 일으키기도 하는 '칼륨'은 우리가 건강한 음식이라고 믿어 의심치 않는 콩류, 사과, 바나나, 우유, 육류에 다량 함유되어 있다. 독이 희석되면 약이 되고, 약이라도 과하게 먹으면 독으로 변한다.

우리가 생각하는 위험 식품보다 위험 정보가 더 몸에 해롭다는 최낙언 선생의 주장에도 공감한다. 퇴근길에 굶주림을 참지 못해서 동네 중국집에 들렀다. 식당 주인은 배달을 나가고 없고 손님 서너 명이 짬뽕을 맛있게 먹고 있었다. 입맛을 다시면서 주인을 기다리는데 손님들이 울분을 토하고 있었다. 듣자 하니 미국에서는 이미 주사 한 방이면 모든 암을 완치할 수 있는 의료기술을 개발했는데 암 환자로 먹고사는 병원들 때문에 일부러 숨기고 있단다. 이런 의료 괴담뿐만 아니라 식품 괴담도 많다. 우리나라 의료계와 식품에 관한 문제에서 최고의 권위자는 '누가 그러던데'에서 '누가'다. 이 '누가'는 의사나 식품 전문가보다 훨씬 더 강력한 권위를 가지고 있다. "'누가' 그러던데 그걸 먹으면 머리가 다 빠진대"라거나, "'누가' 그러는

데 그 약을 먹으면 암세포만 골라서 죽인대" 같은 출처가 명확지 않은 가짜 뉴스를 조심해야 한다.

이도 저도 생각하기 귀찮고 단순한 방법으로 건강한 식생활을 하고 싶은 사람에게 최낙언 선생은 꿀팁을 제시한다. 한마디로 다른 것은 다 얼리 어답터가 되어도 좋은데 제발 먹는 음식만큼은 '슬로 slow'로 택하자는 것이다. 세상 사람들이나 매스컴에서 건강에 좋다고 아무리 노래를 불러도 2년만 참자. 그 식품이 진짜로 몸에 좋다면 2년 뒤에는 더 보편화되어 더 싼 가격으로 구할 수 있을 테니까. 신차가 나올 때 실험 대상이 되기 싫어서 1년 뒤에 성능이 안정될 때 사는 사람이 새로운 기적의 식품이 나오자마자 하나밖에 없는 소중한 몸에 실험 대상 역할을 시킬 필요는 없지 않은가.

정수기
온수 온도가
85°C인 까닭은?

《커피는 어렵지 않아》,
충 렝 트란, 세바스티앵 라시뇌 지음,
정한진 옮김, 그린쿡, 2017

지난겨울의 일이다. 출근해서 평소처럼 커피를 마실 채비를 하고 있었다. 직장에서는 인스턴트 커피를 마신다. 뭐 딱히 수고랄 것도 없이 싸구려 원두를 숟가락으로 대충 컵에 담고 정수기 온수를 받으면 그만이다. 물론 나도 계량이라는 것을 하긴 한다. 기분이나 위장의 상태에 따라서 온수의 양을 조절하니까. 음식의 질을 확보하기 위해서 노력이나 시간을 투자하는 것보단 신속한 식욕의 해결을 더 중요하게 생각하는 편이다.

원두를 대충 종이컵에 넣고 정수기 온수 버튼을 누르는데 다정이라는 쓸쓸한 병을 가진 동료가 내 손을 제지한다. 교도소에서 몰래 구한 담배를 건네주는 것처럼 내밀하지만 정성을 다하는 표정으로 일회용 드립 커피를 손에 쥐여주었다. 나는 그냥 맛은 다소 없더라도 편한 게 좋으니 원래 내가 먹던 것을 먹겠노라고 굳이 말하고 싶지는 않았다. 연신 고맙다고 인사를 했는데 일회용이지만 드립 커피라서 사용하기가 까다롭다. 깔때기처럼 생긴 이 물건에 물을 부어야 하는데 지지대가 아침 이슬을 머금은 거미줄처럼 연약하다. 드립 커피를 건넨 동료는 자신의 선물이 쓰임을 잘하는지 확인하고 싶은 모양이다. 정수기 온수가 아닌 방금 팔팔 끓인 주전자 물을 건넨다. 뭔가 사달이 날 것 같은 불길함이 엄습했다. 간절히 아주 간절히 그냥 평소처럼 저급한 커피를 마시고 싶었지만 이미 물은 부어졌으니 어쩔 수 없다. 물을 좀 많이 부은 것 같아서 멈추고 이건 무슨 맛일까 궁금해서 필터를 들어 올려서 컵에 따르다가 위태롭던 필터가 붕괴했고 뜨거운 물이 내 손등을 덮쳤다.

내 예감은 항상 이런 경우에만 맞는다. 고통이야 말할 것도 없고 잠시 뒤에는 부주의에 대한 청구서가 날아왔다. 오른손 엄지손가락 근처가 벌겋게 부어올랐다. 물집도 생겼다. 안 되겠다 싶어서 면 소재지에 있는 보건소로 향했다. 급한 마음에 달리다시피 걸어가는데 길이 거의 빙판이었다. 운이 곱절도 없는 날인지 학교 앞 강을 지나는 다리에 접어든 순간 심하게 미끄러지고 말았다. 중심을 잃고 넘어지면서도 화상을 입은 엄지손가락은 보호해야겠다는 생각을 했다. 한쪽 팔을 잽싸게 몸쪽으로 접었다. 한쪽 지지대가 없어진 나의 몸뚱이는 더욱 맹렬히 맨땅에 부딪혔다. 원래는 엉덩방아만 찧으면 됐는데 어깨를 지나서 오른쪽 뺨까지 흙탕물 얼음에 부딪힌 지경이었다.

마침 반대쪽에서 식당 아주머니가 서성거리고 스쿨버스 기사 아저씨가 내가 겪은 참사의 현장 방향으로 걸어오신다. 쓸 수 있는 모든 에너지를 동원해서 일어났다. 육체적인 고통보다는 체면이 중요하다. 먼지와 얼음 조각들을 털어내는 둥 마는 둥 하고 아무 일도 없었던 것처럼 보건소에 도착했다. 보건소 직원과 공중 보건의는 내 화상을 보더니, 목소리가 높아졌고 긴장감이 감돌았다.

손등 위에 생긴 풍뎅이만 한 화상을 입은 환자도 드문 시골 마을이다. 얼마 전엔 면 소재지 우체국에 '민원우편'을 신청하러 갔었다. 내 입에서 민원우편이라는 말이 떨어지자마자 눈치가 없는 내가 보기에도 우체국의 전 직원(그래 봐야 3명이다.)이 당황하는 기색이 역력했다. 담당 직원은 '하늘이시여, 왜 퇴근 시간에 임박해서 이런 시련을 저에게 주시나이까'라며 비관하는 표정이었고, 옆 직원은 우체국 사무실을 온통 뒤지고 다니면서 민원우편 업무에 필요한 '뭔가'를 발견하기 위해서 동분서주했다.

관내에 근무하는 같은 공직자로서 죄책감이 든 나는 '내일 다시 오겠다'고 말해주었다. 그제야 얼굴색이 돌아온 담당 직원은 우체국에 부임한 5년 동안 한 번도 민원우편을 신청한 고객이 없었다고 토로했다. 퇴근길의 평화를 파괴한 미안함 때문에 우체국 직원들에게 선물하기로 했다. 이웃 면 소재지 우체국에 가겠다고 밝힌 것.

사람도 드물고 특이한 사건이 없는 산골 면 소재지 보건소에서 '커피를 타다가' 당한 조그마한 화상을 '집중 치료'하는 것은 당연하다. 나의 상처를 심각하게 관찰하던 공중 보건의와 보건소 직원은 화상 위에 붙이는 메디폼의 선택을 두고 토의를 하기 시작했다. 보아하니 큰 메디폼과 작은 메디폼이 있는 모양인데 두 직원은 격론 끝에 좀 더 안전한 큰 메디폼을 사용하기로 했다. 마침내 공중 보건의는 떨리는 손으로 내 상처 위에 메디폼을 붙이기 시작했다. 간신히 붙였는데 아무래도 상처보다 메디폼이 너무 크다. 바로 전까지만 해도 '한적한 시골 마을에 근무하는 즐거움'을 누렸던 의사는 잔뜩 긴장한 표정으로 상처를 감싸고 남아도는 부분을 잘라내기 시작했다. 정밀한 작업을 하느라 집중력을 소진한 의사는 '재단'으로 수정하는 것보다 작은 메디폼을 장착하는 것이 더 낫겠다고 생각하기에 이르렀다.

치료하다가 실수를 저지름으로써 선량한 시민에게 공공 예산을 낭비한 과오를 목격당한 의사 양반은 어색한 표정으로 지역사회의 공공 행정을 비판했다. "거, 요새 멀쩡한 보도블록을 갈아엎고 새로 깔더라고요." "그러지 않아도 우리 보건소에 메디폼 재고가 너무 많아서요, 허허허." 보건소의 역량이 총 발휘된 결과물인 화상 메디폼을 신줏단지 모시듯 하면서 교무실로 돌아왔다. 정수기 옆에는 내가 엎지르다 남은 커피가 담긴 컵이 놓여 있었다. 여전히 온기가 남아 있는 그 커피를 홀짝거리며 마시기 시작했다. 커피 맛이 유난히 좋다.

맛있는 커피를 즐기기 위한 최소한의 지식

커피 한 잔을 마시기 위해서 큰 고통과 긴 여정을 겪은 셈이다. '그림과 함께 배우는 커피 입문서'라는 부제를 가진 《커피는 어렵지 않아》는 나처럼 커피를 자주 마시는데 커피에 대한 지식이나 노하우가 없어서 고통받거나 커피에 대한 지식이 충만하기를 원하는 사람들을 위한 안내서다.

우선 나에게 큰 고통을 주었던 커피에 사용되는 물에 대해서 알아보기로 하자. 《커피는 어렵지 않아》는 에스프레소의 맛에 영향을 주는 다섯 가지 변수를 수치로 정확하게 알려준다. 다섯 가지 변수란 추출 온도, 추출 시간과 분쇄도, 추출 압력, 커피 가루의 양, 커피 추출량인데 가장 좋은 맛을 내는 물의 온도는 88℃에서 96℃라고 한다.(물론 원두 로스팅 정도, 원두의 밀도, 커피 가루의 양, 추출량에 따라서 적정 온도는 약간 달라질 수는 있다.)

여기서 한 가지 재미난 사실은 우리나라에서 시판되는 일반적인 정수기 온수 온도가 85℃에서 90℃라는 것이다. 맛있는 에스프레소를 즐기기 위한 적정 온도와 거의 비슷하다. 참고로 정수기 온수의 온도는 우리나라의 국민 간식인 컵라면을 끓여 먹기에도 적당하다고 한다. 자본주의 경쟁체제가 이렇게 무섭다. 정수기 회사는 우리가 모르는 사이에 에스프레소와 컵라면을 즐기기에 가장 좋은 온수를 제공해주고 있었으니까 말이다.

에스프레소보다는 질이 낮다고 평가받지만, 비용이나 커피를 타는 데 노력이 더 적게 드는 장점 때문에 나처럼 커피를 마시는 것에만 의미를 두는 애호가들의 사랑을 받는 필터 커피에 대해 이야기해보자. 필터 커피는 에스프레소보다는 노력이 덜 필요하지만 제대로 즐기기 위해서 '최소한의 지식'은 필요하다.

온도

좋은 필터 커피는 온도에 따라 다르게 평가된다.

70℃ 또는 그 이상 열 때문에 향이 감추어져 향의 일부만 느낀다.

60℃ 신맛과 과일향이 드러난다.

40℃ 커피가 입안에 길게 특유의 여운을 남긴다.

25℃ 특별한 커피는 차가워도 여전히 기분 좋은 풍미가 남아 있다.

《커피는 어렵지 않아》, 80쪽

역시 사람은 배워야 한다. 내가 마시려다가 보건소까지 달려가게 만든 사달의 원인 제공자인 필터 커피는 에스프레소보다는 현저히 낮은 온도로도 얼마든지 좋은 향과 맛을 낼 수 있다. 그러니까 필터 커피는 반드시 높은 온도의 온수를 사용할 필요는 없다. 필터 커피는 온도에 따라 여러 향과 맛을 낸다는 것도 알게 되었다.

필터 커피에 사용되는 필터는 천 필터, 금속 필터, 종이 필터 이렇게 세 가지가 있는데, 누구나 짐작할 수 있듯이 천 필터가 더 우수한 커피를 만들어준다. 종이나 금속 필터보다 농도가 깊고 깔끔한 커피를 내릴 수 있다. 반면 종이 필터는 그 편리함 때문에 더 널리 사용된다.

종이 필터도 흰색과 흰색이 아닌 것이 있는데 흰색이 뜨거운 커피를 부었을 때 종이 냄새가 덜 난다고 한다. 어쩔 수 없이 종이컵을 사용하는 경우가 있는데 커피 향보다는 종이 냄새가 나서 불쾌했지만 그러려니 하고 넘어갔다. 이 또한 무지의 소치였다. 종이컵으로 커피를 마실 때는 물로 한번 헹궈주면 종이 냄새가 나지 않는다. 그러고 보니 나처럼 조심성이 없어서 커피를 따르다가 엎지르는 사람들은 금속 필터가 제격이겠다. 확실히 다른 필터보다 향은 덜 뚜렷하다는데 최소한 물을 따를 때 휘어지지는 않으니까 말이다.

슬기로운 커피 생활을 위하여

바리스타 자격증까지 취득할 정도로 커피를 좋아하는 내 아내의 커피 생활을 평가해보자. 내 눈에 잘 띄는 것에 대해서 말하자면 원두의 보관 문제다. 아내는 개봉했거나 개봉하지 않은 원두를 모두 주방 탁자 위에 둔다. 결론적으로는 나쁘지 않은 보관 방법이다. 역시 아내는 나보다는 훨씬 슬기로운 커피 생활을 한다.

가정에서 원두를 보관하는 제일 좋은 장소는 냉장고가 아니다. 냉동고는 커피의 사용 기한을 연장하고 싶을 때 권할 만한 곳이긴 하지만 꺼내는 순간 급격한 온도 차이 때문에 원두에 미세한 균열이 생기고 결과적으로 커피를 더 빨리 늙게 만든다. 또한 커피 원두는 다른 식품의 냄새를 흡수해버리기 때문에 원두의 보관 장소로 적당하지 않다.

의외로 원두를 보관하기 좋은 장소는 붙박이장이라고 한다. 건조하며 빛이 들어오지 않기 때문이다. 우리 집 주방 탁자는 웬만해서는 빛이 들어오지 않으니까 아내의 선택이 나쁘지 않다는 것이다. 그러고 보니 아내와 나의 취미생활에 있어서 공공의 적은 '빛'이다. 커피도 책도 빛을 싫어하니까 말이다. 커피는 빛 말고도 싫어하는 것들이 많다. 고온, 산소, 습기 그리고 과도하게 건조한 환경과도 친하지 않다.

커피에 관한 의외의 사실이 하나 있다. 어떤 물건의 값어치가 낮은 것을 커피에 비교하는 경우가 많다. '커피 한 잔 값도 안 된다'는 말들 말이다. 386세대인 내가 대학교에 다닐 때 종종 밥 한 공기 값이 커피 한 잔보다 싸다고 한탄했더랬다. 힘들게 농사를 지으면서 자식을 대학에 보내는 부모를 향한 자식들의 안타까움의 발로이기도 했다.

커피나무 1그루는 1년에 커피열매 1.4~2.5kg을 생산한다(품종에 따라서는 더 많이 생산하는 것도 있다). 여기에서 생두 266~475g이 나오고, 로스팅한 커피 204~365g을 만든다. 마지막에 남는 원두는 아주 적은 양으로 250g 한 봉지도 안 될 때도 있다. 《커피는 어렵지 않아》, 132쪽

《커피는 어렵지 않아》를 읽다 보니 이런 구절이 나오더라. 커피는 생각보다 수확량도 적고 가공 공정도 까다로운 비싼 농산품이다.

커피는 사회문화적으로 큰 영향을 준 식음료이기도 하다. 17세기 말 영국의 찰스 2세는 민중이 모여서 커피를 마시는 커피하우스를 폐쇄하라고 엄명을 내렸다. 커피하우스에서 불순한 무리가 모여서 반란을 모의한다는 이유였다. 이 명령은 11일 만에 민중의 반대에 부딪혀 철회되었는데 이 사건을 통해 당시 커피하우스가 어떤 기능을 수행했는지 엿볼 수 있다.

커피하우스에서 커피를 마시면서 민중은 세상 돌아가는 이야기를 주고받으며 여론을 형성했고, 문학가들은 문학에 관한 토론을 벌였다. 문학가들은 커피하우스에서 토론을 하면서 '엉뚱한' 발견을 하게 된다. 그전까지만 해도 문학은 문어체로만 쓰는 것이 당연했는데 대화를 주고받다 보니 대화체도 나름의 매력이 있다는 것을 깨닫고 문학에 대화체를 적용하기 시작한 것이다. 또 민중들과 커피하우스에서 뒤섞여 시간을 보내다 보니 자연스럽게 민중의 이야기도 왕족이나 귀족들 이야기 못지않게 흥미진진하다는 것도 깨달았다. 그전까지만 해도 문학의 소재는 오로지 왕과 귀족이었는데 커피와 커피하우스의 성황으로 민중이 문학의 소재에 등장하기 시작했다. 고흐, 바흐, 발자크의 공통점은 이 당시 카페에 매일 출근하면서 커피의 도움을 받아 위대한 예술 작품을 남겼다는 것이다.

세상에
나쁜 잡초는
없다

《잡초의 재발견》,
조지프 코캐너 지음, 구자옥 옮김,
우물이있는집, 2013

한 탐험대가 아마존 열대우림 지역에서 길을 잃고 헤매다가 꼬투리가 주렁주렁 달린 이상한 잡초를 발견했다. 밀림에서 자라는 잡초를 함부로 먹으면 안 된다는 주의사항과 굶주림 사이에서 고민하던 탐험대는 러시안룰렛을 하는 심정으로 제비뽑기로 그 정체불명의 잡초 열매를 시식할 사람을 뽑았다. 그 불쌍한 시식 고객은 다행히도 목숨을 건졌다. 그 잡초가 바로 현대에 가장 널리 애용되는 남미 원산지 콩(강낭콩, 완두)이었기 때문이다.

쇠비름으로 반찬을 만든다고?

매년 봄이면 농부들은 잡초를 제거하느라 정신이 없어진다. 농사일의 8할은 잡초 제거다. 잡초야말로 농부의 가장 방해꾼이자 라이벌이다. 잡초와의 전쟁이 계속될수록 사람의 무기는 발달했다. 잡초에 관한 책은 대부분 잡초를 제거하기 위한 방법을 제시한다. 또 농업에 관한 연구나 투자는 효과적으로 잡초를 제거하기 위한 방법을 찾는 데 몰두한다. 옛날에는 손으로 잡초를 뽑았는데 이젠 제초제라는 핵무기를 사용한다. 또 작물을 모종할 때 아예 잡초 따위가 끼어들 틈을 주지 않기 위해서 땅 위로 비닐을 덮기도 한다.

잡초 제거는 힘들고 짜증 나는 농사일 중 하나다. 직장인이 되어 급식소에서 식사하면서 가장 충격적이었던 반찬은 쇠비름 무침이었다. 쇠비름은 어린 시절 농사일을 도우면서 만난 가장 흔하고 지긋지긋한 잡초였다. 심지어 생풀이라면 환장하는 우리 집 소조차 잘 먹지 않았던 것이 쇠비름이다. 지천에 널린 것이 쇠비름인데 그걸 돈을 주고 사서 반찬으로 만든다는 것이 내게는 이상한 일이었다.

물론 쇠비름은 길바닥에서 자라는 잡초라는 생각 때문에 한 점도 먹지 않았다. 쇠비름과 관련해 더 놀라운 것은 이 못 쓸 잡초가 종기, 치매, 위암, 당뇨, 고혈압 치료와 예방에 효능을 가진 약초라는 것이다. 쇠비름이 완화하거나 예방해준다는 질병은 모두 하나같이 현대인이 가장 잘 걸리고 두려워하는 것들이다.

가장 흔했던 잡초가 현대인의 무서운 적을 물리칠 수도 있는 약이라니 믿기지 않는다. 《잡초의 재발견》을 읽다 보니 쇠비름이 미국에서도 천덕꾸러기였다가 '백조'로 재발견되었다는 사실을 알게 되었다. 미국에서도 과거에 쇠비름은 흔한 잡초였는데 요즘에는 예전만큼 흔하지 않다고 한다. 물론 제초제 덕분이다.

놀라운 것은 쇠비름이 농사의 적이 아니라 도우미 역할을 한다는 사실이다. 같은 밭에서 쇠비름이 무성한 곳과 그렇지 않은 곳에서 자라는 옥수수의 품질이 확연히 차이 나더라는 것이다. 물론 쇠비름이 무성한 곳에서 자라는 옥수수가 품질이 좋았다. 그 옥수수가 자라는 땅을 파보니 쇠비름 뿌리 사이에 옥수수 뿌리가 붙어 있었다. 말하자면 쇠비름의 뿌리를 따라서 옥수수 뿌리가 더 깊은 땅속으로 들어가 더 많은 양분을 흡수했다는 분석이다.

쇠비름은 옥수수를 도와주는 것만으로는 만족하지 못하는지 감자도 뿌리를 튼튼하게 자라도록 도와준다고 한다. 잡초는 일반적으로 사람이 원치 않는 식물인데 그 정의가 잘못된 것일 수도 있다. 쇠비름의 뿌리가 땅속 깊숙이 파고 들어가는 고속도로라면 옥수수와 감자 뿌리는 그 길을 따라 달리는 자동차와 같다.

쇠비름을 비롯한 잡초는 대식가다. 땅속 깊숙이 뿌리를 내려 더 많은 무기질을 흡수하는데 이 또한 사람이 키우는 채소에 도움이 된다. 잡초를 모아두었다가 채소밭에 태우면 잡초가 품고 있던 많은 무기질이 밭의 토양에 흡수된다. 이 땅에서 자라는 채소는 이 무기질을 쉽게 효과적으로 흡수해서 잘 자란다고 한다.

잡초는 농부의 적이 아니다

잡초라고 불리는 야생 식물들이 토양을 비옥하게 만들어준다는 가설을 받아들이기는 쉽지 않다. 《잡초의 재발견》에 따르면 미국의 토양이 황폐해진 것은 땅을 비옥하게 만들어주는 야생 식물을 마구 제거했기 때문이다. 땅속 깊숙이 뿌리를 뻗어 무기질을 뽑아내고 저장하는 잡초의 능력을 발휘할 기회를 차단한 것이다. 잡초에 기회를 주는 것은 어려운 일이 아니다. 잡초를 섞어 만든 비료를 토양에 뿌리거나 잡초가 채소와 함께 자라게 해줘서 무기질을 같은 밭에서 자라는 채소에 나눠주도록 놔두면 된다.

미국의 여러 지역에서는 유기물이 많고 검은색을 띠는 질 좋은 표토가 대부분 사라졌다. 지렁이가 자라는 질 좋은 토양이 사라진 이유는 제초제의 과다한 사용과 무분별한 잡초 제거 때문이라고 추측할 수 있는데, 이 문제를 해결하는 것도 잡초에 맡겨야 한다. 잡초는 땅속 깊숙이 숨어 있는 무기질을 뽑아 올릴 수 있는 시추선이나 다름없다. 우리는 끈질기고 역경을 이겨내는 사람을 두고 '잡초 같다'라는 표현을 쓴다. 잡초가 척박한 땅에서도 살아남는 것은 땅속 깊숙이 있는 물과 영양분을 끌어 올리는 능력 덕분이다.

잃어버린 옥토를 찾는 가장 좋은 방법은 야생 식물이 잘 자라게끔 놔두는 것이다. 비옥한 땅이 줄어드는 또 다른 이유는 농부들이 토지와 불공정 거래를 하기 때문이다. 자연 상태의 토지에서 양분을 흡수한 야생 식물은 고스란히 다시 자연에 자신의 유산을 돌려준다. 반면 탐욕스러운 농부가 자연에서 끊임없이 수확만 해가면 토양은 '아낌없이 주는 나무'가 되어 결국 빈털터리가 될 수밖에 없다.

농부는 땅에도 받은 만큼 보답을 해줘야 한다. 땅은 많은 것을 원하지 않는다. 농부가 동물 두엄과 쇠비름같이 뿌리를 깊게 내리는 잡초 거름을 가능한 한 많이 사용하면 땅은 만족한다. 그러면 수확한 농작물을 썩혀서 다시 땅에 거름으로 사용하는 것은 어떨까? 왜꼭 잡초를 거름으로 사용해야 할까?

뿌리를 깊게 내려 땅속 깊숙이 있는 양분을 끌어 올릴 수 있는 재배 식물은 거의 없다고 한다. 즉, 뿌리가 굵은 잡초만큼 좋은 거름은 없다는 것이다. 재배 식물과 함께 자라는 잡초에 충분한 시간을 줘야 한다. 영양분을 가능한 한 많이 뽑아서 자기 몸속에 저장할 수 있는 시간 말이다.

잡초가 배가 부르도록 영양분 식사를 하게 두었다가 말라비틀어지기 전에 땅속에 묻으면 그동안 잃어버린 양분을 되찾을 수 있다. 잡초를 농사의 적으로 생각하는 농부들은 잡초가 재배 식물이 먹어야 할 소중한 양분을 빼앗아 간다고 생각한다. 사실은 그 반대다. 비싼 무기질 비료를 잔뜩 뿌린 농부의 과수원은 몇 해 지나지 않아서 부실해진다. 무기질 비료만 과도하게 흡수한 과수나무들은 주변에 잡초가 깨끗이 제거된 덕분에 유기질 영양분을 섭취할 수가 없다.

이를 해결하는 방법도 간단하다. 잡초가 잘 자라도록 내버려두면 된다. 심지어 잡초가 과수나무보다 더 키가 자라서 마치 정글을 만들 때까지. 《잡초의 재발견》에 따르면 잡초의 정글 속에 숨어 있는 과수나무가 잡초로부터 독립된 과수나무보다 더 생기 있고 건강했다고 한다. 잡초가 땅속 깊숙이 있는 영양분을 섭취할 수 있도록 도로를 건설한 것이다.

토양을 비옥하게 만들 필요가 있는 지역에는 재배 식물보다 먼저 잡초가 잘 자랄 방법을 찾아야 한다는 충고는 놀랍다. 우리가 놀라워해야 할 사실이 또 하나 더 있다. 대부분의 잡초는 줄기나 잎보다 뿌리가 더 빨리 자란다. 유기질 영양분 사냥꾼으로 명성 높은 콩과에 속하는 알팔파는 자란 지 3주가 되면 뿌리가 줄기보다 3배나 더 길게 자란다. 이보다 더 뛰어난 유기질 영양분 사냥꾼은 없다.

토양에서 콩과 잡초를 제거하는 것은 타석에 들어설 때마다 홈런을 치는 강타자를 벤치로 쫓아내는 것과 똑같다. 극단적으로 말하면 잡초가 왕성하게 자라는 모습을 보고 '극대노'해서 제초제를 찾을 것이 아니라 든든한 지원군이 온 것을 환영해야 한다.

토지가 영양분을 마음껏 먹으면서 파티를 하는 장면을 보고 화를 낼 이유가 없지 않은가. 가뭄이 들어서 농작물은 말라가는데 잡초가 무성하면 농부들은 소중한 물을 빼앗아 간 잡초를 원망한다. 하지만 잡초는 자기가 먹을 것은 스스로 조달한다. 잡초가 지층 아래에서 뽑아 올린 수분은 재배 작물에도 돌아가는 낙수효과를 발생시킨다. 농부의 생각과는 달리 재배 작물은 잡초에 수분을 빼앗겨서 말라 죽는 것이 아니라 잡초라는 고마운 이웃 덕분에 생명을 더 연장한다. 잡초 입장에서는 이보다 더 억울한 일이 있을까.

변화무쌍한 환경에 적응하는 능력

《잡초의 재발견》의 저자 조지프 코캐너가 만난 인디언 원주민은 옥수수와 함께 잡초를 재배하고 있었다. 마치 옥수수의 친구라도 되는 것처럼 잡초가 너무 빽빽하게 자라지 않도록 일정한 간격을 유지하면서 잡초를 옥수수와 함께 길렀다. 그 인디언은 토양에 대한 과학 지식이 없었지만, 옥수수와 함께 자라는 잡초가 어머니의 역할을 한다는 것은 알았다. 그는 성공적인 수확을 거뒀다.

옥수수를 잡초와 함께 재배하는 다소 아방가르드한 농사법은 잡초가 너무 많은 씨앗을 맺지 않도록 관리만 해주면 성공할 확률이 높다. 잡초는 옥수수를 위해서 물을 주고 영양분을 주는 어머니 역할을 할 테니까.

잡초는 물을 가져오기도 하지만 오는 비를 머금기도 한다. 잡초가 없는 땅에 내리는 비는 그대로 넘쳐흐르고 흙을 쓸어나간다. 비가 잡초에 먼저 떨어진다면 비는 천천히 땅에 스며들어서 재배 작물들이 수분을 섭취할 수 있게 된다. 나는 급식소 반찬으로 나온 쇠비름을 도저히 먹을 수 없었지만 포니족 인디언들은 쇠비름을 즐겨 먹었다. 그들은 고기를 요리할 때, 특히 신선하지 않은 고기를 요리할 때는 꼭 쇠비름을 비롯한 잡초를 함께 넣어서 끓인다.

인디언들은 즙이 많은 쇠비름을 말려서 겨울에 먹기도 한다. 마치 우리나라 사람들이 겨울에 시래기를 즐겨 먹듯이. 인디언들은 쇠비름이 사실은 풍부한 영양소를 가진 식물이라는 것을 알았다. 사람들은 잡초를 먹을 수 없는 것이라 생각하지만 한 식물학자는 '먹기에 적합하지 않은 식물을 찾는 것이 어렵다'고 말한다.

잡초가 질기다는 것은 잡초가 강하다는 의미보다는 변화무쌍한 환경에 잘 적응하는 능력이 있음을 의미한다. 사람이 키우는 재배 식물은 자신에게 적합한 환경에서만 잘 자란다. 반면 잡초는 태생이 약하지만 주어진 환경에 적응하는 능력이 우수하다. 잡초를 무조건 배척하지 않고 곁에 두는 것은 잡초의 적응 능력을 곁에 두는 것과 다르지 않다. 잡초와 재배 식물은 상호보완적인 관계이지 적대적인 관계가 아니다.

메뚜기는 그저
애인을
찾고 있을 뿐

《세상에 나쁜 곤충은 없다》,
안네 스베르드루프-튀게손 지음, 조은영 옮김,
웅진지식하우스, 2019

곤충은 어느 날 혜성같이 등장한 신인이 아니다. 환경에 좀 더 적응할 수 있는 종이 살아남는 변이 과정을 수천만 년 겪은 결과, 데본기(고생대 중에서 네 번째 지질시대)에 곤충이 등장했다. 석탄기(고생대의 다섯 번째 지질시대)에 이르러 곤충은 비약적인 발전을 했다. 이 시기에 식물들은 곤충이 타고 올라갈 수 있을 만큼 키가 점점 커졌다. 곤충들은 끊임없이 식물의 줄기를 타고 올라갔으며 등반 솜씨가 갈수록 늘었다. 마침내 곤충들은 한 식물에 만족하지 않고 다른 식물로 옮겨 다녔는데 결국 하늘을 나는 기술을 익혔다. 석탄기에만 해도 하늘을 비행하는 생명체는 곤충뿐이었다. 한때 하늘은 곤충만의 세상이었다. 바야흐로 곤충의 전성기가 도래한 것이다. 동시에 오늘날까지 인간을 괴롭히는 바퀴벌레도 이때 등장했다.

곤충은 종류마다 모양과 색깔이 천차만별이다. 일반적으로 곤충의 색깔은 강렬하고 화려한데 특히 날개는 저마다 독특하고 곡선미가 수려하다. 곤충은 지구상에서 가장 많은 종류를 자랑하는 생명체이며 이 사실은 그만큼 다양한 모양과 빛깔이 존재한다는 뜻이기도 하다. 오래전부터 사람들은 곤충의 모습을 예술이나 생활에 응용했다. 중세의 필사가들은 표지에 곤충의 문양을 그대로 그려 넣어서 책을 아름답게 꾸몄다. 또 예나 지금이나 보석과 의상도 곤충의 빛깔을 응용해서 제작하는 경우가 많다. 크리스찬디올, 구찌, 발렌티노 등 세계적인 패션 업체들은 모두 곤충의 화려한 이미지를 복식 디자인으로 응용해서 큰 성공을 거두었다. 패션용품뿐만 아니라 생활용품, 심지어는 건축물도 곤충의 모습을 형상화한 경우가 허다하다.

곤충의 정체가 궁금하다면

곤충을 싫어하는 사람은 많지만 정확하게 어떤 생물을 곤충이라고 정의하는지를 아는 사람은 드물다. 곤충을 구별하는 가장 쉬운 방법은 다리 개수를 보면 된다. 몸통에 다리가 6개 붙어 있으면 곤충일 확률이 매우 높다. 좀 더 확신하기 위해서 날개를 확인해보자. 곤충은 다리처럼 날개도 몸통에 붙어 있는데 앞날개와 뒷날개 두 쌍을 가진다. 그렇다고 해서 두 쌍의 날개로 곤충을 정의하는 것은 위험하다.

당장 개미만 해도 날개가 없다. 갈루아벌레, 눈각다귀는 아예 날개를 퇴화시켰고 파리목에 속하는 일부 종은 날개가 두 쌍이 아니라 한 쌍이다. 날개의 개수만으로 곤충을 정의할 수는 없다는 이야기다. 여기까지 왔으면 곤충이라는 생물의 결정적인 특징을 만난다.

곤충은 머리, 가슴, 배 이 세 부분이 칼로 재단한 것처럼 구분된다.

곤충이라는 생물의 신체와 관련한 또 다른 중요한 특징은 무척추동물이라는 사실이다. 즉 곤충은 뼈가 없으며 그 대신 골격이 바깥에 노출되어 있다. 우리가 쉽게 볼 수 있듯이 곤충의 외골격은 딱딱하고 가볍다. 외골격은 체내에 두면 해로운 노폐물을 체외에 저장하는 습관에서 시작되었다. 외부로부터의 충격이나 위험에서 보호해주기도 하지만 가벼워서 곤충들이 신속하게 이동하게 해준다. 외골격에는 근육이 다량 들어 있기 때문에 인간이 상상할 수 없는 힘을 가진다. 개미만 해도 자기 체중의 50배를 지탱한다. 개미가 자기 덩치보다 훨씬 더 큰 먹잇감을 이고 이동하는 것은 놀라운 일이 아니다. 외골격은 유해한 자외선으로부터 곤충을 지켜주는 천연 선글라스의 기능도 수행한다.

외골격이라고 해서 단점이 없는 것은 아니다. 손상되면 복구가 어렵고, 탈피를 해서 미처 딱딱해지지 않은 새로운 외골격이 외부의 공격을 받게 되면 속수무책이다. 곤충에게 외골격이란 양날의 검인 셈이다. 여기서 또 궁금증이 생긴다. 외부가 딱딱한데 어떻게 곤충은 자라면서 덩치를 키울까?

혹시 바깥 사정을 생각하지 않고 눈치 없이 덩치를 키우려다가 폭발하지는 않을까. 우리의 걱정과는 달리 곤충 나름대로 다 방법이 있다. 새 갑옷은 헌 갑옷 아래에서 은근슬쩍 도사리고 있다가 빳빳한 헌 갑옷이 밤송이처럼 쪼개지면 그때를 틈타 위풍당당하게 밖으로 나온다. 곤충의 수고를 너무 불쌍하게 생각할 필요는 없다. 이런

'탈피'는 어린 시절에만 겪는 일이다. 곤충이라고 평생 '애'로 살 수는 없지 않은가.

유충과 성충의 생김새가 판이하게 다른 것은 대멸종의 시대와 온갖 고난을 극복하고 살아남을 수 있었던 곤충만의 큰 장점이다. 유충과 성충은 서로 먹이를 가지고 경쟁할 필요가 없다. 유충은 성장을 하고 성충은 번식에 몰두하는 등 그 행동 양식이 뚜렷이 구분되기 때문이다. 또한 곤충은 주로 담수에 서식하기 때문에 외부의 환경 변화에 큰 영향을 받지 않아 멸종의 위험이 낮았다.

겉으로 보기엔 곤충들은 그저 하찮은 존재로 보이지만 나름대로 숨도 쉬고 피도 있다. 다만 사람처럼 허파가 없어서 몸 옆에 나 있는 구멍으로 숨을 쉰다. 이 구멍은 빨대의 형태로 몸 깊숙이 연결되어 있어서 공기를 공급한다. 우리가 차를 몰다가 곤충과 충돌하면 앞 유리에 붉은색이 아닌 황록색 액체로 얼룩이 지는 것을 볼 수 있다. 곤충의 피는 산소를 운반할 필요가 없어서 피를 빨간색으로 만드는 철분이 없기 때문이다.

곤충은 코가 없는 대신에 더듬이가 있어서 냄새를 맡는다. 냄새는 곤충의 언어다. 냄새를 통해서 '오늘 뜨거운 밤을 같이 보낼 곤충 찾습니다'라는 개인 광고부터 '부엌 식탁에 흘린 맛있는 딸기잼을 먹고 싶으면 이 냄새를 따라오시오'라는 공익 광고도 내보낸다.

사람은 곤충이 사용하는 냄새라는 언어를 잘 알지 못하지만, 꽃은 곤충의 언어에 관한 한 천재다. 가령 남아시아에 서식하는, 세상에서 제일 큰 꽃인 라플레시아속屬 식물은 자신의 꽃가루받이 파트

너인 검정파리의 식성을 잘 안다. 이 꽃은 눈치 없이 '향긋한 바닐라 향과 시원한 바다 향이 섞인 매혹적인 냄새'를 내보내지 않는다. 맞지 않는 상대에게 눈치 없이 유혹을 던지지 않고 오직 검정파리의 취향에 맞는 '죽은 지 며칠 지난 동물 사체 냄새'를 보낸다. 검정파리로서는 도저히 거부할 수 없는 악취의 유혹일 테니까. 곤충과 꽃은 영원한 동반자다.

냄새가 아니고 소리로 배우자 구인 광고를 내보내는 곤충도 있다. 메뚜기가 열심히 노래하는 것은 당신이 가을의 정취를 마음껏 즐기라고 그러는 것이 아니다. 메뚜기는 그저 애인을 찾고 있을 뿐이다.

유혹하고, 먹여 살리고, 먹어치우고

매미는 사랑 때문에 왕관을 버린 영국의 왕 에드워드 8세의 후손들이다. 수컷 매미가 사랑의 세레나데를 열창할 때 암컷 매미만 듣는다면 얼마나 좋을까. 불행하게도 치명적인 기생충들도 수컷 매미의 사랑 노래를 듣고 쾌재를 부르면서 수컷 매미 몸에 몰래 알을 깐다. 이 기생충 알은 부화하고 애벌레로 성장한 다음 매미를 몸속부터 차근차근 먹어치운다. 에드워드 8세는 왕 노릇만 하지 않으면 그만이었지만 불쌍한 수컷 매미는 사랑과 목숨을 바꿔야 한다. 수컷 곤충은 암컷의 선택을 받기 위해서 선물을 준비하는데 그중 가장 숭고한 사랑꾼은 사마귀다. 사마귀는 아예 자기 자신을 암컷에게 선물로 바친다. 암컷은 잔인하게도 교미를 하면서 수컷의 머리를 뜯어먹는다. 이로 인해서 수컷은 자신의 생명이 위험하다는 신호를 감지하고 도망쳐야 한다는 명령을 내리는 신경중추의 기능을 상실한다. 암컷은 수컷이 도망칠 위험 없이 교미에 좀 더 집중할 수 있다.

말이 나왔으니 말인데, 기생충은 대부분이 '기생'을 하면서 '더불어 살아가는' 아름다운 이웃이 아니다. 결국에는 숙주를 죽이는 포식성 기생체다. 이 꼼꼼한 먹방계의 제왕은 숙주 몸 안에 살면서 야무지게 내장을 하나씩 먹는다. 유충은 계획적으로 식사를 하는데 제일 마지막까지 남겨두는 것은 숙주가 최소한의 생명을 유지하는 데 꼭 필요한 기관이다. 그래야 신선한 고기를 끝까지 먹을 수 있으니까. 유충이 마지막으로 남은 기관까지 먹어치우고 성충이 될 준비가 끝나면 비로소 숙주는 고단했던 이승에서의 생을 마감한다. 그것도 타의에 의해서.

매미가 가장 시끄러운 곤충이라고 말하면 매미는 다소 억울하다. 체급을 고려하면 길이가 2밀리미터밖에 안 되는 미크로넥티다이과科에 속하는 물벌레 수컷이야말로 이 분야의 챔피언이다. 한 연구팀이 물속에 마이크를 설치해서 이 벌레가 노래하는 것을 불법 도청하는 데 성공했는데, 믿기지 않게도 육지로 따지면 15미터 앞에서 지나가는 화물열차에서 나오는 소리와 비슷했다고 한다.

물속에서 나는 소리와 육지에서 나는 소리를 단순 비교하기도 무리이고 아무래도 실험에 착오가 있다고 생각할 수밖에 없는 결과다. 다만 이 물벌레가 독특하고 대단한 개인기를 가지고 있는 것은 확실하다. 이 물벌레에게 배는 현이고 음경은 활이다. 음경으로 바이올린을 켜는 재주야말로 소리의 강도를 뛰어넘는 이 곤충의 남다른 재주다. 참으로 음란한 곤충이다.

음란한 것을 따지면 초파리야말로 이 분야의 신이다. 유달리 자식 욕심이 강한 초파리는 하느님이 창세기 1장 28절에 남긴 "자손을 많이 낳고 번영하여 지상을 가득 채우고 지배하라"라는 계시를 자신에게 한 것이라고 착각했음이 분명하다. 초파리 한 쌍이 결혼하고 단란한 가정을 꾸린다면 그들은 1년에 25번 번식을 하고 신부는 한 번에 100개 정도의 알을 순산한다. 1년이라는 세월이 지나고 25대손이 되면 1트레데실리온(당황하지 마시라. 1 다음에 0이 42개 붙은 숫자라고 한다.) 마리의 눈에 넣어도 아프지 않은 자손이 생긴다.

그렇다고 너무 걱정하지 마시라. 초파리 가문에게 아무런 유고가 없는 경우에 그렇다는 것이다. 초파리에게는 너무나 많은 적이 있다. 대부분의 곤충 알들은 성충이 되기 전에 어떤 식으로든 죽는다. 굶어 죽든 잡아 먹히든. 인간에게는 다행스러운 일이다.

기생성 말벌 디노캄푸스 코키넬라이가 자식을 양육하는 방식을 보면 '좀비' 영화가 따로 없다. 이 곤충의 암컷은 우선 무당벌레의 몸에 산란관이라는 염치없는 빨대를 꽂고 알을 낳는다. 그럼 무당벌레는 벌이 침으로 찌르는데 왜 가만히 있는가? 영리한 말벌은 숙주의 신경계를 침으로 마비시키는 작업을 미리 한다. 무당벌레의 몸속에서 부화한 유충은 20일 동안 이 불쌍한 숙주의 장기로 호의호식하다가 아직 숙주가 목숨이 붙어 있을 때 배를 비집고 빠져나온다. 그런 다음 무당벌레의 다리 사이에서 섬유질로 된 실로 자기 몸을 말아서 번데기 모양으로 만든다.

그 이후로 일주일, 즉 말벌의 유충이 성충이 되어 무당벌레의 품을 떠날 때까지 무당벌레는 말벌 유충의 베이비시터로서 유충을 온갖 종류의 적으로부터 보호한다. 지난주까지 자신의 몸속에서 자신의 몸을 파먹은 원수를 보호하는 무당벌레의 행동을 어떻게 이해해야 할까. 비밀은 말벌이 유충을 무당벌레의 몸속에 알을 낳고 가면서 함께 두고 간 바이러스에 있다.

이 바이러스는 무당벌레의 뇌 속에 숨어 있다가 말벌 유충이 비집고 세상 밖으로 나올 때쯤 무당벌레를 마비시킨다. 이 바이러스는 무당벌레의 뇌를 조종해서 무당벌레가 말벌 유충의 베이비시터 노릇을 하게 만든다. 놀랍게도 말벌이 심어두고 간 바이러스에 조종당하는 무당벌레는 어린 유충에게 이유식도 준다고 한다.

그렇다고 말벌이 남을 등쳐 먹기나 하는 불한당만은 아니다. 우선 기생벌은 자신들의 유충을 키워줄 숙주를 위한 집을 짓기도 한다. 숙주를 착취의 수단으로만 이용하지 않고 함께 사는 공생의 미덕을 발휘한다. 말벌 한 마리가 정원의 생태계 질서 유지에 도움이 될 수도 있다. 출처는 분명하지 않지만, 말벌 한 마리는 수백 제곱미터 정원에 있는 약 1킬로그램의 곤충을 먹어치운다고 한다.

다른 곤충들도 놀지 않는다. 곤충들은 꽃가루받이를 통해서 식용 작물의 질과 양을 향상시킨다. 우리가 무서워하거나 싫어하는 곤충 덕분에 우리는 더 맛있는 초콜릿('초콜릿깔따구'라는 좀모기의 친척은 평생 카카오꽃 속을 드나들며 꽃가루를 전달하느라 그 좋아하는 피도 포기한 성실한 친구다.)을 먹을 수 있고, 더 맛있는 딸기, 사과도 먹을 수 있다.

나무늘보가 나무에서 내려온 이유

초콜릿깔따구가 식생활 개선을 통해서 인류의 입을 즐겁게 해준 것을 본받아 우리도 환경오염을 야기하는 소고기보다는 곤충으로 눈을 돌려야 한다. 생긴 것이 좀 그래서 그렇지 곤충은 소고기 수준의 단백질이 함유되어 있다. 반면 현대인들이 무서워하는 지방은 없다. 우유보다 칼슘이 많고 철분이 시금치보다 두 배나 더 풍부한 것이 귀뚜라미 분말이다. 식용 곤충 사업이 유망한 이유는 곤충을 키우는 데에는 사료나 물을 공급하지 않아도 되기 때문이다. 곤충을 대량으로 사육한다면 병균이라든가 기생충 예방을 철저하게 해야 하는 등 연구가 좀 더 이뤄져야 할 필요는 있다.

도망가지도 않고 맞서 싸우지도 않는 사체는 곤충에게 매력적인 식사다. 사체가 좋다는 것은 다른 덩치 큰 동물도 잘 아는 사실이다. 하이에나, 까마귀, 독수리를 상대로 곤충이 싸울 수는 없는 노릇이다. 쉬파리속屬 파리는 현명한 전략을 동원하는데 사체 위에 알을 낳아 알에서 세상으로 나온 유충이 사체를 먹으며 성장하게 한다. 그 유충은 곤충계의 금수저가 아닐 수 없다.

송장벌레속屬의 벌레들은 또 다른 대범한 방법을 쓴다. 두 마리가 조를 편성해서 다니다가 쥐의 시체 아래로 땅을 파고 위로는 흙으로 위장을 한다. 하루 정도의 공사가 끝나면 죽은 쥐 한 마리는 지상에서 지하로 사라진다. 이 곤충은 위대한 건축가이면서도 모성애가 깊은 부모다. 땅에 숨겨둔 사체에 알을 까는데 어린 유충이 먹기 좋도록 되새김질을 해서 유충을 먹여 살린다.

소똥을 좋아하는 뿔파리 또한 모성애가 이만저만이 아니다. 이른 새벽 빵 가게가 문을 열기도 전에 밖에서 기다리는 사람처럼 뿔파리는 소가 똥을 다 싸기도 전에 알을 낳는다. 자식을 최고의 환경에서 키우겠다는 부모의 욕심은 끝이 없다.

곤충은 법의학자로 활동하기도 한다. 사람의 시체에 몰려드는 곤충의 종류를 보고 사망한 시간이나 원인을 파악할 수 있다. 곤충은 나름대로 질서가 있어서 시간대별로 방문하는 곤충의 종류가 다르다.

얼마 전 일주일 만에 용변을 보느라 나무에서 내려왔다가 표범에게 사냥당한 나무늘보의 사연이 네티즌을 안타깝게 했다. 나무늘보는 필사적으로 나무를 붙잡고 떨어지지 않으려 했고 표범은 아예 나무늘보를 물고 공중에 축 늘어지는 필살기를 썼다. 결국 나무늘보는 슬프면서도 해탈한 듯한 표정을 남기고 아래로 떨어져 표범의 먹이가 되었다. 왜 나무늘보는 나무 위에서 볼일을 보지 않고 굳이 위험이 도사리는 나무 밑으로 내려 왔을까?

나무늘보의 털가죽에는 나무늘보나방이라는 곤충이 서식하는데 이 녀석은 나무늘보가 땅에 내려와서 싼 똥에 알을 낳는다. 부화한 유충은 성충이 될 때까지 똥을 먹으며 행복하게 살다가 다음번 나무늘보의 방문 때 따뜻하고 안전한 나무늘보 가죽으로 집을 옮긴다. 나무 위에 있는 나무늘보 가죽에 새 보금자리를 마련한 나방은 그곳에서 잘 먹고 잘 싸다가 죽는다. 나방은 죽고 분해되어 나무늘보에게 양분이라는 유산을 남긴다. 그 양분은 나무늘보 털에서(만) 사는 녹조류의 식생활을 획기적으로 개선한다.

이 녹조류는 나무늘보에게 매우 특별한 존재다. 살아서는 위장복 역할을 하고 죽어서는 풀떼기만 먹는 나무늘보에게 영양 간식이 된다. 나무늘보는 자신의 털에 사는 녹조류를 핥아먹고 영양 보충을 한다. 결국 나무늘보가 땅에 내려와 큰일을 치르는 것은 퇴비를 주자는 것도 아니고 나방을 위해서 희생하겠다는 것도 아니다. 다 자기가 좋아서 하는 일이다.

엘런 맥아더 재단이 낸 보고서를 보면 2050년이 되면 바다에 플라스틱이 물고기보다 더 수가 많아진다고 한다. 만약 플라스틱으로 차린 밥상을 즐기는 곤충이 있다면 어떨까. 우리가 일회용 컵이나 용기에 뜨거운 커피나 음식을 산다면 우리 손에 들린 것은 종이가 아니고 폴리스티렌이다.

매년 미국에서만 25억 개의 폴리스티렌 컵이 버려진다고 하는데 이 컵을 음식처럼 먹는 벌레가 있다는 사실이 알려졌다. 밀웜mealworm은 이름 그대로 새나 고슴도치의 사료로 사육되는 애벌레인데 폴리스티렌을 먹어도 멀쩡하게 번데기를 거쳐서 성충이 되더라는 것이다. 새의 먹이로 사육되는 애벌레가 새를 비롯한 동물을 죽음에 이르도록 할 수도 있는 폴리스티렌을 먹어치운다는 것은 신기한 일이다.

물론 폴리스티렌이 밀웜에게도 몸에 좋은 것만은 아니지만, 인간과 자연이 공존하는 데 가장 큰 걸림돌인 플라스틱 문제를 해결할 수 있는 실마리를 곤충이 제공한다는 것은 주목할 만한 일이다.

늑대의 사전에
이혼은
없다

《이것은 어느 늑대 이야기다》,
닉 잰스 지음, 황성원 옮김, 클, 2019

늑대에 관한 가장 큰 오해는 덩치다. 실제로 늑대를 본 사람이 아니라면 무심결에 개와 비슷하게 생겼고 덩치도 그렇다고 생각하기 쉽다. 늑대와 개는 같은 포유동물이라 교배가 가능할 정도로 가까운 사이지만 가장 큰 개의 품종도 늑대만큼 큰 경우는 드물다. 덩치와 무게뿐만 아니라 개와 늑대가 동시에 서 있다면 서로를 헷갈릴 일이 없을 만큼 늑대는 개와 골격 자체가 다르다. 늑대는 개보다 더 긴 다리와 곧은 척추를 가지고 있다. 목은 씨름선수처럼 두껍고 털은 훨씬 무성하다. '늑대 실제 크기'라는 검색어를 인터넷에서 검색해보면 수식어로 '당황스러운'이란 말이 붙어 있을 것이다. 실제 늑대는 우리가 상상한 것보다 훨씬 크다. 늑대 앞에 선 개는 사자 우리에 던져진 염소나 다름없는 신세다. 개보다 훨씬 더 큰 덩치를 가진 늑대는 눈빛으로도 상대를 압도한다.

개는 총명하고 다정한 눈빛을 가졌지만, 늑대의 그것은 마치 레이저처럼 깜박임도 없다. 늑대에 관한 의외의 또 다른 사실은 덩치와

매서운 눈빛에 어울리지 않게 겁이 많다는 것이다.《이것은 어느 늑대 이야기다》의 저자 닉 잰스가 만난 대부분의 야생 늑대는 반경 1킬로미터 내에 인간이 있음을 눈치채면 가능한 한 빨리 자취를 감추었다고 한다. 이는 그가 만난 늑대가 다른 늑대에 비해서 특별히 겁이 많아서는 아닐 것이다.

늑대에 대한 오해

늑대는 민담과 동화의 최대 피해자다. 동화에 등장하는 늑대는 대부분 잔인하고 탐욕스럽다. 인류가 남긴 문헌 중에서 늑대를 인간에게 우호적인 존재로 그린 것은《정글북》말고는 딱히 떠오르지 않는다. 대부분의 동화와 민담에서 늑대는 아이와 노파를 잡아먹는 나쁜 동물로 등장한다. 늑대는 곧 악마라는 미신에 사로잡힌 사람들은 늑대를 만난 적이 없으면서도 늑대를 두려워하고 미워한다.

19세기 북아메리카를 종주하며 탐험한 사람들은 늑대와 함께 살아온 원주민들이 늑대를 증오하지 않고 숭배한다는 사실을 알게 되었다. 탐험가들 또한 북미를 누비면서 만났던 늑대가 인간을 공격하거나 안전을 위협하지 않는다는 것을 실감했다. 그러나 그 이후에 아메리카 대륙을 '개척'했던 사람들은 원주민뿐만 아니라 늑대도 살육했다.

때마침 개척자들이 사냥을 일삼아서 먹잇감이 줄어든 가운데, 원주민들처럼 쪼그라든 거주지 때문에 늑대는 개척자들이 키우는 가축을 공격할 수밖에 없는 딱한 처지가 되었다. 신기할 정도로 늑대가 직접 사람을 공격했다는 보고나 사실이 없음에도 불구하고 늑대는 존재 자체가 죄가 되었다.

원주민들을 학살하는 데 효율적이었던 총이 늑대를 사냥하는 데 사용되었다. 잡아 온 늑대에게는 온갖 창의적인 고문을 가했다. 살아 있는 채로 태우기도 했고 입과 생식기를 철사로 묶어 풀어주기도 했다. 그들에게 좋은 늑대란 죽은 늑대였다. 19세기 중반에 이르러 아메리카 원주민에 대한 학살은 어느 정도 끝났지만, 늑대에 대한 살육은 100년 동안 더 계속되었다. 1940년대에 대학살은 마무리되었다.

1970년대에 들어서 야생동물 보호에 대한 관심 덕분에 늑대의 개체가 늘어나고 있지만, 여전히 가축을 보호하기 위해서 늑대를 학살해야 한다는 목소리는 살아 있다. 그 사이에 늑대를 살상하는 기술은 발달해서 헬리콥터로 저공비행을 하면서 총을 쏘기도 하고, 늑대 굴속에 가스를 주입해 새끼를 죽이기도 한다. 늑대를 사살함으로써 안전한 지역사회의 구축에 기여한다는 자부심을 느끼는 사람도 있다.

충분한 증거자료를 토대로 작성된 보고서에 따르면 늑대 같은 최상위 포식자는 일정 지역의 생태계를 건강하게 유지하는 데 중요한 역할을 한다. 초식동물이 지나치게 많아서 풀이 부족해지는 현상을 막아주며 어린 가축을 해치는 코요테와 같은 중간 포식자를 줄여준다. 가축을 기르며 늑대에게 가축을 사냥당하는 농경민족은 늑대를 적대시하지만, 유목민족은 늑대를 신성시한다. 왜냐하면 이동하면서 가축들에게 풀을 먹이는 유목민족에게 풀은 생명줄이나 다름 없는데, 탐욕스러운 가젤 같은 초식동물의 개체 수가 너무 증가하면 풀이 남지 않기 때문이다. 즉 늑대가 초식동물을 사냥함으로써 유목 민족에게 초원의 풀이 남게 된다.

늑대 털은 두껍고 촘촘해서 초원에서 얻을 수 있는 가장 따뜻한 것이지만 몽골인들은 추위에 시달리면서도 늑대 털로 담요를 만들지 않는다. 얼어 죽을지언정 늑대 털로 담요를 만들거나 깔고 자지 않는다. 늑대를 자신을 수호하는 신령과 동일시하기 때문이다.

비록 애정 관계의 성립은 덩치 순이라는 원시적 방법이 동원되지만 일단 부부관계가 되면 늑대는 낯이 뜨거울 만큼 애정행각을 일삼는다. 당연히 늑대는 일부일처제를 고집한다. 늑대의 사랑은 격렬하면서도 오래간다. 늑대들이 사랑하는 방식을 지켜본다면 고린도전서 13장이 말하는 사랑의 현실판을 보는 셈이다. 부부 늑대는 사람으로 치면 공공장소에서 하는 애정 행각의 정석을 보여준다. 서로 주둥이를 비비고(뽀뽀), 서로에게 몸을 기대며(포옹) 치댄다. 고양이처럼 서로의 털을 다듬어주기도 한다. 한번 부부 사이로 맺어지면 죽어서도 신의를 저버리지 않는다. 상대가 죽지 않는 한 배우자를 바꾸지 않는다. 즉 이혼은 늑대 사전에는 없다는 말이다. 가족애가 돈독한 늑대는 설사 배우자가 사망하고 재혼을 하더라도 전처가 데리고 온 자식들을 지극정성으로 키운다.

'검은 머리가 파 뿌리 될 때까지'를 가장 잘 실천하는 것이 늑대다. 배우자가 죽은 자리에서 열흘 동안 움직이지 않고 자리를 지킨 늑대에 대한 이야기가 그리 놀라운 일은 아니다. 우두머리 늑대가 죽은 자리에서 가족들이 모여 오랫동안 자리를 지키며 추모(?)를 하는 경우도 드물지 않다. 만약 배우자가 사고라도 당해서 사라지면 늑대는 몇 날 며칠이고 울부짖고 냄새를 맡으며 찾아 헤맨다. 그리운 연인과 나눴던 추억의 장소를 사람들이 찾듯이 늑대도 배우자와 자주 찾았던 장소를 서성인다.

늑대는 다른 동물의 추종을 불허하는 닭살 커플이며 부부간의 돈독한 관계는 늑대라는 동물이 자랑하는 강력한 유대관계를 유지하는 근간이다. 일반적으로 양치기 개로 활약했던 보더콜리는 지능으로 따지면 다른 개에 비해서 천상의 세계에 있고 다른 개는 지상의 세계에 속한다고 말한다. 그러면 보더콜리와 늑대의 지능을 비교하면 누가 우위에 있을까. 늑대와 개의 지능을 단순하게 비교하기엔 무리가 있다는 것은 대부분의 과학자가 인정하는 사실이다. 다만 평생 썰매 개와 함께 살았고 늑대를 사냥하고 추적한 이누이트들의 경험에 비춰보면 늑대가 개보다는 더 영리하다고 한다.

좀 더 정확히 말하면 늑대는 영리한 개와 비슷하거나 좀 더 나은 지능을 보유하고 있다. 늑대가 야생동물이기 때문에 자연스러운 일이긴 하지만 특히 먹이를 사냥하고, 위험을 피하며, 문제를 해결하고 경험을 통해 새로운 지식을 터득하는 능력은 늑대가 개보다 월등히 우월하다는 것이다. 개는 문제 해결을 하면서 사람을 협력자로 인식하고 의지하려 하지만 늑대는 사람에 의지하지 않고 혼자서 문제 해결을 하려는 차이가 있다. 물론 타고난 인간의 친구인 개와는 달리 늑대는 길들지 않는 야생 본능 때문에 개보다는 '거친' 동물임에는 분명하다.

늑대는 의외로 사람에게 위협적인 존재가 아니다. 현재에도 약 7000마리에서 1만 2000마리의 늑대가 서식하는 알래스카에서는 역사상 광견병에 걸리지 않은 멀쩡한 늑대에게 공격당해서 사람이 목숨을 잃은 경우가 딱 한 번이라고 한다. 늑대가 공격성을 띤 경우는 대부분 새끼를 비롯한 자기 가족을 인간으로부터 지켜야 할 때였다. 우리가 늑대를 떠올리면 제일 먼저 생각하는 이미지는 무리를 지으며 이빨을 드러내고 으르렁거리는 모습이다. 이 모습은 사실 늑대들이 식사를 편하게 하고 싶으니 방해하지 말라는 신호다. 늑대의 식사를 누가 뺏어가지만 않는다면 늑대는 그 누구도 공격하지 않는다.

몽골군, 늑대에게 전술을 배우다

여기서 의문점이 생긴다. 개보다 영리한 늑대가 왜 사람을 잡아먹지 않을까. 늑대가 마음만 먹으면 마치 핫도그를 먹는 것처럼 쉽게 사람을 잡아먹을 수 있을 것이다. 늑대가 사냥하는 전술이 얼마나 뛰어나고 치밀한지 제2차 세계대전 당시 독일 해군의 카를 되니츠 제독은 늑대의 사냥 방법을 본떠서 전술을 만들었다. 문맹인 칭기즈칸이 《손자병법》을 배운 한족을 제치고 유럽까지 정복한 비결 또한 바로 늑대에 있다. 몽골인들은 늑대라는 유능한 군사작전 조교가 초식동물을 사냥하는 모습을 볼 수 있는 생생한 군사학교가 있었다.

몽골인들의 위대한 전투들을 분석해보면 늑대가 사용하는 전술과 비슷한 점을 발견할 수 있다. 가령 칭기즈칸의 막내아들인 툴루이가 3만 명의 기병으로 20만 명의 금나라 군대를 무찌른 전투도 그렇다. 툴루이는 적과 정면으로 승부를 걸지 않고 큰 눈이 내리자 군사와 말들을 따뜻한 곳에 숨겨두고 무작정 기다렸다. 금나라 군사와 말들이 추위에 동상이 걸리는 등 전투력이 약해지자 마침내 적을 공격했다. 무력이 아니고 기후를 이용한 전술이었다. 늑대도 걸음이 빠른 가젤을 무작정 공격하지 않고, 가젤이 풀을 배부르게 뜯어 먹고 행동이 굼뜬 상황이 될 때까지 기다렸다가 마침내 사냥을 시작한다. 늑대들은 의사소통 능력을 통해서 우두머리 수컷의 지휘 아래 진을 짜고 편대를 조직해 초식동물을 사냥한다. 인내와 끈기 그리고 지휘관의 지시에 따라 일사불란하게 움직이는 것이 늑대의 전술이다.

늑대가 사람을 목표로 삼는다면 복잡한 전술 따위도 필요 없을 것이다. 늑대가 손쉽게 먹을 수 있는 사람을 피하는 이유는 두 가지로 추측할 수 있다. 오랜 자연선택과 진화를 거치면서 늑대의 유전자 속에 사람을 피해야 한다는 본능이 심어졌거나, 사람이 너무 이질적인 존재이기 때문에 막연한 두려움을 느낄지도 모른다는 것이다.

늑대는 하이에나 못지않은 자연의 청소부다. 60센티미터가 넘게 쌓인 눈을 무려 2주에 걸쳐 치우고 그 밑에 있던 무스 두 마리의 사체를 발굴해서 먹어치우는 것이 늑대다. 늑대는 영리해서 살아 있는 무스를 추격해서 잡아먹는 것보다 움직이지 않는 사체를 발굴해서 먹는 것이 효율적이라는 것을 안다. 2주에 걸쳐서 눈을 파헤치는 끈기와 꽁꽁 언 무스의 사체를 먹을 수 있는 치아가 있어서 가능한 일이다. 물론 충분히 늙어서 치아가 부실한 늑대는 자연스럽게 굶어 죽는다. 먹이를 눈앞에 두고서도 말이다.

늑대는 섬세한 요리사이기도 하다. 복어는 맛이 있지만, 독이 있어서 위험하기 때문에 만물의 영장인 사람도 극히 일부만이 복어를 요리할 수 있다. 자기 몸 말고는 아무런 도구가 없는 늑대에게 고슴도치는 사람에게 있어서 복어보다 더 위험한 음식이다. 고슴도치는 위험이 닥치면 털을 꼿꼿하게 세우는데 무려 약 3만 개의 가시가 도사리고 있다. 이 가시는 치명적인 무기여서 살짝만 건드려도 살을 파고 들어가 고생 끝에 죽음에 이르도록 한다. 어지간한 포식자들도 후손들에게 '아무리 배가 고파도 고슴도치만은 먹지 말아라'라고 교육을 하고 유언(?)을 남긴다. 이른바 생존을 위해서 지켜야 할 불문율로 몸에 밸 때까지 교육하는 것이다. 하지만 세련된 미식가이자 요리사인 늑대에게 고슴도치는 피해야 할 독버섯이 아니라 맛집이다.

늑대가 고슴도치를 요리하는 방법은 위험하지만 간단하다. 가시가 없는 부위, 즉 고슴도치에게는 아킬레스건인 두개골과 배를 재빠르게 공격해서 죽인다. 일단 여기까지 성공하면 늑대는 우리가 뷔페 식당에서 흔히 먹는 열대과일 람부탄을 먹는 방식으로 고슴도치를 먹어치운다. 가시가 아래로 향하게 하고 껍질을 벗겨가면서 먹으면 그만이다. 다른 포식자에게 고슴도치는 지방이 풍부하지만 먹을 수는 없는 '독이 든 성배'이지만 늑대에게는 그저 영양 만점 간식이다.

늑대가 비록 솜씨 좋은 요리사이기는 하지만 어리숙한 면도 있다. 늑대가 사냥한 사슴을 다 먹었을 때 군식구인 까마귀가 먹어치운 것이 60퍼센트에 달하는 경우가 있었다고 한다. 재주는 늑대가 부렸는데 음식의 반 이상을 무임승차한 까마귀에게 빼긴 것이다. 늑대가 까마귀에게 음식을 나눠주기 싫으면 단체 회식을 하는 것이 유리하다. 열 마리의 늑대가 한 마리의 무스를 신속하게 먹어치운다면 까마귀에게 빼기는 세금이 줄어드니까 말이다. 늑대들이 주로 단체 생활을 하고 단체 사냥을 하는 이유 중 하나다.

늑대가 솔깃할 만한 고급 음식을 주거나 훈련을 통하지 않고도 늑대와 친구가 될 수 있을까? 2003년에 알래스카의 멘덴홀 호수 근처에서 만난 늑대 로미오와 7년 동안 관계를 유지한 닉 잰스는 《이것은 어느 늑대 이야기다》를 통해 '예'라고 대답한다. 닉 잰스와 그의 친구들의 증언은 일시적인 경험일 뿐 늑대와 교감을 나눈 관계까지는 아닐지도 모른다. 또 닉 잰스가 늑대와의 오랜 개인적인 경험 때문에 늑대에 대한 지나친 애정을 가지고 있을 수도 있다. 다만 닉 잰스는 늑대 로미오와 일부러 일정한 거리를 두었다. 로미오로서는 거의 득이 안 되는 영양가 없는 상대였다. 사회적 보상이 거의 없는 상대인 닉 잰스를 늑대 로미오는 반가워했고 함께 총총 걸어 다니기도 했다.

로미오는 닉 잰스가 누구인지 확실히 기억했다. 늑대가 개처럼 한결같은 친구는 될 수 없을지 모르겠지만 최소한 늑대에게 종을 뛰어넘는 유대관계를 맺으려는 의지가 있는 것은 확실하다. 《이것은 어느 늑대 이야기다》가 그 사실을 말해준다.

만약 세상의 모든
도축장이 유리로
되어 있다면

《우리는 왜 개는 사랑하고 돼지는 먹고 소는 신을까》,
멜라니 조이 지음, 노순옥 옮김, 모멘토, 2010

언젠가 한 친구가 어떤 음식을 '귀한 음식'이라며 먹으라고 권했다. 배가 고프지는 않았지만, 워낙 몸에 좋은 음식이라니 먹는 시늉이라도 해야겠다 싶었다. 마침 다른 친구들이 며칠은 굶은 것처럼 헐레벌떡 먹길래 묘한 경쟁심이 생겨서 나도 몇 술 떠먹었다. 무슨 음식인지는 모르겠지만 육개장과 비슷해서 거부감이 없었다.

솥이 바닥을 드러내고서야 나는 그 음식의 정체를 알게 되었다. 개고기였다. 순간 속이 거북해진 것은 물론이고 친구한테 사기를 당한 것 같은 배신감이 들었다. 사실 나는 당시까지도 개고기를 먹지 않는다는 신념을 가진 적이 없었다. (세월이 한참 흐른 뒤 새벽녘 들판에서 뇌출혈로 쓰러진 어머니 주위를 지키며 맹렬히 짖은 개 덕분에 내 어머니는 생명을 구했다. 그때 이후로 개는 먹어서는 안 되는 동물이라는 신념을 가지게 되었다.)

그럭저럭 맛있게 먹은 음식이 개고기라는 사실을 알았을 때 왜 나는 속이 불편하고 친구에게 배신감을 느꼈을까. 그에 반해 왜 내가 방금 모르고 먹은 음식이 소고기나 돼지고기였다면 아무런 거부감이 없이 잘 먹었다고 생각을 할까. 《우리는 왜 개는 사랑하고 돼지는 먹고 소는 신을까》의 저자 멜라니 조이는 이에 대한 대답으로 '시각의 차이'를 이야기한다.

보이지 않기에 먹을 수 있다

현대인들이 소를 만나는 순간은 소고기를 먹거나 소가죽으로 만든 가방을 걸치고 구두를 신을 때일 것이다. 돼지는 대부분 '삼겹살'이라는 신분으로 만난다. 반면 개는 우선 이름으로 부른다. 매일 보고 함께 산책하고 놀고 늙어가며 죽음을 지켜보는 동물이다. 심지어 최근에는 개를 위한 치매 예방 임상 시험을 한다는 현수막을 내건 제약회사도 있더라.

개를 위한 전용 공원도 있고, 믿기 힘들겠지만 유치원도 있다(이 유치원은 학부모(?)에게 알림장도 제공한다). 개고기를 먹는 문화를 혐오하는 반려견의 반려인이 정성스럽게 소고기와 돼지고기를 요리해서 개에게 먹이는 것은 스키마(심리적인 틀) 때문이다. 이른바 정신적인 분류체계인 스키마로 인해서 우리는 먹어야 할 동물, 먹지 말아야 할 동물, 피해야 할 동물, 보는 즉시 죽여야 하는 동물로 구분한다.

이 스키마에 의해서 사람들은 동물을 두 가지 종류로 구분한다. 먹어야 할 동물과 먹지 말아야 할 동물 말이다. 만약 나에게 개고기를 먹으라는 미션을 준다면 어머니를 온종일 따라다니고 마침내 어머니의 목숨까지 구한 개의 모습을 상상하게 되어 도저히 개고기를 먹을 수 없다는 결론을 낼 수밖에 없을 것이다.

시골에서 자란 나는 20년 이상을 소와 벽을 나누어 살았고 매년 태어나는 귀여운 송아지를 보았다. 송아지가 소 장수에게 팔려나가는 날 애타게 송아지를 찾아 울부짖던 어미 소도 보아왔다. 그런 나도 소고기를 먹을 때 나와 한집에서 살았던 소의 모습을 떠올리지 않는데 도시에서 자란 사람들이 소고기를 먹으면서 살아 움직이는 소의 모습을 떠올리지는 않을 것이다.

개고기와 소고기는 근본적으로 크게 다르지 않다. 다만 사람들의 시각의 차이 때문에 먹어서는 안 되는 동물과 먹어도 되는 동물로 분류된 것뿐이다. 어떤 동물은 먹어도 되고 어떤 동물은 먹어서는 안 된다는 구분은 사실에 기초하지 않은 막연한 상상력과 이미지가 작용하는 경우가 많다.

초등학생들에게 개를 떠올리게 하고 생각나는 단어를 말하라고 하면 대부분 영리하고 귀엽고 충성스럽다는 응답을 한다. 반면 돼지의 경우에는 더럽고 욕심이 많으며 게으르다는 대답을 할 것이다. 영리하고 귀엽기 때문에 개는 먹어서는 안 되며 더럽고 게으른 돼지는 먹어도 괜찮다는 생각을 할지도 모른다. 요즘 초등학생들은 돼지를 직접 목격하고 오랫동안 관찰할 기회가 드물다. 사실 돼지는 더럽지도 않고 게으른 성격도 아니다.

더럽고 게으르다는 돼지에 대한 이미지는 텔레비전이나 동화책에서 얻은 것들이 대부분이다. 사실 돼지는 영리하고 예민한 동물이다. 강아지와 마찬가지로 새끼 돼지에게 이름을 붙여주고 부르면 반응을 한다. 돼지를 훈련시키면 컴퓨터 게임도 할 수 있다는 펜실베이니아 주립대학교의 연구 결과는 극히 예외적인 것으로 치부를 하더라도 돼지는 애교가 넘치고 사교성이 좋아서 훌륭한 반려동물이 될 수 있다.

돼지는 같은 우리 안에 있는 다른 돼지들을 30마리까지 구별할 수 있다고 한다. 출산을 앞둔 어미 돼지는 최적의 출산 장소를 물색하느라 10킬로미터 이상을 돌아다닌다. 보통 하루에 50킬로미터 이상 돌아다니면서 이웃들과 정답게 지내는 본성을 가지고 있는 돼지는 효율성과 경제성만을 고려하는 운신의 폭이 좁은 밀집된 사육장에서 사육된다. 좁은 사육환경에서 지내느라 스트레스를 받으면 서로의 꼬리를 물어서 끊어버리기도 하는데 이를 예방하기 위해서 미국의 돼지 농장에서는 태어나자마자 마취 없이 펜치로 꼬리를 끊어버린다.

사람들이 돼지고기나 소고기를 거리낌 없이 먹는 것은 자연스러운 선택도 아니고 스스로 결정한 선택도 아니다. 사람은 타고난 킬러가 아니다. 사람은 타인뿐만 아니라 다른 동물이 고통받는 것조차 원치 않는다. 삼겹살을 즐기는 사람들 중에서 돼지가 도살되는 과정을 직접 보는 것은 둘째 치고 영상으로라도 본 경험이 있는 사람이 몇이나 될까. 사람들은 자의 반 타의 반 자신들이 즐기는 고기를 제공하는 동물들이 어떻게 사육되고 어떻게 도살되는지 보지 못한다.

영화와는 달리 실제 전쟁터에서 군인들이 허공을 향해 총을 쏘는 이유는 타인이 내가 쏜 총알에 죽는 것을 원치 않기 때문이라고 한다. 사람은 원래 살인을 혐오한다. 베트남전쟁에서 사망한 적군과 발사된 총알의 수를 비교하니까 전사자 한 명당 5만 발 이상이 사용되었다고 한다. 즉 5만 발을 쏘아서 한 명을 죽였다는 것이다. 아무리 형편없는 사격 실력이라도 해도 납득이 되지 않는 수치다.

결국 사람이 살인을 하게 만들기 위해서는 자신이 한 행동의 결과에 둔감하도록 교육해야 한다는 결론이 나온다. 마찬가지로 사람들이 돼지고기나 소고기를 거부감 없이 편하게 먹게 하려면 돼지와 소가 얼마나 비참하게 사육되고 도살되는지를 모르게 해야 한다. 육식주의가 잘 유지되는 것은 우리가 어떻게 소와 돼지가 사육되고 도살되는지 보지 못하는 '비가시성' 덕분이다.

고기를 즐기지 않는 사람들조차 어떤 기관이나 단체든 '급식'에 노출되어 있다면 일주일에 최소한 두세 번은 고기를 먹게 된다. 저염식 식단은 있지만, 채식주의자를 위한 식단을 제공하는 급식소는 드물다. 미국에서만 매년 사육되고 도살되는 동물이 100억 마리 정도라고 한다. 전 세계 인구의 1.5배에 해당하는 동물이 매년 도살되지만, 우리의 대부분은 그 과정에 대해서 모른다.

그들이 고통을 느끼지 못할 거라는 막연한 믿음

《우리는 왜 개는 사랑하고 돼지는 먹고 소는 신을까》가 들려주는 도축 과정은 끔찍하고 무섭다. 우리가 가끔 도로에서 도축장으로 향하는 닭 수송 트럭을 봐서 어느 정도 짐작은 하겠지만 돼지도 비용을 줄이기 위해서 최대한 구겨 넣다시피 트럭에 싣고 도축장으로 보낸다. 도축장에 도착한 돼지는 좁은 통로나 컨베이어를 통해서 죽음을 향해 간다.

뒤에 있는 돼지들은 앞에 간 돼지들이 남기는 비명과 작업자들의 고함을 들어야 한다. 물론 피 냄새를 맡은 돼지들은 본능적으로 앞으로 나가려고 하지 않는다. 이런 돼지는 봉으로 때리거나 발길질을 해서 앞으로 내몬다. 미국의 도축 공장에서는 소를 도살하기 전에 기절시켜야 한다는 원칙이 있지만, 지켜지지 않는 경우가 많다고 한다. 컨테이너에 발목이 걸려서 거꾸로 매달려 가는 돼지 중에는 아직도 목숨이 붙어 있는 경우가 있다. 심지어는 털을 뽑기 위해서 뜨거운 물에 담길 때도 멀쩡하게 살아 있는 돼지가 있다고 한다.

닭고기 대신에 쓰이는 '치킨chicken'이라는 용어는 닭고기의 인기에 크게 기여했다. 치킨이라고 하면 사람들은 동물 '닭'을 연상하지 않고 공장에서 생산된 식품과 같은 느낌을 받는다. 마찬가지로 비프beef, 포크pork라는 용어는 '분쇄한 소나 돼지의 살 토막'이라는 용어보다 더 식욕을 자극하는 것이 분명하다. 같은 이유로 '도살'이나 '도축' 대신 '가공'이, '도축 공장' 대신 '정육 공장'이라는 말이 더 자주 사용된다. 내 고향 친구는 닭고기 도축 공장에 다니는데 그 공장의 실체를 안 것은 몇 년이 지나서였다. 회사 이름과 심지어 로고에도 도축을 연상시키는 힌트가 전혀 없다. 오늘날의 육가공 업체나 공장들은 소비자들이 고기를 소비하면서 선량하고 불쌍한 동물들을 연상하지 않아도 되도록 친절을 베푼다.

음악을 듣고 반응을 할 정도로 감정이 풍부하고 사교적인 소도 돼지와 비슷한 환경에서 자라고 도살된다. 소가 얼마나 순둥이인지는 내 경험으로도 충분히 알 수 있다. 성인이 될 때까지 소와 한집에서 자란 나는 소와 많은 시간을 보냈다. 어린 시절 방학 때면 오후에는 늘 소를 데리고 풀을 뜯어 먹게 했다. 부주의한 내 성격을 고려하면 한 번쯤은 소에게 차인다거나 실수로라도 발굽에 밟히는 경우가 있어야 했는데 아무리 생각해도 그런 기억이 단 한 번도 없다. 확실히 소는 자신의 발에 사람이 밟히는 것을 경계하는 게 틀림없다.

내 어린 시절 가장 고통스러운 기억 중 하나는 소 장수에게 팔려나간 송아지를 그리워하며 울부짖는 어미 소를 지켜본 일이다. 그 울부짖음은 며칠 동안 계속되었고 그동안 어미 소는 식음을 전폐했다. 모성애가 지극한 소이지만 내가 간혹 송아지에게 못된 장난을 치는 것을 지켜보면서도 화를 내거나 뿔을 들이대며 나를 공격하려 하지 않았다.

그런 소가 도축장에서 꼬리를 자르고 배를 가를 때까지 살아 있는 경우가 있다고 한다. 소뿐만 아니라 도축장 노동자에게도 가혹한 일이다. 소를 잔인하게 죽이지 않고 얻을 수 있기 때문에 동물 학대와는 상관없다고 생각하는 우유도 안전하고 자연스러운 식품은 아니다. 젖을 많이 생산하기 위해서 소에게 유전자 조작 호르몬 주사를 맞히고 인공으로 임신을 시킨다. 타고난 수명이 20년 정도이지만 젖소는 4년만 지나면 용도 폐기가 되어 도축장으로 향하며 분쇄되어 고기로 생산된다. 미국의 도축 현실이 이렇다.

우리가 '닭대가리'라는 말을 쓰면서 '멍청함'의 대명사로 손꼽는 닭

또한 모성애가 깊고 사교성이 좋다. 농촌에서 닭과 개를 동시에 키우는 사람들은 안다. 종종 닭과 개는 친구처럼 다정하게 장난을 치고 논다는 것을. 온 집 안을 쏘다니면서 활기차게 사는 본성을 가진 닭은 공장에서 태어나 평생 꼼짝하지 못한 채 살다가 비명을 지르고 격한 반항을 하다가 죽음을 맞이한다.

우리가 산 낙지를 뜨거운 물에 직접 담그고 편안하게 먹을 수 있는 것에는 그들이 고통을 느끼지 못한다는 막연한 믿음도 기여한다. 그러나 놀랍게도 고통을 느끼지 못한다고 생각하는 많은 동물이 사실은 고통을 느끼며 심지어는 그 고통을 줄이기 위한 노력도 한다. 한 연구자가 닭 120마리를 대상으로 실험을 했다. 평범한 모이와 진통제가 섞인 모이 두 가지를 주었더니 다리가 아픈 닭들은 아프지 않은 닭보다 진통제가 섞인 모이를 50퍼센트 이상 더 먹더라는 것이다.

물고기에 대한 가장 큰 잘못된 믿음은 그들의 기억력이 매우 좋지 않다는 것과 고통을 느끼지 못한다는 것이다. 미국 인도주의 협회 웹사이트의 정보에 따르면 물고기의 기억력은 3초가 아니라 3개월이다. 바닷가재 또한 400개가 넘는 화학수용체가 있는 더듬이를 통해서 다른 동물의 성별뿐만 아니라 기분까지 알아차린다고 한다. 에든버러대학교에서 연구한 결과에 따르면, 물고기 입에 먹으면 고통을 느끼는 산성 물질을 주사했더니 스트레스를 받는 포유동물이 하는 행동과 비슷한 양상을 보이더라는 것이다. 산성 물질을 삼킨 물고기는 고통을 없애기 위해서 한동안 수조 바닥에 입을 문질렀고 평범한 물질을 삼킨 물고기보다 세 배나 더 긴 시간 동안 먹이를 먹지 않았다고 한다.

무자비한 사육과 도축의 희생자는 동물뿐만이 아니다. 인간도 그 피해자다. 온종일 피와 기름과 함께 생활해야 하는 도축 공장 직원들이 대표적이다. 그들은 기절시키기로 시작해서 가죽 벗기기, 뇌 제거, 뼈 발라내기, 턱뼈와 주둥이 제거, 매달기와 족쇄 채우기 작업을 해야 한다.

밀집 형태로 사육하는 농장의 이웃도 그 피해자다. 구제역 때문에 돼지를 산 채로 매장한 곳에서 흘러나온 핏물은 한국도 《우리는 왜 개는 사랑하고 돼지는 먹고 소는 신을까》에서 말하는 경고로부터 안전한 곳이 아님을 증명한다.

고기를 생산하기 위해서 전 세계는 삼림을 목장으로 양보해야 하고, 수질오염 물질에 노출되어야 한다. 어찌 보면 육식은 자연스러운 일이긴 하다. 사람은 존재하면서 늘 육식과 함께해왔다. 다만 우리가 애써 동물들의 비위생적인 사육과 잔인한 도축 과정에 눈길을 주지 않는 것은 우리 자신에게도 이롭지 않음이 분명하다. 도축장이 유리로 되어 있다면 우리는 모두 채식주의자가 될 것이라는 폴 매카트니의 말을 생각해볼 필요가 있다.

야구에 훌리건이 없는 이유

《왜? 세계는 축구에 열광하고 미국은 야구에 열광하나》,
스테판 지만스키, 앤드루 짐발리스트 지음, 김광우 옮김,
에디터, 2006

방학을 맞은 딸아이가 대학교 기숙사에 있는 짐을 빼는 것을 돕기 위해 서울로 향했다. 나는 딸아이 덕분에 서울 구경을 할 생각에 설레는데 아내는 "다른 집 자식들은 택배로 다들 잘 보내는데 왜 우리 딸은 그걸 못 하냐"며 혼자 화를 내고 있었다. 인간관계는 참으로 묘하다. 아내는 딸아이가 없을 때는 뒷말을 독차지하는데 막상 딸아이 면전에서는 한 마리의 토끼가 된다. 나는 딸아이의 뒷말을 하지 않지만, 막상 딸아이 면전에서는 무뚝뚝한 곰이 된다. 나도 좀 전략적으로 인간관계를 유지할 필요가 있다.

어쨌든 아내가 한 뒷말을 잊지 않도록 머릿속에 꼭 넣어두었다. 딸아이를 만나면 너희 엄마가 이런 사람이라고 고자질을 해서 그들 사이를 이간시킬 생각을 하니 설렜다. 서울 시내를 통과하는데 촌놈이 일찍이 맛보지 못한 교통 체증이 시작된다. 주차장이 된 도로 위에 서 있다가 문득 얼마 전에 읽은 신문 기사가 생각났다.

대학교 내 주차요금의 1일 상한선이 없어서 밤새 차를 세워두었

다가 다음 날 차를 몰고 나온 차주들이 기십만 원의 주차요금을 청구받았다는 사연이었다. 서울 시내에는 주차 가능한 대수가 110대에 불과한 대학이 있는 모양이다. 그 대학에 주차했다가 다음 날 찾으러 갔다가는 물경 십만 원이 넘는 주차요금을 물어야 한다.

기사에 나오는 차주의 울분이 이해가 안 되는 것은 아니지만 대학 측의 항변이 더 공감된다. 주차 공간이 부족해서 자교의 교직원 차량을 위한 주차 공간이 부족한데 외부 차량이 장시간 주차를 하면 정작 자기들은 차를 세울 공간이 없다는 것이다. 주차요금이 얼만지 확인하지도 않고 밤새 주차를 했다가 다음 날 나가면서 주차요금이 비싸다고 항의할 일은 아니지 않은가.

이 이야길 하면서 왜 해당 기자는 막무가내식의 기사를 쓰는 것이냐고 아내에게 물었다. 아내에게 따지자는 것이 아니고 궁금했기 때문이다. 아내의 대답은 빨랐고 정확했다. "기사에 나오는 차주가 기자일 것이다"라는 대답이었다. 그러니까 본인이 겪은 일이 너무나 분해서 마치 다른 사람이 겪은 일처럼 꾸며서 기사를 작성했다는 말이다.

무릎을 탁 치지 않을 수가 있겠는가. 내가 그 기자로 빙의해보니 나도 그랬을 것 같았기 때문이다. 만약 내가 기자가 되었다면 영락없이 '기레기'가 되었을 것이라는 것도 알겠다.

어쨌든 이토록 똑똑하고 혜안이 뛰어난 아내를 두었다는 것이 자랑스러웠다. 아내는 확실히 나보다 상위에 있는 종족이다. 아내의 똑똑함에 감탄하는 사이에 목적지에 도착했다. 후문으로 들어갔는

데 우선 지하주차장에 들어갔다가 다시 지상으로 나와서 기숙사 앞에 차를 세워두어야 하는 구조였다.

기숙사 앞에 차를 세워두고 딸아이가 짐을 하나둘 내려오기를 기다려야 했다. 도와주고 싶어도 기숙사 검색대 이상은 그 어떤 경우에도 외부인이 출입할 수 없기 때문에 검색대 앞에서 기다리다가 딸아이가 나타나면 쏜살같이 달려가서 짐을 받아야 했다. 하도 바빠서 아까 아내가 한 말에 대해 고자질할 틈도 없었다.

기다리다가 달려가면 본인이 짐이 실린 수레를 끌겠다고 손사래를 치고, 막상 느긋하게 차 앞에서 기다리면 왜 검색대 앞에서 기다리지 않았느냐고 화를 내는 다소 일관성이 없는 딸아이의 처사를 어리둥절해하다 보니 시간이 훌쩍 흘렀다. 드디어 짐을 다 옮겨 실었는데 이젠 방 청소를 하고 조교로부터 합격 인증을 받아야 한단다.

내 딸아이니까 당연히 방은 어질러져 있었을 터이고 꽤 긴 시간이 필요할 것이라는 각오를 했다. 아내에게 다시 차를 지하주차장에 세워두고 학교 주변을 산책하자고 건의했다. 아내의 반응이 늦었다. 아내는 잠시 고민하더니 역사적인 결단을 내릴 듯한 표정을 지었다. 나는 이 똑똑한 분이 또 어떤 영민한 판단을 내려서 나를 감탄하게 할지 궁금해서 현기증이 날 지경이었다. 이윽고 아내는 선언했다. "날도 추운데 주차요금도 아낄 겸 그냥 여기에 차를 세워두고 우린 차 안에서 기다리자꾸나." 그러니까 아내는 지하주차장만 요금을 받고 지상으로 올라오면 주차요금을 받지 않는다고 생각한 것이다. 새삼 신은 한 사람에게 모든 것을 주지 않는다는 진리를 되새겼다.

축구는 아이들이나 하는 운동이다?

스포츠 팬에게도 신은 공평하다는 진리를 되새기게 하는 일이 있다. 스포츠라면 환장을 하는 미국인이 축구는 잘하지 못하고 다른 종목에 비해 관심이 낮다는 사실 말이다. 믿기 힘들겠지만, 미국인들에겐 축구는 '여자애들이나 하는 운동'이라는 인식이 실제로 존재한다. 대체적으로 원시적이고 거친 운동이라 여겨지는 축구가 미국인 입장에서는 다른 종목에 비해 여자아이들이 주로 하는 소프트한 경기라고 생각할 만도 하다. 하도 거칠고 위험해서 아동들에게 금지된 미식축구와 비교하면 확실히 축구는 얌전한 운동이 맞긴 하다. 실제로 여자 축구에서만큼은 미국은 세계 최강이며 여학생들은 거의 모두 학창 시절에 축구를 한다고 한다. 야구 규칙을 잘 모르는 미국인은 많지만(사실 야구 규칙은 하도 복잡해서 심판도 다 알지 못한다.) 축구 규칙을 모르는 경우는 거의 없다고 한다.

축구는 어린 시절 학원 운동(자녀 교육에 열성적인 부모를 미국에서는 '사커 맘'이라고 부른다)으로 널리 보급되었지만, 고등학교에 진학하면서 대부분 다른 종목으로 전향한다. 얼핏 보면 축구는 야구, 농구, 미식축구, 아이스하키를 하기에 앞서서 하는 워밍업 정도로 생각하는 듯하다. 수치나 인프라만 따지면 분명 미국 축구는 빠른 성장을 하고 있다. 하지만 이 사실만으로 미국 사람들이 축구에 열광한다고 말하지는 못한다. 미국의 경제 규모와 인구가 우리나라에 비해 훨씬 거대하지만, 미국 축구 리그는 한국의 프로야구 리그 매출과 비슷한 수준이다.

한마디로 미국 사람들에게 축구는 그저 어린아이나 여자들이 하는 운동에 불과하다고 해도 크게 틀리지 않는다. 야구만 해도 사망 사고가 드물지 않다. 경기 중에 타구를 맞아 사망하는 선수가 있고 심지어는 선수가 던져주는 공을 주우려다 펜스 밑으로 추락해서 죽은 팬도 있다. 또 벤치클리어링이라고 해서 대놓고 양 팀 간에 패싸움을 한다. 상대편이 거슬리는 행동을 하면 투수는 타자의 머리를 겨냥해 시속 150킬로미터로 공을 던지기도 한다.

왜 미국인들은 다른 운동은 다 잘하고 좋아하면서 축구는 그렇지 않은지에 대한 의문은 스포츠 팬들 사이에서는 영원한 떡밥이다. 이 주제를 꺼내기만 해도 고기들이 서로 미끼를 물 정도로 이슈가 되는 주제다. 이 주제에 관해서 팬들의 의견이 서로 다른 것처럼 유럽과 미국은 축구와 야구를 두고 기호 차이가 분명하다.

유럽인들은 야구가 중계방송에 용이한 룰을 발전시킨 것(실제로 전반전, 후반전으로 나뉘고 경기 중간에 광고를 넣기가 불가능한 축구에 비해서 야구는 9이닝이며 광고를 넣기에 매우 편리한 종목이다.)이나 실력이 형편없는 팀이 리그에 계속 남아 있는 것(강등 제도가 있는 축구와 달리 메이저리그 야구는 강등 제도가 없다. 한 시즌에 100승 이상을 하는 팀이 있고 100패 이상을 하는 팀이 있는데 다음 해에도 변함없이 두 팀은 메이저리그에 남는다.)을 비난한다.

미국인들도 할 말이 많다. 축구는 아무리 실력이 낮은 팀이라도 오직 수비만 하면 최소한 비길 확률이 있다며 공평하지 못한 경기라고 말한다.(야구는 양 팀이 공격과 수비를 공평하게 할 기회가 주어지며 수비만 하는 것이 불가능하다.) 또 축구는 경기의 3분의 1이 무승부로 끝나는 종목이라고도 지적한다.(메이저리그 야구는 승부를 내기 위해서 밤을 새우기도 하며, 비가 오면 몇 시간이라도 기다려 경기를 속개한다.)

초창기 미국 야구의 규칙은 오늘날의 현실과 아주 달랐다. 19세기 중반쯤의 야구 리그 규정에 따르면 선수는 돈을 받을 수 없었고 (2019년 말 류현진은 토론토 블루제이스 팀과 4년간 8000만 불을 받는 계약을 했다.) 선수들은 정직해야 하며(2019년 메이저리그는 휴스턴 애스트로스가 조직적으로 상대 팀의 사인을 훔친 사건으로 야단법석이다.) 선수와 심판 그리고 기록원들은 돈 내기를 할 수 없게 했다.(우리나라 리그에서 심판이 납득이 안 되는 판정을 하면 팬들은 심심찮게 심판이 스포츠 토토를 하는 것이 아니냐고 의심한다. 실제로 선수들도 돈을 받고 승부 조작을 하다가 적발된 사례가 있다.)

미국인들은 축구를 '지나치게 얌전한' 경기라고 생각하지만, 축구의 종주국이 된 영국은 축구를 '지나치게 폭력적인' 경기로 생각해서 점잖은 사람들이 할 만한 운동이 아니라고 생각했다. 19세기 초반 이튼이나 럭비(유명한 영국의 공립학교 이름. 이 학교에서 럭비라는 경기가 탄생했다.) 같은 영국의 명문 학교에서 축구를 장려하는 덕분에 축구는 용케 살아남았다. 당시 대영제국은 축구가 가지고 있는 '폭력성'이 '남성이 갖춰야 할 미덕'이라고 판단했다.

야구가 미국만의 스포츠가 된 이유

유럽과 미국이 축구와 야구를 두고 티격태격하지만, 국제적인 위상은 차이가 크다. 현재 국제축구연맹에는 2020년 6월 현재 211개 국가가 회원으로 가입해 있으며 이는 유엔 회원국보다도 많은 수이다. 월드컵이야말로 올림픽을 제치는 '지구촌 축제'에 가장 가까운 운동 경기 대회다. 물론 세계 야구 소프트볼 연맹에도 현재 138개국의 회원국이 있다고는 하지만 미국이 압도적인 지위를 차지하고 그 밑에 한국, 일본, 대만, 중남미 몇 개 나라 정도만이 '야구 좀 하는 나라'라고 봐도 된다.

이들 '야구 좀 하는 나라'들은 미국으로부터 사회경제적인 영향을 특히 많이 받은 나라라는 공통점이 있다. 독일이나 네덜란드에 야구팀이 있다고 해서 '야구를 하는 나라'라고 생각하는 사람은 드물다. 축구선수가 야구선수더러 "야구를 하는 나라가 몇 개나 된다고?"라고 비아냥거리는 것이 무리는 아니다. 축구가 전 세계인의 운동이 된 것은 과거 대영제국의 영광이 중요한 역할을 했다.

해가 지지 않는 대영제국의 신사들은 남미를 포함해서 전 세계에 진출했다. 축구가 각 나라에 보급되고 확대되는 시점이 영국이 대영제국으로서 영광을 구가하던 시기와 거의 일치한다. 섬나라로서 일찌감치 다른 나라 사람들과의 만남이 잦았던 영국의 역사도 축구의 보급에 도움이 되었을 것이다. 해외에 진출한 영국인들은 축구를 좋아했고 적극적으로 축구를 알렸다. 또한 다른 나라들에 축구를 도입한 사람들은 대부분 영국에서 유학한 유력인사들이었다. 이들은 영국 유학을 마치고 축구와 함께 본국으로 돌아갔다. 이들은 각 나라에서 지도층이었기 때문에 자기 결정으로 축구 보급을 얼마든지 진행할 수 있었다.

또 축구는 규칙이 간단해서 형편에 따라 얼마든지 다양한 형태의 경기가 가능했고 특정 지역의 독특한 정서를 반영할 수 있었다. 예를 들어 남미는 영국과는 다른 훈련 방식과 경기 운영을 발전시켰다.

또 영국 프로 축구팀들은 초창기부터 적극적으로 다른 나라로 친선 경기를 다님으로써 축구 보급에 이바지했다. 극단적으로 말하면 공과 공터만 있으면 즐길 수 있는 것이 축구다.

반면 미국 야구는 고립의 길을 걸어갔다. 미국은 영국처럼 광범위한 식민지를 가지지 못했기 때문에 야구를 보급하는 데 불리했다. 미국은 대신 압도적인 경제적 지배력을 갖추게 되는데 미국이 만약 40년 정도만 더 빨리 세계 최고의 경제 대국이 되었다면 지금의 야구와 축구의 위치는 달라졌을 수도 있다.

또 미국은 국내 야구 리그를 활성화하는 데에만 열중했지 해외로 눈을 돌리거나 투자를 하는 데 적극적이지 않았다. 다른 나라는 둘째 치고 미국에서조차 야구팀이 많아지면 수익이 낮아지고 관중을 뺏기는 것을 걱정해서 리그 구성을 제한했다. 규칙은 복잡해서 성경을 통째로 외우기보다 더 어렵고, 장비는 다양하고 비싸다.

다른 나라로 야구를 전파하겠다는 의지가 없었기 때문에 야구를 하는 나라는 극히 드물었다. 1912년 스톡홀름 올림픽에서 야구를 하긴 했는데, 미국에 대항해보겠다고 나선 팀은 스웨덴이 유일했다. 그마저도 미국 팀이 훈련하는 모습을 지켜보고서 스웨덴은 미국의 적수가 되지 못한다며 항복 선언을 했다. 스웨덴에 연민을 느낀 미국 팀은 야구의 핵심 포지션인 투수와 포수를 빌려주었는데 결과는 미국 팀의 승리였다.

어떤 운동이 한 나라에서 인기를 얻으려면 그 나라 선수들이 운동하는 모습을 직접 볼 수 있어야 하고 가능성이 낮더라도 노력하면 종주국을 한 번쯤은 이길 수 있어야 하는데 야구는 대다수 국가에서 이 조건을 충족하지 못했다. 야구를 하는 나라가 미국밖에 없었기 때문에 아주 오랫동안 야구는 올림픽 무대에 나타나지 못했다. 게다가 올림픽이라는 큰 무대보다 자국의 리그가 더 중요했던 미국이 올림픽에 최고의 선수들을 내보내지 않은 것도 올림픽조직위원회가 야구를 멀리한 이유가 되었다.

야구와 축구에 있어서 또 하나의 흥미로운 사실은 축구는 경기 외적인 폭력 사태가 흔하고 야구는 그렇지 않다는 것이다. 축구를 하다 보면 훌리건도 흔하고 지역이나 국가 간의 원한 때문에 폭력 사태도 많이 일어난다. 반면 야구는 폭력 사태가 드문데 축구를 좋아하는 나라 사람들이 폭력적이고 미국 사람들이 덜 폭력적이기 때문은 아니다.

비밀은 경기장의 위치에 있다. 유럽과 남미의 축구장은 비교적 슬럼화되고 우범지역이 된 도심에 있는 경우가 많아서 문제를 만들어낼 수 있는 사람들이 자유롭게 드나들 수 있다. 반면 야구장은 아주 오래전에 지어진 시카고 컵스나 보스턴 레드삭스를 비롯한 몇 개 팀의 구장 말고는 비교적 외곽지에 위치한다. 가족 단위의 관중이 많고 주차료도 비싸기 때문에 상대적으로 폭력 사태가 발생할 확률이 낮다.

축구와 야구를 대하는 경영자들의 태도 또한 폭력성의 여부와 관련이 깊다. 축구는 승부 자체에 중심을 두고 경기장의 편의와 시설에는 관심을 덜 가진다. 야구 구단주들은 수익을 최우선으로 두기 때문에 경기장을 최대한 쾌적하고 안전하게 관리한다. 관중이 가능한 한 오랫동안 편안하게 머물면서 다양한 먹거리를 많이 사 먹어야 구단은 수익을 올릴 수 있기 때문이다. 그러려면 구장을 폭력 사태로부터 철저히 보호해야 한다. 야구는 국가 간 경기가 드물기 때문에 국가 간의 감정이 개입될 여지 자체도 드물다. 야구의 고립성이 야구의 평화를 도와준다. 결국 야구는 미국인의, 미국인에 의한 운동이다.

품격 있는
집사의
조건

《영국 집사의 일상》,
무라카미 리코 지음, 기미정 옮김,
AK커뮤니케이션즈, 2017

오늘날 집사라는 말을 들으면 고양이를 반려동물로 둔 사람을 칭할 때 쓰는 '집사'를 먼저 떠올리기 쉽다. 집사라는 직업을 이해하기에 나쁘지 않은 용례다. 주인만을 바라보며 따라다니고 충성하는 반려견과는 달리 고양이는 도도하며 주인을 무시하기에 십상이다. 고양이를 키우는 주인들은 고양이를 상전 모시듯이 뒤치다꺼리를 한다는 의미로 고양이 집사라는 말이 생겼다. 모셔야 할 대상을 보필한다는 의미에서 고양이 집사가 하는 일과 빅토리아 시대에 주로 활동했던 집사가 하는 일이 크게 다르지는 않다.

정확한 통계는 알 수 없으나 일반적으로 고양이 집사는 남성보다 여성이 많은 것으로 여겨지는데 빅토리아 시대 또한 여성 메이드가 남성 집사보다 압도적으로 많았다. 1881년 영국에서 실시한 인구조사에 의하면 여성 가사 도우미, 즉 메이드는 123만 명인 데 반해서 남성 가사 도우미, 즉 집사는 5만 6000명에 불과했다. 메이드보다는 집사가 훨씬 보수가 높았기 때문에 아무래도 대부호가 아니고서는 집사를 고용하기가 어려웠다.

집사는 고품격 전문직이었다

집사는 낮은 신분이 아니었다. 중세시대에는 귀족도 자신보다 더 지체 높은 집안에서 (현대의 관점에서 보면 하인이 하는 일처럼 느껴지는) 일을 하는 것이 부끄러운 일이 아니었다. 대귀족의 저택에서 근무하는 집사는 본인의 집무실이 있었고, 책상 위에 다리를 뻗고 파이프 담배를 피울 수 있는 관리자였다. 유럽의 대귀족들은 중요한 국정 회의나 외교 행사를 자신의 저택에서 개최하곤 했으니 이런 저택에서 근무하는 집사는 국가 행사를 주관하는 실무 책임자에 가까웠다. 대귀족 집안에서 주인과 직접 접촉할 일이 없는 허드렛일, 즉 요리나 설거지는 하층 계급이 담당했지만, 주인과 실제로 얼굴을 마주치고 접촉하는 일, 즉 세수할 물그릇을 받치는 일이라든가 주인이 먹을 음식을 미리 먹어서 독이 있는지 확인하는 일은 귀족이나 신사 계급의 종사원들이 담당했다.

이런 전통은 근대까지 이어졌다. 왕이 생활하는 데 수족 역할을 하는 일은 하나의 큰 권력으로 여겨졌고 이 자리를 차지하기 위해서 귀족들은 치열한 경쟁을 펼쳤다. 심지어 이러한 일자리는 큰돈에 사고팔 수 있는 재산이기도 했다. 대귀족 저택에서 주인을 가까이에서 보좌하는 것은 그 자체가 특혜였다.

집사들은 상전을 보살피면서 예의범절을 배웠고 심지어는 동료 중에서 결혼 상대도 찾았다. 또 주인 가문의 문장이나 제복은 신분을 보증해주었고 여행이 흔치 않았던 중세에 낯선 곳에서 신변의 안전을 보장해주기도 했다. 중세에 천한 일과 귀한 일의 차이는 노동의 강도가 아니라 주인과 얼마나 가까이 있느냐에 따라 결정되었다.

중세 귀족의 저택에는 100~200명의 다양한 종사원들이 북적거리면서 살았는데 귀족들이 직접 이 종사원들을 관리하지는 않았다. 저택에서 일하는 종사원들의 정점에는 집사들이 있었고, 집 밖에는 영지를 관리하는 집사가 따로 있었다. 조선시대에 비교하면 집사는 '마름'과 비슷한 역할을 했다고 볼 수 있다. 조선의 마름은 신분이 낮았지만, 중세 서양의 집사는 최소한 신사 계급 출신이어야 했다. 수백 명의 종사원을 관리하고 주인을 대신해 사무를 처리하려면 교양을 어느 정도 갖춘 계급 출신이어야 하니까 말이다. 그러나 시간이 지날수록 집사의 출신 가문은 하향되었다. 신사 계급 출신들이 대귀족 저택에서 주인을 섬기는 경우가 사라지면서 그들이 하던 일은 좀 더 낮은 계급 출신의 집사들이 담당하게 된다.

한편 광대한 영지에서 광산과 같은 소규모 사업체를 운영하는 귀족들이 늘어났는데, 이 귀족들이 사업체를 관리할 전문 경영인들을 고용했다. 이 전문 경영인land agent들은 일정한 교육을 통해서 양성되었는데 저택 운영을 맡은 집사보다 더 좋은 대우를 받았다.

중세에는 와인과 맥주를 책임지는 음료 보관 실장과 빵, 소금, 식기를 관리하는 식품 관리 실장이 따로 있었는데 이 두 직책을 통합하고 그 외의 잡다한 업무를 추가해서 오늘날 우리가 아는 집사의 모습이 만들어졌다. 시종은 주인 한 명을 쫓아다니며 보좌하는 사람이고, 집사는 저택 전체를 관리하는 사람이라는 점에서 둘은 구별된다. 물론 시종보다 집사가 더 높은 계급이다.

집사는 대부호나 귀족들만이 가질 수 있는 '사치'였다. 프랑스에서 시작된 집사라는 직업의 복무가 엄격한 규칙에 따라서 규정된 것은 예의와 에티켓을 중요하게 생각하는 영국 궁중 사회의 영향 때문이다. 영국의 집사들이 세계 최고의 명성을 누리면서 집사라는 직업이 영국을 연상시키게 되었다. 영국의 집사만이 제대로 된 집사이며 다른 나라에서 집사라고 부르는 사람들은 하인에 지나지 않는다는 편견 또한 생겼다.

집사들의 처우와 근무 여건은 주인의 재산 규모와 생활 스타일에 따라서 천차만별이었다. 다만 집사를 고용하는 귀족들은 먹고살기 위해서 일을 하는 사람들이 아니었다. 대부분 토지를 빌려주고 그 임대 수익이나 이자로 호화로운 생활을 누리는 최상위 계층이었다. 거꾸로 말하면 집사라는 계층은 일하지 않고 임대 수입만으로 풍족하게 살 수 있는 부자들이 탄생하면서 활성화된 직업이다. 이러한 부자들은 정치 활동도 무보수로 했다. 그들은 대체로 다음과 같은 루틴으로 한 해를 보내는 사람들이다.

매년 2월 사교 시즌이 시작되면 빈에서 초청한 현악단의 연주를 들으면서 경마장에서 개최되는 가든파티에 참석한다. 귀족의 자녀들은 여왕을 알현하고 결혼 시장에 데뷔하기 위해서 화려한 치장을 한 마차를 타고 버킹엄 궁전으로 향한다. 물론 사전에 댄스 교사를 불러서 개인 과외를 받는다.

집사를 고용하는 집안의 여자들은 아침에 하이드 파크(영국 왕실 소유의 정원으로 조성한 왕립 공원)에서 승마를 즐긴 다음, 점심은 친한 친구와 파라솔을 펼치고 함께 먹는다. 점심을 먹고 난 오후 3시부터 6시까지는 지인들의 집에 놀러 간다. 오후에 하는 일이지만 이를 '모닝콜'이라고 불렀다. 아침 일찍 깨기 위해서 알리는 오늘날의 모닝콜과는 다른 의미였다. 모닝콜을 마치고 나면 가든파티와 차 마시는 시간을 즐겼고, 밤에는 연극을 관람하거나 무도회나 만찬을 가졌다.

여성들이 이렇게 하루를 보내는 동안 남성들은 주로 사냥을 하면서 여가를 보냈다. 겨울이 되면 고향으로 돌아와 크리스마스와 신년 파티를 즐겼다. 대략 이 정도 생활을 누리는 사람만이 집사를 고용할 형편이 된다고 봐야 한다.

은 식기 닦기의 장인

그러면 집사들은 어떤 과정을 거쳐서 저택에 취직했을까? 귀족들은 나이가 어린 소년들을 집사로 고용하지 않았다. 집사에 뜻이 있는 사람들은 대략 10대 초반에 '페이지 보이page boy'라 불리면서 농가나 작은 가게에서 일을 시작했다. 여기서 착실히 경력을 쌓은 다음 소개나 광고를 통해서 신사 계급 저택의 자리로 이직을 노렸다. 운 좋게 저택에서 일하게 되더라도 당장 집안일을 총괄하는 집사가 될 수는 없었다. 잔심부름, 석탄 나르기, 나이프 손질, 램프 손질 등 가장 허드렛일을 하는 '보이boy'로 시작하는 것이 보통이었다.

메이드로 일하게 된 여자아이와 집사를 꿈꾸며 집을 떠난 남자아이의 마음가짐은 달랐다. 소녀들은 눈물 흘리지 않고서는 들을 수 없는 딱한 사연 때문에 집을 떠나 메이드가 된 경우가 많았던 반면, 소년들은 부모의 그늘에서 벗어나 장차 큰 꿈을 이루기 위한 결의에 찬 출발로 집사를 생각한 경우가 많았다. 아무래도 메이드와 집사의 처우와 위치가 달랐으니 당연한 일이겠다.

메이드의 일상은 분 단위로 쪼개질 만큼 가혹했다. 주인들은 메이드가 남자친구를 가지는 것을 싫어했다. 메이드가 취직 면접을 볼 때 가장 먼저 듣는 질문은 "찾아올 남자친구가 있느냐"인 경우가 많았을 것이다. 주인들은 메이드가 남자친구 때문에 조금이라도 일에 소홀해지는 것을 경계했다. 또 애인이 있는 메이드는 갑자기 사표를 낼 확률이 높았고 아예 도망을 치는 경우도 드물지 않았으니 주인들이 이 문제를 중요하게 생각하는 것도 무리가 아니었다. 귀족 여성의 애인은 '연인lover'이라고 부르면서 메이드의 남자친구는 경멸의 뉘앙스가 담긴 '팔로워follower'라고 불렀다. 팔로워가 많은 메이드는 환영받지 못했다. 요즘의 인스타그램 팔로워와는 달랐다.

보이들은 집안의 온갖 잡다하고 힘든 일을 해야 했고 집안의 주인이나 외부 손님에게 얼굴을 비춰서는 안 됐다. 주인들의 눈에 띄지 않았으니 제복도 필요 없었다. 그들은 그저 눈에 보이지 않는 일꾼이었다. 다만 비록 보이의 신분이지만 주인 옆에서 손님을 응대하고 식사를 보조하는 페이지 보이들은 제복을 착용했다. 보이들은 일반적으로 신분이 너무 낮았기 때문에 주인으로부터 직접 지시를 듣지도 못했다. 그들이 모신 것은 귀족 주인이 아니라 집사였다. 집사는 그들의 직장 상사이자 주인이었다.

집사는 일반적으로 육체노동을 하지 않았다. 집사는 저택 내의 인력을 관리하는 관리자였으며 교양 있는 언어 구사력과 교양, 그리고 품위를 갖춰야 했다. 보이들은 오직 집사의 지시를 받고 관리를 받았다. 잡다한 일을 하던 보이가 제복을 입는 '풋맨footman'이 되면 드디어 주인을 측근에서 모시는 계급으로 승진을 한 것이다. 풋맨은 주인 한 사람을 전담 마크하며 잔심부름을 하고, 집사는 집안 전체를 관리한다. 풋맨이라 할지라도 주인의 사생활을 함께하므로 절대적으로 신뢰를 얻어야 가능한 자리였다. 집사는 관리직이기 때문에 저택에 나무처럼 뿌리를 내리고 지켜야 했고, 풋맨은 주인을 따라서 이곳저곳을 쏘다녀야 했다. 집사는 가발을 쓰며 냉철한 자세를 유지하는 것이 중요했고, 풋맨은 주인과 붙어 다니기 때문에 붙임성이 중요했다. 간혹 지루하고 고독한 집사 생활에 염증을 느끼고 주인을 따라다녔던 화려한 생활을 그리워하는 사람도 있었는데, 집사 계급을 버리고 지위가 낮은 풋맨으로 돌아가기도 했다.

보이가 풋맨이 되는 과정은 후보 선수가 주전 선수가 되는 것과 비슷하다. 보이지 않는 곳에서 호시탐탐 실력을 키우면서 주전을 노리다가 주전 선수가 휴가를 가거나 결원이 생길 때 실력을 발휘해서 주인의 눈에 띄는 것이다. 그러나 집사를 내부 승진이 아니라 외부 영입으로 뽑는 주인을 만나면 승진의 기회는 없었다. 같은 계급으로 지내다가 집사로 승진하면 지휘 체계가 무너진다고 생각하는 주인들이 그랬다. 오늘날 검찰 조직에서 후배 검사가 검찰총장이 되면 선배 기수들이 사표를 던지는 것과 비슷하다. 외부에서 집사를 영입하는 주인을 만난 보이나 풋맨들은 2년 정도를 잘 버텨서 이직할 수 있는 소개장을 받는 것이 최선이었다.

풋맨들은 주인 옆에서 허드렛일을 도와주기 때문에 외모가 중요했다. 키가 크고 쭉 뻗은 종아리가 이상적인 풋맨의 외모였다. 왕궁에서 일하는 풋맨이 되려면 키가 대략 180센티미터는 넘어야 했다. 키가 클수록 높은 급여를 받는데 '매칭 풋맨matching footman'이라고 해서 키와 체형이 비슷한 풋맨을 두 명 고용하는 주인들도 있었다. 양쪽에서 주인을 보필하면 주인의 위상이 올라가기 때문이다. 영국 왕실의 경우에도 여왕이나 왕족의 문 앞에서 시중을 드는 집사가 항상 두 명인 것을 볼 수 있다. 풋맨은 숱한 라이벌을 제치고 키도 커야 최종적인 꿈인 집사가 될 수 있었다. 과정이 복잡하고 어려운 만큼 집사에 도전하려면 최소한 서른 살은 되어야 했다.

요즘으로 치면 연예인의 의상 코디네이터 같은 역할을 하는 시종도 있었는데 본인도 주인과 잘 어울리도록 꾸며야 했다. 주인보다 돋보이지는 않으면서 최대한 잘 꾸미는 것이 시종에게 요구되는 미덕이었다. 본인을 잘 꾸미는 능력이 있어야 주인을 멋지게 꾸며줄 수 있는 능력이 있는 것으로 인정받았기 때문이다.

집사들은 세로줄 무늬가 새겨진 바지에 연미복 상의를 갖춰 입고 에나멜가죽 구두를 신는 것이 보통이었다. 전체적으로 근엄하고 검은색 중심의 패션이었다. 한 집안에서 집사로 오래 일하고 능력을 인정받으면 '클리브던 저택의 리 경'처럼 저택 이름을 따서 '경lord'이라고 불리는 명예가 주어졌다. 운동선수로 따지면 명예의 전당에 이름을 올리는 것과 비슷했다. 집사들은 비록 개인에게 고용된 비서와 비슷한 역할이지만 빅토리아 시대의 집사들은 자신이 '공무'를 수행하고 있다고 여겼을 것이다. 그만큼 명예가 주어지고 책임감을 가지고 업무에 임해야 했던 직업이었다.

한 주인을 수십 년 동안 잘 보필한 집사가 은퇴하면 연금을 받기도 했다. 주인 입장에서는 진정한 상류층으로 인정받으려면 저택과 영지를 갖추는 것도 중요했지만 품격 있는 집사를 거느리는 것 또한 중요했다. 유능한 집사를 두는 것이 자신의 위엄과 권위를 과시하는 수단이었다. 규모가 있는 저택이라면 집사에게 응접실, 작업실, 침실이 이어진 스위트룸을 마련해주기도 했다.

은 식기를 닦고 손질하는 것은 집사의 중요한 업무 중 하나였다. 은 식기야말로 파티를 돋보이게 하는 중요한 아이템이기 때문이다. 영국 엘리자베스 여왕의 큰아버지이며 영화 〈킹스 스피치〉의 주인공인 조지 6세의 형이기도 하고 유부녀를 사랑해서 왕의 자리를 걸어찬 윈저공(에드워드 8세)의 일화만 봐도 은 식기 관리가 얼마나 중요한 일인지 짐작이 된다. 파티를 누구보다 좋아했던 윈저공은 어니스트 킹이라는 집사가 일하는 저택에서 나온 은 식기를 보고 감탄한 나머지 그를 영입하기로 한다. 마침내 '은 식기 닦기의 장인'인 어니스트 킹이 자유의 몸이 되었다는 정보를 입수하자마자 윈저공은 전격적으로 그를 스카우트했다.

만찬회에서 풋맨들은 쟁반을 날랐고 집사들은 와인을 따랐다. 와인을 관리하는 것 또한 집사 본연의 업무였다. 20세기 초 영화나 드라마(예를 들면 영국 드라마 〈더 크라운〉)에서 쉽게 볼 수 있는 버킹엄 궁전에서는 집사나 풋맨들에게 수표로 급료를 지급했다. 왕궁에서 일하는 풋맨은 그 업계에서 정상급의 대우를 받았는데 전체 수입이 신사 계급과 비슷했다. 또 간혹 주인의 저택에서 버리는 물건을 몰래 팔아서 부수입을 올리기도 했다. 주인이 입지 않는 옷을 팔기도 했는데 문제는 주인이 입는지 안 입는지 확인하지 않고 팔아버리는 절도를 하는 집사도 있었다. 이처럼 집사에게는 정기적으로 받는 급료 외에도 다양한 수입 창출이 가능했다.

물론 도둑질이 들통나면 주인은 집사를 악평하는 소개장을 써서 영구적으로 그 집사의 앞길을 막았다. 집사는 이직할 때 전에 모시던 주인이 작성한 추천서를 지참하는 것이 관례였고, 그 추천서는 곧 집사로서의 '스펙'을 증명하는 문서였다. 아무리 주인과 가까워도 집사는 그들의 가족이 될 수는 없었다. 따라서 집사는 선을 넘어서는 안 됐다. 집사와 가정부(메이드를 담당하는 관리자)는 기숙사 사감 노릇도 해야 했는데, 문단속을 철저히 하고, 혈기왕성한 보이, 풋맨, 메이드가 통금 시간을 어기면 적발하고 처벌하는 것도 중요한 업무였다. 오늘날 집사는 할리우드 배우의 저택이나 고급 호텔에 '컨시어지concierge'의 형태로 남아 있지만 빅토리아 시대의 품격 있는 집사와는 차이가 있다. 또 원래는 집사들의 공간이었던 스위트룸으로 오늘날의 집사격인 컨시어지가 서빙을 하러 가는 것도 묘하다.

이토록 재미난 집콕 독서

초판 1쇄 발행　2020년 7월 20일
초판 3쇄 발행　2021년 6월　1일

지은이 • 박균호

펴낸이 • 박선경
기획/편집 • 홍순용, 강민형, 오정빈
마케팅 • 박언경
표지 디자인 • 엄혜리
제작 • 디자인원(031-941-0991)

펴낸곳 • 도서출판 갈매나무
출판등록 • 2006년 7월 27일 제395-2006-000092호
주소 • 경기도 고양시 일산동구 호수로 358-39, 808호 (백석동, 동문타워1)
　　　(우편번호 10449)
전화 • (031)967-5596
팩스 • (031)967-5597
블로그 • blog.naver.com/kevinmanse
이메일 • kevinmanse@naver.com
페이스북 • www.facebook.com/galmaenamu

ISBN 979-11-90123-87-7 / 03810
값 14,000원

• 잘못된 책은 구입하신 서점에서 바꾸어드립니다.
• 본서의 반품 기한은 2025년 7월 31일까지입니다.

이 도서의 국립중앙도서관 출판예정도서목록(CIP)은 서지정보유통지원시스템 홈페이지
(http://seoji.nl.go.kr)와 국가자료종합목록 구축시스템(http://kolis-net.nl.go.kr)에서 이용하
실 수 있습니다. (CIP제어번호: CIP2020027108)